DREAMBOOKS★

DREAMBOOKS★

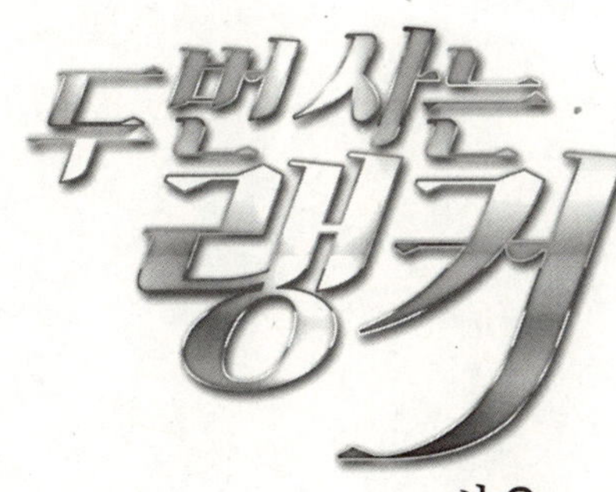

사 도 연 판 타 지 장 편 소 설

ORIGINAL FANTASY STORY & ADVENTURE

dream
books
드림북스

두 번 사는 랭커 13 명계의 왕

초판 1쇄 인쇄 2020년 1월 9일
초판 2쇄 발행 2020년 12월 21일

지은이 사도연
발행인 오영배
편집 편집부
일러스트 우문
표지 · 본문 디자인 오정인
제작 조하늬

펴낸곳 (주)삼양출판사 · 드림북스
주소 서울시 강북구 도봉로 173
대표 전화 02-980-2112 팩스 02-983-0660
편집부 전화 02-987-9393 팩스 02-980-2115
블로그 blog.naver.com/dreambookss
출판등록 1999년 3월 11일 제9-00046호

ⓒ 사도연, 2020

ISBN 979-11-283-9771-4 (04810) / 979-11-283-9659-5 (세트)

+ (주)삼양출판사 · 드림북스의 서면 허락 없이는 어떠한 형태나 수단으로도 이 책의 내용을 이용하지 못합니다.
+ 지은이와 협의하에 인지는 생략합니다. 잘못된 책은 구입한 곳에서 바꾸어 드립니다.
+ 이 도서의 국립중앙도서관 출판시도서목록(CIP)은 서지정보유통지원시스템홈페이지(http://seoji.nl.go.kr)와
  국가자료종합목록 구축시스템(http://kolis-net.nl.go.kr)에서 이용하실 수 있습니다. (CIP제어번호 : CIP2020000296)

드림북스는 (주)삼양출판사의 판타지 · 무협 문학 브랜드입니다.

사도연 판타지 장편소설
ORIGINAL FANTASY STORY & ADVENTURE
13
두 번 사는 랭커
| 명계의 왕 |
dream books
드림북스

목차

Stage 41.

타르타로스

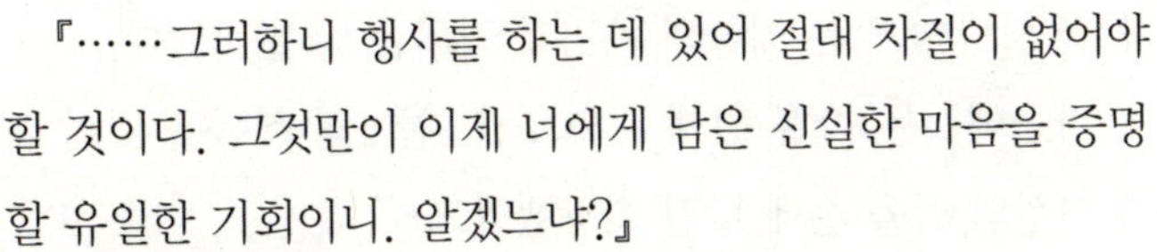

『……그러하니 행사를 하는 데 있어 절대 차질이 없어야 할 것이다. 그것만이 이제 너에게 남은 신실한 마음을 증명할 유일한 기회이니. 알겠느냐?』

"명심하겠습니다."

『이번에는 부디 쓸모가 있었으면 좋겠군..』

영원히 이어질 것 같던 메시지가 겨우 끝났다. 그런데도 아이테르는 한동안 제자리에서 꿈쩍도 할 수가 없었다. 꽉 쥔 주먹이 파르르 떨리고 있었다.

'언제까지 난 이딴 수모를 겪고 있어야 하는 거지?'

트루메기투스의 탁본을 입수하는 데 실패한 이후. 그는

부평초 같은 신세가 되고 말았다.

엘로힘 내에서는 여전히 원로원의 의원직을 유지하고 있다지만, 아이온의 죽음에 대한 책임을 피하지 못해 지탄을 받는 중이었고.

마군에서는 어찌어찌 아홉 번째 주교직을 받을 수 있었다지만, 실질적인 권한은 킨드레드에게 모두 통제되어 손발이 꽁꽁 묶인 상태였다.

결국. 그는 엘로힘에도 마군에도, 어디에도 제대로 속하지 못한 어중이떠중이가 되고 말았단 뜻이었다.

그가 바라던 그림은 이런 모습이 절대 아니었다.

엘로힘에서는 광요의 가주로서, 차기 집정관으로 거론될 만큼 당당히 많은 이들의 존경과 경외를 받길 바랐다.

마군에서는 아홉 번째 사도로서, 천마의 부름을 받아 제천대성의 힘을 손에 넣길 희망했었고.

그렇게 해서 마지막에는 엘로힘과 마군, 두 곳 모두의 최고 자리에 올라 탑을 지배하고자 하는 꿈도 있었다.

그런데 대체 어디서부터 잘못된 것일까.

이제는 그런 희망 따위는커녕, 지금 자리를 보전하는 것조차 힘들 지경이었다.

듣자 하니, 아이온에 이어 새롭게 생명의 가문을 손에 넣은 파네스가 자신을 의심한다는 말도 들리고 있는 중이었으니.

'제기랄, 제기랄!'

아이테르는 이를 악물었다. 두 눈이 시뻘겋게 달아올랐다. 믿었던 동료를 배신하고, 쌍둥이 동생을 죽이면서까지 온 자리인데. 이렇게 허망하게 무너질 수는 없었다.

하지만 도저히 이 위기를 타개할 방법이 보이지 않았다.

엘로힘의 감시는 계속 촘촘해져 언제 마군과의 끈이 들킬지 모르는 위기 상황이건만.

마군에서는 킨드레드가 다시 텔레파시를 보내오면서 일을 마저 진행하라고 독촉을 해 댔다.

현재 자신의 위치가 위태롭다고 설득도 해 보았다. 지금은 최대한 몸을 바짝 낮춰서 태풍을 피해야 한다고.

하지만 킨드레드는 코웃음을 치면서 말했다. 그거야 네가 알아서 처리할 일이지, 자신이 알 바가 아니라고. 고작 그따위 마음가짐으로 주교직을 수행할 것이라면 자리를 내놓으라고 말이다.

그리고 방금 전, 킨드레드는 아예 마지막 통보를 날렸다.

—곧 너희 엘로힘에 새로운 신탁이 내려질 것이다. 그게 무엇인지 내용을 정확하게 파악하고, 가능하다면 손에 넣어라.

‘완전히…… 엘로힘을 배신하라는 말이잖아.’

물론, 엘로힘에 대한 미련 따위는 더 이상 없었다. 주류 속에 녹아 보고자 그렇게 애를 썼어도, 그는 여전히 배신자의 혈족이었으니까. 아르티야를, 믿었던 동료들을 배신하면서까지 얻고자 했던 것은 어디에도 없었다.

하지만 그건 마군에 대해서도 마찬가지였다. 겉으로는 천마를 신실하게 따르는 척을 했다지만, 마군에 가담한 것은 어디까지나 엘로힘에 대한 배반감과 치욕 때문이었을 뿐. 완전히 그쪽으로 전향하는 것도 내키지 않는 건 똑같았다.

‘나는 결국 평생 박쥐밖에 못 하는 거겠지. 하하! 하하하하! 정우, 네 말이 맞았다. 네 말이 맞았어.’

아이테르는 이것이 전부 헤븐윙의 망령이 그에게 남긴 저주라고 여겼다.

그래서 후회도 많이 했다. 만약 그때 유혹에 넘어가지 않고, 아르티야에 남았더라면. 헤븐윙의 곁을 지켰더라면. 지금처럼 멍청한 신세는 안 되었을까?

‘아니. 그랬다면 헤븐윙과 같이 몰락을 면치 못했겠지. 난 제대로 된 길을 온 거야. 난 올바른 선택을 한 거라고. 잘못된 건, 잘못된 건 이 더럽기 짝이 없는 세상일 뿐!’

그는 이를 악다물었다. 눈빛이 흉흉하게 빛났다.

“어차피 이렇게까지 온 것…… 더 이상 돌이킬 수도 없다. 이번 일에 모든 걸 거는 거야. 모든 걸……!”

어차피 되돌아갈 수 없는 강을 건넜다. 쉽게 생각하자. 이전과 똑같은 일을 되풀이할 뿐이다. 달라진 점이 있다면, 당시에는 아르티야를 저버렸고, 지금은 엘로힘을 저버린다는 것.

‘문제는 어떻게 파네스에게 다가가냐는 것인데.’

그렇게 생각을 정리하자, 머릿속이 단숨에 명쾌해졌다. 그러니 자연스레 곧바로 계획이 그려졌다. 하지만 그런 계획에 있어 가장 중요한 조건이 있었다.

여전히 자신을 의심의 눈초리로 바라보는 파네스를 어떻게 설득할 것이냐.

파네스는 아이온의 양딸로서, 프로토게노이 족의 새로운 실권자로 떠오르는 인물이다. 그리고 봄의 여왕과의 전쟁에서 패배하며 경질되고만 세 집정관 자리의 유력한 새 후임자로 거론되고 있기도 한 인물. 그녀의 환심을 사지 못하면 어떤 계획도 무소용일 수밖에 없었다.

그래서 한참 동안 고민에 빠져 있었는데.

전혀 생각지도 못한 방식으로 일이 수월하게 풀리고 말았다.

“파네스 님께서 아이테르 님을 뵙기를 바라십니다.”

야밤중에 갑자기 불쑥 찾아온 전령. 녀석은 자신을 파네스가 보낸 심부름꾼이라고 소개했다.

"생명의 가주가, 나를?"

"예. 최대한 타인의 눈에 띄지 않게, 일대일로 대면하길 바라신다고 말씀하셨습니다."

아이테르는 눈을 가늘게 좁혔다. 파네스가 이렇게 개인적으로 자신과 대면하기를 요청한 적이 단 한 번도 없었기 때문이었다.

그래서 영 미심쩍은 마음이 들었지만. 전령은 아무것도 모르는 듯 묵묵히 서 있기만 했다. 자신은 가부 결정에 대한 대답만 들으면 된다는 듯이.

"좋아. 축시(새벽 1시)경에 따로 뵙도록 하지."

전령은 인사와 함께 조용히 바람처럼 사라졌다.

아이테르는 머리를 쓸어 올렸다. 이미 방아쇠는 당겨졌다. 그는 더 이상 물러날 곳이 없었다.

*　　*　　*

프로토게노이 족.

그들은 오래전에 위대한 신이었으나, 신성을 잃으면서 하계로 떨어진 존재였다. 그렇게 오랜 세월이 흐르며 피는

엷어져 갔고, 초월성마저 잃어버리게 되고 말았다.

하지만 그들은 여전히 엘로힘 내에서 중요 세력으로 군림하는 중이었다. 신혈(神血)을 타고났다는 것은 그만큼 고귀한 성품과 자질을 품고 있다는 뜻이기 때문이었다.

파네스는 그런 점에서 보자면 일족 내에서 가장 뛰어난 존재라 할 수 있었다.

산생(産生) 가문의 적통으로 태어나, 생명 가문의 양딸이 되면서 자연스레 두 가문의 공동 가주가 된 인물.

그리고 타고난 신혈 속 인자가 조상들과 가까워 일족 중 가장 많은 신성을 품고 있기도 했다.

그러다 보니 파네스는 태어났을 때부터 모든 이들의 우러름과 기대를 한 몸에 받으면서 자랐다.

또한, 그녀도 주변 사람들의 기대를 저버리지 않기 위해 절치부심 노력하고, 뛰어난 식견과 안목을 선보이면서 어느새 아이온이 사라진 프로토게노이 족의 '이끄는 자'가 되어 있었다.

'저 오만한 눈빛은 언제 봐도 도무지 적응이 되질 않는군. 빌어먹을 년.'

아이테르는 파네스와 만난 자리에서 인상을 찌푸리고 싶은 것을 억지로 참았다.

저런 도도한 눈매를 보고 있노라면 떠오르는 계집들이

있었다. 여름여왕, 봄의 여왕, 그리고 죽은 동생 헤메라까지. 그들의 공통점은 상대방을 늘 자신보다 아래로 본다는 점이었다.

그리고 아이테르는 그런 여인들과 마주할 때면 언제나 심장이 빳빳하게 굳는 듯한 느낌을 받아야만 했다.

"찾으셨다고 들었습니다만."

하지만 아이테르는 속으로만 그녀를 욕할 뿐이지, 겉으로는 전혀 그럴 엄두를 내지 못했다. 그는 항상 그랬다. 강자에게는 약자가 되고, 약자에게는 강자가 되는.

게다가 지금은 파네스에게 잘 보여야만 하는 시기였다. 우선 그녀의 의심을 거둬야만 계획을 진행시킬 수 있을 테니까.

하지만.

툭—

파네스가 말없이 던진 두툼한 보고서를 본 순간, 아이테르의 머릿속은 새하얗게 세고 말았다.

"이, 이것은……."

"광요 가주. 당신이 마군과 결탁하고 있다는 증거입니다. 그새 착실하게 공을 세워 아홉 번째 사도가 되셨더군요."

"……!"

파네스가 건넨 보고서에는 그간 아이테르가 마군과 접촉한 시간과 경과가 빼곡하게 기록되어 있었다. 심지어 어떻게 알아냈는지, 거래 내용까지 상세하게 적혀 있었다.

팟—

아이테르는 순간 일이 잘못 돌아간다는 사실을 깨닫고, 파네스를 급습하려고 했다.

〈백광(伯光)〉. 빛을 단단히 압축시켜서 눈 깜짝할 사이에 상대를 도륙하는 스킬이었다. 파네스를 죽이지는 못할지라도, 상처를 입혀서 혼란스러운 와중에 도망칠 수 있으리라 여겼다.

하지만 빛무리가 터지기도 전에 하늘에서부터 두 그림자가 떨어지면서 그의 양팔을 잘라 버렸다.

"크아악!"

아이테르는 피를 뿌리면서 바닥에 주저앉았다. 파네스의 두 권속은 아이테르가 다른 반항을 할 수 없게 남은 두 다리도 마저 잘라 버리고, 몸뚱이에다가 단검을 깊게 쑤셔 넣었다.

퍽—

"말도 안 돼……!"

아이테르는 마령을 전개할 수도 없는 현실에 몸을 파르르 떨었다. 그의 턱을 관통한 칼은 엘로힘에서 특별히 대(對) 마군용으로 제작한 무기였다.

〈룰 브레이커〉. 신혈을 잔뜩 담은 칼을 대뇌의 밑에 위치한 송과선(松科腺)에다가 박게 되면, 신혈 속에 담긴 신성이 작동하여 천마에게로 이어지는 채널링을 끊어 버리게 된다.

당연히 천마의 힘을 빌리는 마령은 작동할 수가 없다. 주교로서 가지는 모든 장기를 잃어버리는 것이다.

파네스는 싸늘한 눈빛으로 아이테르를 내려다봤다. 아이테르는 겁에 잔뜩 질린 채로 덜덜 떨고 있었다.

뇌가 다쳤는데도 불구하고 여전히 살아 있다는 건, 그만큼 그가 엘로힘과 마군을 오고 가면서 쌓은 힘이 적잖다는 뜻. 정말이지 끈질긴 생명력이었다. 그러면서도 이렇게 얼어붙은 모습을 보고 있노라니, 보고 있는 자신까지 한심해지는 기분이 들 정도였다.

“비록 피 한 방울 섞이지 않았다고 해도, 아이온은 제게 소중한 아버지였습니다. 그런데 당신은 그분의 죽음을 헛되게 만드는 것으로도 모자라, 이제는 적에게 일족은 물론 조직까지 통째로 넘기려 하고 있었습니다. 그러고도 당신이 일가(一家)의 주인이라고 할 수 있는 것입니까?”

“젠장! 네년이 뭘 안다고 그래! 평생 호의호식을 하면서 자란 네깟 계집이! 손가락질을 받으면서, 돌팔매질을 당하면서 살아온 내 상황을 이해나 하겠느냐고!”

아이테르는 저주를 퍼부었다. 애당초 파네스가 자신을 비밀리에 찾으려 했을 때부터 눈치를 챘어야 했었는데. 설마 하는 방심이 이런 사달을 불러일으켰다. 하지만 죽을 때 죽더라도 가슴에 쌓인 말은 다 내뱉고 싶었다.

"하고 싶은 말은 그게 전부입니까?"

싸늘한 파네스의 말투.

순간, 아이테르는 정신이 번뜩 들었다. 만약 그냥 죗값을 물으려 했다면 굳이 이렇게 번거롭게 할 필요가 있을까? 그냥 곧바로 체포하거나, 사살하면 그만일 텐데.

하지만 파네스의 권속은 그를 제압하기만 할 뿐, 그 외에 다른 제지는 하지 않고 있었다.

무언가 있다.

그런 생각이 들었다. 그러자 가장 먼저 살고 싶은 욕망이 솟구쳤다. 그는 아직 하고 싶은 게 많았다.

"사, 사, 살려 줘!"

"제가 왜 당신을 살려 주어야 합니까? 당신은 제 아버지의 원수일 뿐인데."

"아, 아이온을 죽인 건 내가 아니야! 나도 여름여왕에게 쫓겨서 겨우 도망친 게 전부였다고! 아이온을 그렇게 만든 건, 여름여왕과 무왕이잖아! 그리고 마군이었다고! 난 중간에 끼인 입장이었어! 그러니까 살려 줘! 아, 아니, 살려 주십시오! 무엇이라도 할 테니, 제발……!"

아이테르는 더 이상 물불을 가릴 때가 아니었다. 살 수만
있다면 정말 영혼이라도 내다 팔 수 있었다.

파네스의 눈빛이 싸늘하게 식었다. 이깟 놈이 여태 같은
일족이랍시고 있었던 것이 부끄러울 지경이었다.

그래도 원하던 소리는 들었다. 그녀는 아이테르를 제압
하고 있던 권속에게 턱짓을 했다. 권속은 고개를 끄덕이면
서 아공간에서 뭔가를 꺼내 아이테르의 목에다 채웠다.

철컥—

자물쇠가 잠기는 소리와 함께, 아이테르의 목에 단단한
쇠 목걸이가 자리 잡았다.

"이, 이건……."

"긴고아입니다."

"무, 무, 뭐……?"

긴고아. 아주 오래전, 제천대성을 유일하게 속박시켰다
던 천계의 구속구. 신력과 마기를 제압하기 때문에, 신과
악마들도 신진철 다음으로 꺼려 하는 물건이었다. 이런 귀
중한 것을 어떻게 파네스가 갖고 있는 걸까?

하지만 파네스는 그의 생각 따윈 아무래도 상관없다는
듯, 차갑게 웃으면서 말을 이어 나갔다.

"이제부터 당신은 저의 충실한 개가 되는 겁니다. 짖으

라면 짖고, 기라면 기십시오. 그리고 죽으라고 할 때, 죽으십시오. 그것만이 당신이 여기서 살 수 있는 유일한 방법입니다. 어떻습니까? 하시겠습니까?"

아이테르는 마른침을 삼켰다. 고개를 들어 떨리는 눈으로 파네스를 바라봤다.

파네스는 여기서 아니라는 대답을 듣는 순간, 곧바로 그를 죽일 눈치였다. 결국 아이테르가 할 수 있는 건 아무것도 없었다.

"하, 하겠습니다……!"

파네스의 눈이 가늘어졌다.

"세상에 어느 개가 말을 하죠?"

아이테르는 파네스가 말하는 바가 무엇인지 깨닫고, 어기적어기적 몸을 꿈틀거리면서 그녀의 발치까지 다가갔다. 그리고 입을 열어 개 울음소리를 냈다.

"멍! 멍멍!"

"좋습니다. 이제야 정신을 차렸나 보군요."

"멍멍!"

아이테르가 당장 할 수 있는 건 그것밖에 없었다.

"그럼 이제부터 충견에게 첫 번째 명령을 내리겠습니다. 타르타로스로 가는 길에, 길라잡이가 되십시오."

    *   *   *

[소환하신 대상을 찾을 수가 없습니다.]

망막에 떠오른 메시지.

연우는 한참 동안 우두커니 서서 검은 팔찌를 붙잡고 있을 수밖에 없었다.

우웅, 웅—

'어째서지?'

한참 동안 멍하니 서 있다가, 정신을 차리면서 가장 먼저 떠오른 생각이었다.

연우는 이해할 수가 없었다. 사자 소환은 분명히 사념이 어려 있는 유품이나, 추억 속 기억을 바탕으로 대상을 찾아 소환하는 옵션이었다.

죽음과 관련된 신과 악마들이 모두 경탄하는 존재인 칠흑왕이 남긴 아티팩트에 담긴 옵션.

당연히 그 기능은 웬만한 신과 악마들이 내리는 권능보다 훨씬 효율이 뛰어났다.

그런데도.

'부를 수가 없다고?'

연우는 이를 악물었다. 두 눈이 벌겋게 빛났다. 도저히 이럴 수가 없었다. 아니, 이래서는 안 되었다.

"사자 소환!"

[소환하신 대상을 찾을 수가 없습니다.]

"사자 소환!"

[소환하신 대상을 찾을 수가 없습니다.]

"사자 소환!"

[소환하신 대상을 찾을 수가 없습니다.]

"제기랄! 사자 소환!"

[소환하신 대상을 찾을 수가 없습니다.]
[소환하신 대상을 찾을 수가 없습니다.]
……

최대한 평정심을 유지하려던 연우는 결국 폭발하고 말았다.

“나와! 나오라고!”

[소환하신 대상을 찾을 수가 없습니다.]

“나오란 말이다!”

하지만 그럴 때마다 떠오르는 메시지는 대상을 찾을 수 없다는 내용뿐. 다른 추가 설명은 일체 적혀 있지 않았다.

“왜지? 왜냐고! 대답해 봐! 왜!”

연우는 회중시계를 꽉 쥐었다. 뻘겋게 달아오른 눈으로 칠흑왕의 절망과 비탄을 노려보다가, 고개를 홱 하고 들었다.

여전히 자신에게 따라붙는 여러 시선들이 있었다. 빌어먹을 시선들. 자신들이 필요할 때만 개입하고, 그렇지 않은 때에는 묵묵부답을 일삼는 족속들이었다.

“대답해 보라고!”

하지만 연우의 질문에 대한 대답은 아무도 하지 않았다. 죽음의 신과 악마는 하나같이 입을 꾹 다문 채, 고요한 눈빛으로 연우를 지켜보기만 할 따름이었다.

아니다. 저들은 겁을 먹고 있었다. 아즈라엘이 사라진 이후로, 녀석들은 연우를 지켜보기만 할 뿐이지, 이제는 그와 가까이하는 것을 꺼려 하는 중이었다.

그렇다면 대답을 내놓을 수 있는 다른 사람을 찾아야만
했다.

"헤르메스! 아테나! 당신들이라도 대답해 보십시오! 여
태 하계를 지켜보던 당신들이라면 뭔가 알 것 아닙니까!"

[헤르메스가 침묵합니다.]
[아테나가 당신을 안타까운 시선으로 바라봅니
다.]

"네놈들이 바라는 사도직인지 뭔지 다 받아들이고 하겠
다! 그러니까 무슨 말이라도 해!"

여태껏 연우를 호시탐탐 노리던 신과 악마들이라면 누구
나 바라마지않을 조건이었지만.

[신의 사회, '올림포스'가 침묵합니다.]
[신의 사회, '아스가르드'가 침묵합니다.]
[신의 사회, '에아'가 침묵합니다.]
……

"아가레스!"

[아가레스가 입을 꾹 다뭅니다. 침묵을 지킵니다.]

"제길!"

연우로서는 답답해서 속이 터질 지경이었다. 뭘까? 뭐가 잘못된 걸까? 유품도, 추억도 확실한데. 왜 되질 않는다는 거지? 저승에 소속된 영혼이라면 불러낼 수 있다고 하지 않았나?

아니면.

'저승에 없는 건가?'

문득 떠오른 생각에 연우는 허리를 쭈뼛 세웠다. 알 수 없는 불안감이 등골을 타고 흘렀다.

『……주인.』

"잠깐만."

네메시스가 어느새 나타나 걱정스러운 얼굴로 연우를 불렀다. 그도 전 주인을 찾을 수 없다는 내용에 적잖게 당황한 것이다. 그러면서도 한편으로는 어떻게든 연우의 혼란스러운 마음을 잡아 주려 했다. 자신 역시 힘들 텐데도 불구하고.

하지만 연우는 손을 뻗어 그의 말허리를 끊었다. 뭔가 떠오르는 생각이 있었다. 도중에 방해를 받고 싶지 않았다.

‘모든 조건이 충족되었을 때, 사자 소환이 되지 않는 경우는 딱 두 가지밖에 없다.’

한 가지는 대상자가 살아 있을 경우.

하지만 그건 기각이었다. 동생의 시신을 수습하고, 화장해서 태종대 앞바다에 직접 뿌려 준 것이 자신이었다. 그때의 절망과 비탄은 아직도 가슴 속에 절절하게 남아 잊을 수가 없었다.

‘남은 한 가지는 벤티케와 같은 경우.’

벤티케는 포세이돈의 강제 강신에 의해 영혼이 짜부라져 그대로 소멸하고 말았다. 이 경우에는 영혼이 사라진 것이기 때문에 저승으로 갈 일도 없었다.

그렇다면 동생도 이와 비슷했을까? 하지만 연우는 고개를 가로저었다. 일기장의 마지막 파트에는 그런 암시가 전혀 없었다.

그래서 여기서 이 일기장을 마무리 짓는다. 이 일기장을 남겨 놓는다면 형이 언제고 이곳으로 올 수 있을 거라고 믿기 때문에.

형이라면 엘릭서를 찾아 엄마에게 무사히 가져다줄 수 있겠지.

언젠가 자신이 찾아오기만을 기다린다는 내용뿐.

'게다가 고룡 칼라투스가 정우를 지구로 보냈을 거란 내 가정이 맞다면…… 그건 더더욱 말이 안 돼.'

더구나 저토록 집착이 심한 아가레스가 가만히 있을 리 없었다. 사달이 났어도 벌써 났었겠지.

'그럼 대체 뭐지?'

연우는 눈을 가늘게 좁혔다.

['냉혈' 특성으로 이성을 유지합니다.]

특성이 발동되면서 복잡했던 머릿속이 조금씩 가라앉기 시작했다. 그러자 여태 흥분에 눈이 멀어 놓치고 있던 게 보였다.

'아니. 한 가지가 더 있어.'

연우의 눈빛이 빛났다.

'정우의 영혼이 어느 초월자나 불멸자의 손에 붙들렸을 경우.'

혹은.

어떤 미지의 장소에 억류되었을 경우.

'신과 악마의 사도는 죽어서도 보통 저승으로 가지 않으니까.'

아스가르드의 신을 모시던 사도들은 죽어서 발할라로 올라가게 된다. 올림포스의 신을 따르던 사도는 엘리시온으로 가며, 르 인페르날을 추종하던 사도는 악마의 권속이 되어 옆을 지킨다고 한다.

즉, 이미 정해진 사후 세계의 수순이 있기 때문에 저승으로 들어가질 않는다. 새로운 윤환전생을 꿈꿀 필요가 없기 때문이었다.

그리고. 가까이는 연우가 그랬다. 그에게 죽은 영혼들은 저승으로 가지 못하고, 망령으로 타락해 컬렉션에 억류되고 만다.

만약 동생도 그와 비슷한 경우라면. 그래서 저승으로 가지 못해 어딘가에 억류되어 있는 것이라면.

'그렇다면 어떻게든 찾아야 해.'

연우의 두 눈에서 불똥이 튀었다. 살아생전에도 온갖 배신감과 고통, 그리고 절망 속을 헤엄치다가 눈을 감아야만 했던 녀석이었다. 그런데 죽어서도 평안을 찾지 못한다고? 절대 있을 수 없는 일이었다.

'역시 빨리 50층까지 올라가야만 해.'

고룡 칼라투스라면 뭔가 알고 있지 않을까.

연우는 간절히 그렇게 바랐다.

그리고 시간이 조금 흐른 뒤.

연우는 다시 생각을 정리했다.

‘하지만 거기서도 어떤 단서를 찾을 수 없게 된다면. 그것도 문제가 돼.’

결국 지금 당장 연우가 취할 수 있는 방법은 하나였다.

‘단서를 찾는다.’

물론, 아무런 암시도 없는 상황에서 동생과 관련된 단서를 찾는 건, 모래사장에서 바늘 찾기보다 어려운 일이었다.

하지만 방법이 아예 없는 건 아니었다.

‘찾을 수 없다면, 찾을 수 있게 해야지.’

때마침 연우에게도 좋은 방법이 있었다.

‘어차피 칠흑왕과 관련된 단서도 찾아야 했고. 이왕 이렇게 된 것, 위험하더라도 가 볼 수밖에.’

연우는 눈을 차갑게 빛내면서 아공간에서 물건을 한 가지 꺼냈다. 영롱한 빛을 내는 옥거울이었다.

[프레지아의 옥경(玉鏡)]
분류: 잡화
등급: A
설명: 신비 상인 비밀 조합 ‘바이 더 테이블’로 연결되는 통신구. 의념을 불어넣으면 특정 대상과 의

사를 주고받을 수 있다. 단, 일정 장소에서는 사용이
불가능하다.

　바이 더 테이블의 프레지아가 헤어지기 전에 건네주고
갔던 것이었다. 필요할 때마다 꺼내서 쓰라던 통신구. 연우
는 여기에다 의념을 불어 넣었다.
　화아악—
　그러자 옥구슬이 환한 빛무리를 내면서 허공에다 자그마
한 홀로그램을 띄우기 시작했다. 입자들은 노이즈가 낀 것
처럼 이리저리 흔들리다가, 곧 사람의 형상을 갖췄다.
　『깜짝이야! 이게 뭔 거지 같은…… 아이고! 이게 누구십
니까. 제가 아주 사랑하는 호객, 아니, 고객님이 아니십니
까! 여태 살았는지 죽었는지 모를 정도로 소식 한번 없다
가, 갑자기 무슨 바람이 불어 이 누추한 몸을 찾으셨는지
요?』
　아트란은 갑자기 연우와 통신구가 연결되자 화들짝 놀랐
다가, 곧 사람 좋은 미소를 지으면서 손바닥을 비비적거렸
다. 하지만 입에서 나오는 말엔 비꼬는 투가 가득했다.
　바이 더 테이블과 직접적인 후원 계약을 맺은 지 일 년
가까이 지나도록 한 번도 찾지 않은 데에 대한 불만이었다.
　프레지아와 맺은 계약은 연우가 곧 새롭게 만들 신생 클

랜에 대한 적극적인 지원이었다. 그리고 아트란은 여기에 대한 담당자로 고용되면서, 한순간에 신비 상인 내에서 최고 서열까지 급부상하게 되었다. 그만큼 바이 더 테이블이 차지하는 위치가 높기 때문이었다.

그리고 아트란은 그동안 자신이 맡은 업무를 줄곧 잘 처리해 왔다.

부와 브라함이 열심히 건설 중인 외우주에서 여태 단 한 번도 잡음이 들리지 않았던 게 그 증거였다.

하지만 한편으로. 아트란은 그동안 심심해서 죽을 지경이었다. 그는 원래 가만히 앉아서 업무를 보는 스타일이 아니었다.

언제나 최전선을 뛰어다니면서 스릴을 즐겼었건만. 이런 단순 업무 때문에 좀이 쑤시던 차였다.

'원래 독식자라면 사고, 소란, 평지풍파의 상징이잖아! 근데 왜 그동안 날 안 불렀냐고!'

아트란은 그렇게 소리를 치고 싶은 눈치였다. 그도 그동안 골방에 틀어박혀 있었다지만, 연우와 트리톤의 전쟁에 대해서는 들어서 알고 있었다. 벤티케, 아니, 포세이돈의 패배까지도.

하지만 그는 곧 가면 너머로 비치는 연우의 눈빛이 예사롭지 않은 걸 깨닫고 입을 꾹 다물었다.

그러면서도 속으로는 쾌재를 외쳤다. 무엇이 연우를 건드렸는지는 몰라도. 아무래도 트리톤의 전쟁과는 비교도 할 수 없을 큰 사건이 터질 것 같았다.

'어쩌면 여름여왕이 나가리 됐던 것과 비슷한 일이 터질지도.'

혼란은 큰돈을 벌기 아주 좋은 타이밍. 아트란은 마른 입술을 혀로 축이면서 물었다.

『말씀해 보시지요. 뭔가 필요한 물건이라도 있으신지?』

"조사를 해 줬으면 하는데."

『무엇입니까?』

"키클롭스 삼 형제."

『……?』

아트란은 아주 잠깐 고개를 갸웃거렸다. 탑의 정보에 빠삭한 그였지만, 키클롭스라는 세력이나 플레이어는 들어 본 적이 없었기 때문이었다. 그러다 다른 무언가를 떠올리고 눈을 동그랗게 떴다.

『키클롭스 삼 형제라면, 올림포스 신화에서 티탄 신족과 전쟁을 벌이려던 제우스, 포세이돈, 하데스에게 무구를 선물한 대장장이를 말씀하시는……?』

"맞아. 그들에 대한 정보가 필요해. 이왕이면 행방까지도."

아트란은 입을 꾹 다물었다. 그러다 인상을 팍 찡그렸다.

『아무리 저희 바이 더 테이블이 아주 깊은 역사와 전통을 자랑하는 유구한 조합이라고 해도, 옛 신화의 흔적을 알기엔 힘들…….』

"얄타바오 금괴 세 개면 되나?"

아트란은 정수리가 땅에 닿을 기세로 허리를 숙였다.

『신심을 다해 모시겠습니다, 고객님!』

"200년 전에 키클롭스 삼 형제가 페르세포네의 신전으로 향했다는 말을 들은 적이 있어. 거기서부터 수소문해 보면 금세 찾을 수 있을지도 모르니 참고하고."

『그런 아주 좋은 정보까지! 역시 고객님이십니다요!』

"그리고 가능하다면 하데스에 관한 정보도 부탁하지."

『하데스의 정보는 어느 정도 선으로……?』

"그냥 최근에 알려진 것. 신화 외에 최근에 사도를 들였는지, 아니면 메시지와 관련된 목격담이 있는지. 그 정도면 충분해."

걱정 가득하던 아트란의 얼굴에 화색이 돌았다. 98층에 오르지 못하는 플레이어로서는 신과 관련된 정보를 취합하기가 어려울 수밖에 없지만, 그 정도라면 바이 더 테이블의 정보망으로 충분히 수집이 가능했다.

"그리고 소식을 빨리 가져다줄수록 보너스도 얹어 주지."

『최대한 빨리 돌아오도록 합지요! 우리 사랑하고 존경하는 고객님을 기다리게 해서야 되겠습니까?』

아트란은 그 말과 함께 홀로그램을 종료했다. 한 푼이라도 더 벌기 위해서였다.

연우는 프레지아의 옥경을 조용히 회수하면서 생각했다.

'키클롭스 삼 형제, 정확하게는 그들의 사도가 30층의 히든 스테이지로 넘어간 게 사실이라면. 빨리 그들을 찾는 게 좋아.'

모든 신과 악마들이 칠흑왕에 대해 함구를 하고 있는 이때. 검은 팔찌와 족쇄를 설명해 줄 사람은 키클롭스 삼 형제밖엔 없었다.

그리고 여기서 얻은 정보를 바탕으로 칠흑왕의 정체를 파악해 내거나, 아니면 절망과 비탄의 상세한 사용법을 알아낼 수 있다면.

아니, 하데스의 신물, 퀴네에의 행적을 찾아내어 칠흑왕의 형틀 세트를 전부 갖출 수만 있다면.

그래서 칠흑왕의 권능, '죽음'을 더 깊게 다룰 수 있게 된다면.

'정우와 관련된 어떤 단서를 찾아낼 수 있게 될지도 모른다.'

결국 칠흑왕의 힘을 더 크게 손에 넣어야 하는 것이다.

　　연우는 아트란이 돌아올 때까지, 그렇게 가만히 앉아서 조용히 기다렸다.

　　『고객님은 대체 이런 정보의 출처가 어떻게 되십니까? 저희 조합에서도 놓치고 있는 게 있었을 줄이야…….』

　　아트란은 몇 시간 지나지 않아 금방 돌아왔다. 얼굴이 잔뜩 상기된 채로.

　　연우가 나지막한 목소리로 물었다.

　　"뭔가 알아낸 게 있나 보지?"

　　『당연히 알아낸 것이야 많지요. 다만, 전부 다 따로 분리되어 있던 것을 하나로 통합하는 게 힘들었을 뿐입니다. 그래도 만들어 놓으니 그럴듯해졌습니다. 저희들도 괜찮은 정보를 얻은 셈이니. 으흐흐!』

　　아트란은 이번에 정리한 정보가 얼마나 값진 것인지 깨닫고 함박웃음을 터뜨렸다.

　　연우는 그것을 가만히 보다가 밖에 꺼내 두었던 3개의 얄타바오 금괴 위에다가 2개를 더 얹었다.

　　"비밀 유지 대가로 두 개를 더 얹지."

　　『사랑합니다, 고객님!』

　　아트란은 넙죽 허리를 숙였다. 홀로그램이 아니었다면 당장에 연우를 붙잡고 발등에다 입이라도 맞출 기세였다.

연우는 고개를 절레절레 흔들면서 말했다.

"우선 키클롭스 삼 형제부터."

『고객님께서 200년 전에 키클롭스 삼 형제들이 페르세포네의 신전으로 향했을 거라고 하셨었지요?』

연우는 고개를 끄덕였다.

『정확하게는 192년 전이었습니다. 그리고 키클롭스 삼 형제의 사도들이었구요..』

아무리 키클롭스 삼 형제가 신화 속에서 비중이 낮다지만, 그래도 엄연히 올림포스 신화에서 우라노스와 가이아의 첫 번째 자식으로 태어난 신이었다.

하늘과 대지가 결합하면서 태어난 존재. 단안기형의 흉측한 몰골을 하고 있었다지만, 쇠를 다루는 솜씨만큼은 헤파이스토스도 한 수를 접어야 할 정도라고 알려져 있었다.

『그들이 페르세포네의 신전을 방문한 것도, 공식적인 방명록에서 확인할 수 있었습니다. 30층의 히든 스테이지에 대해서는 알고 계시겠지요?』

연우는 고개를 끄덕였다. 모를 수가 없었다.

30층은 망자의 독을 해독하면 우선 필요한 시련이 끝난다. 하지만 여기서 31층으로 올라갈 때, 두 가지 길을 선택할 수 있었다.

이전처럼 편하게 포탈을 밟고 층계를 오르느냐. 아니면 숨겨진 히든 스테이지를 가로질러 오르느냐.

이를테면, 30층의 히든 스테이지는 '시험'의 연장 선상이라 할 수 있었다. 20층대에서 이뤘던 성과를 더 깊게 파악하고자 하는 시험.

물론, 추가 시험에 해당하기 때문에 치르지 않는다고 해도, 따르는 불이익 같은 건 전혀 없었다.

'다만, 히든 스테이지를 지나고 나면 더 많은 공적치를 얻을 수 있지. 자기 단련도 될 테고. 거기야말로 진짜 저승이라 할 수 있는 곳이니까.'

27층에서 30층까지 이어지던 통합 스테이지는 저승을 모티브로 한다. 아니, 정확하게는 '저승으로 가는 길'에서 모티브를 따온 것이었다.

하지만 히든 스테이지는 진짜 저승을 고스란히 옮겨 두었다.

죽은 망자들을 심판하는 법정이 있고, 판결에 따라 벌을 내리는 10개의 관문이 뒤따른다.

차례대로 놓인 열 개의 관문은 하나하나가 지옥이라는 말이 저절로 떠오를 정도로 지독했다. 랭커들 중에서는 흔히 자기들이 어디까지 통과를 했는지, 거기서 얼마나 버텼고, 무엇을 얻었는지를 자랑하기를 좋아하는 인간들이 많았다.

하나같이 변태란 말이지. 하지만 21층에서 고난을 자처하는 사두처럼, 30층의 히든 스테이지도 수행자들에게는 더할 나위 없이 축복된 장소나 다름없었다.

21층의 오행산이 감각과 의념을 수행하기 제격이라면, 30층의 히든 스테이지는 정신력과 속성력을 단련하기에 아주 좋았다.

이곳으로 들어가는 방법은 아주 간단했다.

'30층 스테이지의 가장 끝에 위치한 페르세포네의 신전을 찾을 것.'

페르세포네의 신전은 히든 스테이지의 입구 및 안내 역할을 겸하고 있었다.

『여하튼 키클롭스 삼 형제의 사도들은 열 개의 관문으로 진입을 요청했고, 여섯 번째 관문쯤에서 돌연 자취를 감췄답니다.』

연우의 눈이 빛났다.

"자취를 감춰?"

『예. 말 그대로 실종되었다고 합니다. 하지만 열 개의 관

문에서 죽는 플레이어들이 워낙에 많다 보니 관리국도 그
중 하나라고 여긴 모양이었고…… 이후에도 관련해서 별다
른 사항이 없어서 다들 그렇게 판단 내리고 그냥 넘어간 듯
합니다. 그런데.』

아트란이 말을 도중에 끊었다. 마치 쉽게 말해 줄 수 없
는 재미난 것을 찾아냈다는 듯이.

연우는 대답 대신에 얄타바오 금괴를 들어 살랑살랑 흔
들어 보였다. 아트란은 입술을 삐죽 내밀면서 투덜거리듯
이 말했다.

『그들 세 명이 사라지기 전에 마지막으로 접촉했던 사람
이 있다고 합니다. 그가 막내인 아르게스가 술에 살짝 취했
을 때 지나가듯이 이렇게 말했었다더군요.』

—하데스가 우리를 불렀다.

"……!"
연우의 눈이 커졌다.
'하데스가 불러?'
이건 또 갑자기 무슨 뚱딴지같은 말이지?
『그래서 뭔가 이상하다는 생각에, 고객님께서 따로 말씀
하셨던 것처럼 하데스에 대해서도 깊이 조사를 해 보았습

니다. 하지만 하데스에 관한 기록은…… 최근 수백 년 사이에는 거의 전무하다시피 했습니다. 원체 하계에 관심을 내비치지 않고, 지난 수천 년간 사도도 거의 두지 않았던 신이니 별 대수롭지 않게 여기는 플레이어들이 대부분이었습니다만.』

아트란의 눈이 예리하게 반짝거렸다.

『고객님은 뭔가를 알고 계시는 거지요?』

연우는 자기도 모르게 피식 웃음을 흘렸다.

"궁금한가 보지?"

『궁금하지 않다면 거짓말이지 않겠습니까? 하계에서는 좀처럼 구경하기 힘든 신들의 행사이지 않습니까? 늘 이쪽을 구경하는 건 저들이지, 이쪽에서는 저쪽을 구경할 수 없으니 말입니다.』

연우는 바닥에 놓았던 다섯 개의 얄타바오 금괴를 홀로그램 쪽으로 던졌다.

['바이 더 테이블'에 거래 대가로 '얄타바오 금괴×5'를 제공하였습니다.]

"플레이어에게 따로 간섭하는 건 좋지 않은 버릇일 텐데."

『어차피 말씀해 주실 의사도 없단 것, 잘 알고 있습니다.』

"그 외에 하데스와 관련된 건, 그럼 아예 없나?"

『키클롭스 삼 형제보다 먼저 자취를 감췄다. 이게 전붑니다. 아무것도 나와 있는 게 없어요. 찾을 수도 없고. 갑자기 사라진 것처럼 보입니다. 유일하게 남아 있는 기록이 방금 전에 말씀드린 한 줄, 그게 전붑니다.』

하데스가 우리를 불렀다. 키클롭스 삼 형제의 사도들이 지나가듯이 남겼다는 말. 그것이 하데스와 관련된 전부라는 건, 연우가 생각했던 것보다 하데스가 더더욱 자신을 꽁꽁 숨겨 두고 있단 뜻이었다.

'여러 죽음의 신과 악마들이 의사를 표시할 때에도, 하데스만 유독 조용했어. 아스트라페와 트라이아나를 칠흑왕의 형틀로 전부 빼앗기는 동안에도.'

연우는 직감적으로 192년 전에 키클롭스 삼 형제의 사도들이 사라진 것과, 하데스의 침묵 간에 어떤 연관성이 있을 거란 생각이 들었다.

'역시 일단 키클롭스 삼 형제부터 찾아야겠어.'

연우는 몸 상태를 체크했다. 어느덧 형질 변이가 끝나면서 신의 인자도 제대로 몸에 자리 잡은 상태였다. 여름여왕의 영혼을 흡수하면서 대폭 늘어난 재능이 빠른 성장을 재촉하고 있었다.

"그럼 마지막으로 하나만 더 묻지."

『무엇입니까?』

"하데스의 신물, 퀴네에. 혹시 행방을 알 수 있나?"

아트란이 고개를 가로저었다.

『사도도 두지 않았던 만큼, 신물도 하계에 내려올 리가 거의 없지 않겠습니까?』

연우는 알겠다면서 고개를 끄덕이고, 조용히 프레지아의 옥경을 회수했다.

이번에도 해야 할 일이 많았다.

*　　*　　*

연우는 모든 정리를 끝내고, 동굴을 빠져나왔다. 그동안 보초를 서고 있었던 샤논과 한령은 많이 피곤했던 듯 그림자 속으로 조용히 사라지고, 대신에 간만에 니케가 반갑게 밖으로 나왔다.

『여기 공기 너무 꿉꿉해!』

니케는 30층의 공기가 영 마음에 들지 않는 듯 잔뜩 토라져 있었다. 생명을 상징하는 녀석이다 보니, 망자의 세계는 잘 맞지 않은 모양이었다.

　연우는 니케의 머리를 가만히 쓰다듬어 주면서 북쪽으로 이동하던 중에, 이쪽으로 그림자가 잔뜩 드리워지는 것을 느꼈다.

　연우와 니케의 고개가 저절로 그쪽으로 향했다. 거대한 와이번이 드높은 상공에서 태양을 가리고 있었다. 그리고 곧 와이번에서 크로이츠가 조용히 떨어져 착지했다.

　"카인!"

　크로이츠는 무거운 중갑옷을 입고 제법 높은 높이에서 떨어졌는데도 불구하고, 멀쩡해 보였다.

　"몸은? 몸은 어떻소? 다친 곳은 없으시오?"

　크로이츠는 자신의 몸을 돌보듯이 연우의 주변을 뱅글뱅글 맴돌면서 상태를 체크했다.

　격전이 있은 뒤, 크로이츠는 한참 동안 30층의 넓은 스테이지를 구석구석 누비면서 연우를 찾고자 애썼다. 연대장의 소중한 친구이니, 혹시나 다친 곳이 있지 않을까 하는 노파심이 잔뜩 들었던 것이다.

　연우는 귀찮기만 한 크로이츠의 손길을 옆으로 치우면서 말했다.

　"괜찮으니까 그만해."

　"괜찮다고 하시니 다행이오. 그래도 혹시 보이지 않는 곳에 이상이 있을지 모르니, 일단은 가만히 앉아서 휴식을 취하고, 의원이나 신관을 불러오는 것이 어떻겠소?”

“…….”

연우는 더 이상 대답하기 귀찮아 아무 대꾸도 하지 않고, 불의 날개를 활짝 펼치면서 블링크를 잇달아 전개했다. 크로이츠는 순간 ‘앗’ 하는 표정을 짓더니, 재빨리 다시 비룡 위에 올라타면서 연우의 뒤를 바짝 뒤쫓았다.

‘대체 연대장이 누구기에 저렇게 충성을 바치는 거지?’

연우는 저 멀리 뒤에서 따라오는 와이번의 그림자를 보면서 생각했다.

정말 환상연대장의 정체가 무엇이기에, 저렇게 높은 충성심을 끌어낼 수 있는 것일까?

＊　　　＊　　　＊

연우는 아트란에게서 받은 지도를 바탕으로, 남쪽으로 계속 이동을 했다. 사흘을 꼬박 새우고 도착하니 어느덧 스테이지의 끄트머리에 도착할 수가 있었다.

남쪽은 아주 뜨거운 열기를 자랑했다. 태양이 이글거리고, 땅엔 온통 숲과 늪이 우거져 이동하기가 불편했다.

“페르세포네의 신전? 혹시 히든 스테이지로 향하려는 것이오?”

크로이츠의 얼굴에는 낭패감이 어렸다. 그는 이미 50층을 돌파한 랭커였기 때문에 30층의 히든 스테이지에 대해서 잘 알고 있었다.

랭커인 자신이 다시 들어가도 열 개의 관문을 모두 통과하는 것을 장담하지 못할 정도로 힘들고, 고난이 가득한 곳.

이번이 첫 도전인 연우에게는 여러모로 힘들 수밖에 없는 장소였다.

그리고 크로이츠가 그동안 관찰한 연우는, 관문을 모두 통과할 때까지는 절대 30층을 벗어나지 않을 가능성이 높았다.

최대한 빨리 연우와 연대장을 만나게 해 주고 싶은 마음이 굴뚝같은 그로서는. 정말이지 속이 뒤집힐 노릇이었다.

그렇다고 해서 연우의 뒷덜미를 내리쳐서 강제로 끌고 갈 수도 없는 노릇이니. 어떻게든 설득을 해야만 했다.

하지만.

"……."

연우는 그럴 때마다 무시로 일관했다. 방해를 할 거라면 해 보라는 듯. 묵묵히 늪을 가로지르면서 페르세포네의 신전으로 향할 뿐이었다.

크로이츠는 땅이 꺼져라 한숨을 내쉬었다. 그의 뒤를 따르기로 자처한 이상, 아무래도 이번에도 그는 연우를 따라 히든 스테이지로 향해야 할 모양이었다.

그러면서도 한편으로는 벤티케와 치열한 공방전을 벌인 지 얼마 되지 않았으면서도, 쉬지 않고 새로운 역경으로 몸을 던져 넣는 연우가 신기하게만 보였다.

'이러니 여섯 신성 중 최고라 불리는 것인가……'

이제는 벤티케가 죽었으니 다섯 신성이라고 하는 게 옳겠지만. 그래도 정말이지 대단한 건 대단한 거였다.

그리고 이번에도 연우가 위험에 빠지면 나서야겠다고 굳게 다짐했다.

우웅, 웅—

그의 마음가짐을 읽은 듯이 등에 패용한 성검 줄피카르가 길게 몸을 떨며 울어 댔다.

연우는 그렇게 귀찮기만 한 동행을 데리고, 어느덧 늪의 끝에 위치한 오두막집을 발견할 수 있었다.

마치 사냥꾼의 쉼터처럼 보이는 자그마한 오두막집.

벽을 따라 길게 감긴 넝쿨이 유독 눈에 들어왔다. 넝쿨에는 아름다운 꽃들이 다양하게 피어 있어 향긋한 향기를 뿌려 댔다.

한편으로는 영험함도 느껴졌다.

이곳이 바로 페르세포네의 신전.

하데스와 함께 부부 신으로서 저승을 다스린다는 여신의 성소였다.

그때, 갑자기 오두막집의 문이 벌컥 열리더니, 잎사귀처럼 푸르른 법복을 입은 신관이 조용히 밖으로 걸어 나왔다. 어깨까지 내려오는 에메랄드빛 머리카락이 인상적이었다.

"두 분의 나그네께서 방문해 주셨군요. 기다리고 있었습니다."

크로이츠는 눈을 동그랗게 떴다. 자신들을 맞이한 신관이 누군지 단번에 알아챈 까닭이었다. 녹음(綠陰)의 보디. 페르세포네 신의 사도였다.

보통 히든 스테이지로 안내하는 사람들이 페르세포네의 신관이나 사제이긴 했지만, 사도가 직접 이렇게 모습을 비친 경우는 거의 없었다. 게다가 보디는 그들을 기다리고 있었다고 말했다.

하지만 연우는 당연하다는 듯이 고개를 끄덕였다.

자신이 포세이돈과 크게 충돌했고, 하데스를 찾을 거란 건 올림포스의 신들이라면 누구나 알 수 있는 사실. 그렇다면 페르세포네가 어떻게든 반응할 것이라고 여겼기 때문이었다.

"그럼 이쪽으로 따라오십시오. 페르세포네 님께서 직접 카인 님을 맞이하고자, 안쪽에서 기다리고 계십니다."

"페르세포네가 직접?"

연우는 의외라는 듯이 눈을 살짝 크게 떴다. 페르세포네가 자신을 찾을 거란 생각은 했었지만, 그래도 전언을 남기거나, 더 신경 써도 강신을 하는 정도일 것으로만 예상했었다. 그런데 직접 만나 보겠다니.

16층에서 우르드 신을 만났던 것처럼, 이곳도 성소이니 페르세포네가 일시적으로 현현이 가능하긴 했다.

보디는 다른 말 없이 묵묵히 고개를 끄덕였다.

연우는 알겠다면서 보디의 뒤를 따랐다. 크로이츠도 성검 줄피카르를 고쳐 매면서 연우의 뒤를 따르려는데, 보디가 손을 뻗어 그를 막았다.

"신께서 직접 만나자고 하신 분은 카인 님까지입니다. 그 외의 인사께서는 바깥에서 잠깐 대기해 주십시오. 그리고 이곳은 페르세포네 님의 영토입니다. 신께 경의를 보내는 표시로, 남을 해할 수 있는 흉흉한 무기는 잠깐 바닥에 내려놓는 게 어떠실는지."

"미안하오. 경황이 없었소."

크로이츠는 짧은 사과와 함께 성검 줄피카르를 풀어서 중앙 보석에다가 가볍게 입을 맞춘 다음, 조용히 바닥에다 내려놓았다.

보디는 고개를 끄덕이는 것으로 짧은 사과를 받고, 다시 연우에게 시선을 돌렸다.

"따라오시지요."

연우는 보디를 따라 오두막집으로 들어갔다.

내부는 외관으로 보이는 것과 크게 다를 게 없었다. 무두질을 하다 만 가죽이 책상에 놓여 있었고, 벽에는 갖가지 사냥 도구들이 걸려 있었다.

정말 이곳이 신전이 맞나 싶은 생각이 드는 공간. 신을 연상시키는 물건은 한쪽에 마련된 청동화로와 페르세포네 신을 모신 신패가 전부였다.

『……그리워.』

그러다 연우는 자신을 따라 감돌던 레베카의 조용한 혼잣말을 듣게 되었다. 사냥꾼이자 수도자로서 살던 시절을 떠올린 걸까. 목소리에 그리움이 절절하게 묻어나 있었다.

"보통 아시는 신전 내부와 많이 다를 것입니다. 누추해 보여도 이해해 주십시오. 저 역시 신께서 내리신 부름을 급하게 받은 터라, 정리할 겨를이 없었습니다."

보디는 내부를 훑어보는 연우를 보면서 살짝 입가에 미소를 떴다. 크로이츠를 대할 때와는 다른 인상이었다.

"신의 성소에서 사냥감을 관리하는 건 처음 보는 것이라 놀랐을 뿐입니다."

"확실히 흔한 광경이 아니긴 하지요. 제물을 바치는 경우가 아니고서야, 신전 내에서 살생은 원래 보기 드무니까요. 하지만 페르세포네 신께서는 땅과 곡식의 신이신 데메테르의 따님이자, 명계와 죽음의 신이신 하데스의 아내이신 분. 땅은 계절을 따라 생(生)과 사(死)가 순환적으로 반복되어 나타나는 곳입니다. 그분을 모시는 곳에서 살생이 일어난다 한들, 그러한 죽음은 다시 산 자들에게 새로운 생기를 불어넣지 않습니까? 그리고 산 자는 다시 새로운 산 자를 낳고, 그러다 시간이 흐르면 죽은 자가 되지요.”

드넓은 대지 위에서 삶과 죽음은 그저 반복되는 순환일 뿐, 절대 불경한 것이 아닙니다. 보디는 무두질한 동물의 가죽을 손끝으로 만지면서 그렇게 말했다.

갑작스러운 현학적인 메시지. 연우는 그것이 페르세포네를 모시는 종교의 주요 교리가 아닐까 생각했다. 그리고 페르세포네가 자신을 만나기 전에 보디를 통해 전달하는 메시지이기도 했다.

삶과 죽음은 순환일 뿐이다. 이 문장이 죽음의 힘을 다루기 시작하고, 그것을 추구하고자 하는 연우에게 주는 의미는 무엇일까.

“이곳입니다.”

보디는 뒤뜰로 향하는 문을 열며 연우를 안내했다. 갖가지 꽃이 화려하게 핀 화단 속에 건물이 한 채 놓여 있었다. 자그마한 사당처럼 보였다.

"신고 계신 신발은 벗고, 무기는 모두 내려놓은 채로 화단을 지나 문을 여십시오. 그럼."

보디는 고개를 숙이고 다시 오두막집 안으로 사라졌다. 홀로 화단에 덩그러니 남은 연우는 보디가 시키는 대로 신발을 벗고, 조용히 화단을 가로질렀다.

부드러운 흙의 감촉이 느껴졌다. 말랑말랑하고 푹신한 느낌이 너무 좋았다. 마룡체의 예민한 감각은 그 너머의 것도 느끼게 해 주었다.

고운 흙의 입자들, 축축한 수분, 꿈틀거리는 지렁이와 벌레, 싹을 틔우려는 씨, 부드러운 풀과 꽃잎, 향긋한 꽃 냄새, 흙 내음.

화단이 가진 모든 게 연우에게 전달되고 있었다. 이 속에 있는 삶이 고스란히 다가오는 느낌이었다.

화단을 가로지르는 시간은 아주 짧았지만, 연우는 페르세포네가 그에게 말해 주려 하는 게 무엇인지를 알 수 있었다.

그리고 보디가 말한 사당의 문을 활짝 열었을 때.

쏴아아—

연우는 상쾌한 봄바람을 한껏 맞을 수 있었다. 부드러운 흙냄새와 향긋한 꽃 내음, 여기에 상쾌한 과일 향까지 섞인 바람. 맞는 것만으로도 기분이 저절로 좋아지는 바람이었다.

사당 너머는 별세계였다.

넓은 동산이 펼쳐져 있었다. 꽃과 풀이 부드럽게 살랑대는 곳. 하늘은 높고 푸르렀다. 특히 바람이 너무나 따뜻하고 상쾌했다.

외부 세계와는 완전히 별도로 분리된 공간. 신이 이따금 하계로 강림할 때에 사용하는 진짜 성소였다.

한편으로는. 저승의 안주인이 기거하는 곳이라 생각하기 힘든 장소이기도 했다. 보통 하데스와 페르세포네의 이미지를 생각하면, 깜깜한 어둠과 붉은 유황불이 흐르는 저승의 왕좌에서 망자들을 오만하게 굽어보면서 그들의 죗값을 심판할 것 같았으니까.

"무엇을 그리 빤히 보고 계시나요? 어서 안으로 들어오지 않으시구요."

그리고. 동산의 중심에는 한 여인이 서서 하늘을 올려다보고 있었다. 그러다 그녀는 머리에 쓰고 있던 모자를 정리하면서 이쪽으로 시선을 돌렸다.

페르세포네는 웃음이 아름다웠다. 하데스가 첫눈에 반해서 구애를 했다는 신화와 다르게, 완벽하게 예쁘다고 할 수는 없는 얼굴이었다. 하지만 '아름답다'는 표현과는 너무 잘 어울리는 것 같았다. 산뜻한 미소가 마음을 편하게 해 주고 있었다.

으레 신이라면 당연히 필멸자로부터 굴종과 경외를 받기 위해 압도적인 위압감을 뿜어낼 테지만.

페르세포네는 그런 것도 없었다. 만약 신이라는 사실을 알고 있지 않았다면, 그냥 평범한 플레이어로만 여겼을 모습이었다.

더군다나.

'친숙해.'

페르세포네가 왠지 모르게 낯설지 않았다. 마치 오래전에 헤어진 소꿉친구를 만난 것처럼 반가운 마음까지 들 정도였다. 죽음을 다룬다는 칠흑왕의 힘이 낳은 여파 때문일까.

"처음 뵙겠습니다."

연우는 성소로 들어가면서 고개를 숙였다. 무뚝뚝하지만 공손한 태도.

페르세포네는 의외라는 듯 눈을 동그랗게 떴다가, 곧 배시시 해맑게 웃었다.

"네. 반가워요. 이따금 아테나와 헤르메스에게서 듣던 것과 크게 다를 게 없는 모습이시군요. 사실 저도 그대를 한번 만나 보고 싶었어요. 이렇게 대면하게 될 줄은 몰랐지만."

페르세포네는 올림포스를 다스리는 12주신에는 들어가지 못해도, 데메테르의 딸이자 하데스의 아내라는 지엄한 신분을 지니고 있어 상위 신격으로 분류되었다. 또한 같은 세대인 아테나, 헤르메스와는 자주 교류를 하는 사이이기도 했다.

"우선 이리로 와서 앉으시겠어요?"

페르세포네는 허공에다 가볍게 손을 흔들었다. 그러자 동산 한가운데에 자그마한 테이블과 의자 두 개, 그리고 찻잔 세트가 마련되었다. 피크닉이라도 나온 듯한 모습이었다.

연우가 테이블에 다가가자, 의자가 저절로 밖으로 딸려 나왔다. 그는 거기에 앉지 못하고 주춤거렸다.

연우는 이런 상황이 영 어색하기만 했다. 페르세포네는 여태 만났던 신들과 달라도 너무 달랐다. 우르드나 포세이돈은 말할 것도 없었고, 헤르메스와 아테나도 그에게 호의는 보일지언정 위세는 잃지 않았다. 초월자와 필멸자 사이의 거리는 두려 하는 편이었다.

그런데 페르세포네는 그런 게 전혀 느껴지지 않았으니. 즐겁게 담소라도 나누자는 태도가 이질적으로 다가왔다.

그리고. 페르세포네는 그런 연우의 마음을 안다는 듯이 가볍게 웃음을 흘렸다. 역시나 심장이 가볍게 두근거릴 만한 매력적인 눈웃음이었다. 그녀는 정성스럽게 연우의 자리에다 찻잔을 놓아 주기 시작했다.

"너무 그렇게 어색해할 필요 없어요. 아무리 신이라고
해도, 신 나름대로 개개인이 추구하는 방향도 성격도 신행
(神行)도 다르니까요. 제가 추구하는 신행은 이런 것일 뿐
이에요. 불멸자도, 필멸자도. 신도, 인간도. 어차피 똑같이
영혼을 가진 동등한 객체일 뿐이지요. 차이점이 있다면 일
찍 스러지느냐, 그러지 않느냐인데…… 사실 신이라고 해
서 죽지 않는다는 건 아니니까요."

역시나 묘한 메시지를 담은 말이었다. 신이나 인간이나 똑
같다. 동등한 존재일 뿐이다. 자신들이 고귀하다고 여기는
다른 신이나 악마가 이 말을 듣는다면 어떤 반응을 보일까.

'다른 신들과는 다르다.'

연우는 페르세포네에게 조금씩 호의적인 감정을 느꼈다.
딱히 이런 모습이 꾸민 것이라고 생각되지는 않았다. 신인
그녀가 그럴 필요는 전혀 없으니까.

아니, 신행을 추구하는 신과 악마는 절대 거짓을 이야기
해서는 안 되었다. 자신이 살아온 사고관과 자신이 다스리
는 신위를 지키기 위해서는 언제나 스스로에게 솔직해야만
했다.

그렇게 그녀를 이해하고 나니, 어색했던 그녀의 행동들
도 조금씩 이해가 되었다. 누누이 써 왔던 존댓말이나, 예
의 바른 태도 등은 정말 그를 하나의 객체로서 존중한다는

의미였다.

연우는 페르세포네의 맞은편에 조용히 앉았다. 동등한 눈높이가 맞춰졌다.

페르세포네는 다시 방긋 웃으면서 주전자를 기울여 연우의 찻잔에 홍차를 따랐다. 그리고 테이블 한쪽에 놓인 과자도 두어 개 꺼내 내밀었다.

"이곳에서 나는 꽃들을 가져다 만든 화과자랍니다. 아마 홍차와 잘 어울릴 거예요. 한번 드셔 보세요."

연우는 가면을 벗고, 그녀가 조언해 준 대로 화과자를 집어 한 입 베어 물었다. 눈이 저절로 커졌다. 달콤했다. 그러면서도 산뜻했다. 입속이 개운해지면서 정신도 맑아지는 기분이었다. 감미로운 맛이 혀를 맘껏 희롱했다.

홍차도 가볍게 입술에 축였다. 달콤함이 남아 있던 혀끝을 차분하게 가라앉히면서 청량함을 가져다주었다. 목젖에서부터 식도를 따라 위까지. 그리고 몸 전체로 활력이 번져 나갔다.

영혼이 살짝 붕 떠오르는 기분이었다. 현자의 돌이 즐겁다는 듯이 울어 댔다.

연우는 자신이 마신 홍차와 화과자가 무엇으로 만들어졌는지를 알 것 같았다.

'넥타르.'

올림포스의 신들이 즐겨 마신다는 음료. 불로불사를 가져다준다는 신약이었다. 물론, 연우가 마신 것은 진짜 넥타르를 희석한 거였지만, 그래도 연우에게는 아주 고마운 영약이었다. 벌써부터 신의 인자가 반응하면서, 마력 내에 신력의 비중이 부쩍 늘어나고 있었다.

"혹시 이 화과자, 몇 개쯤 더 얻어갈 수 있겠습니까?"

페르세포네가 눈웃음을 지었다.

"아난타라는 용인 때문인가요?"

"예."

역시 페르세포네의 성역이라 그런지, 그의 생각을 일부 읽은 듯했다.

연우도 사실을 숨길 생각이 없었기 때문에, 고개를 끄덕였다. 올림포스 신들이 마신다는 신약이라면 심병(心病)으로 고생하는 아난타에게 도움이 되지 않을까 하는 생각이 있었다.

"그런 것이라면 얼마든지. 가시는 길에 보디에게 몇 개 챙겨 놓으라고 해 둘게요."

"감사합니다."

페르세포네는 별것 아니라는 듯 손사래를 치면서 본론으로 들어갔다.

"키클롭스 삼 형제를 찾는다고 들었어요."

페르세포네는 연우의 찻잔을 다시 채워 주면서 말했다. 연우는 고개를 조용히 끄덕였다.

"예. 그렇습니다."

"이유를 물어봐도 될까요? 이곳에서 그동안 시스템으로 ### 님을 봐 왔다지만, 그래도 생각을 직접 듣고 싶어서요."

"정확하게는 퀴네에를 찾고 있습니다."

"퀴네에라면…… 그이의 투구를 말씀하시는 건가요?"

"예."

퀴네에. 티타노마키아에서 하데스가 크로노스의 이목을 속이기 위해서 썼다는 투구. 쓰는 것만으로도 기척과 자취를 감춰 주며, 전의를 불태우게 한다고 알려져 있었다.

"혹시 갖고 계십니까?"

페르세포네는 고개를 가로저었다. 산뜻했던 미소가 어느새 씁쓸함으로 변해 있었다. 그녀의 감정 변화에 따라 살랑이던 봄바람도 조금씩 차가운 살바람으로 변해 가고 있었다.

"그이는 저를 사랑하고, 저 역시 그이를 사랑하지만. 그래도 우리 부부는 서로에게 비밀로 하는 각자의 사생활 영역이 있답니다. 그이는 자신의 물건을 건드리는 것을 세상 무엇보다 싫어해요. 그리고 그이가 사라진 지금은 더더욱 행방을 알 수가 없어요."

그이는 사도를 잘 두지 않기도 했고요. 페르세포네는 그렇게 뒷말을 덧붙였다.

연우의 두 눈이 이채를 띠었다.

"부군이 어디에 계시는지 모르십니까?"

"타르타로스에 무언가 일이 생겼다면서 잠시 자리를 비우겠다고 말한 이후로…… 아직도 돌아오지 않고 있어요."

'타르타로스?'

타르타로스는 하데스가 다스리는 저승에서 가장 아래층에 박힌 무저갱을 뜻했다. 아니, 저승이라기보다는 감옥이라 표현하는 것이 옳은 곳.

올림포스에 대항했던 티탄 족을 비롯해 기가스 족을 가둔 곳이며, 한번 들어가면 절대 빠져나올 수 없어 모든 신과 악마들이 두려워하는 미지의 장소이기도 했다.

그런데 그런 곳에 무슨 일이 생겼고, 하데스가 그곳으로 갔다가 실종되었다?

'키클롭스 삼 형제는 그런 하데스의 부름을 받아 관문을 통과하다 사라졌었지. 타르타로스로 이어지는 청동문이 열 개의 관문 너머에 있었던가 그랬을 텐데?'

연우는 어느 정도 머릿속에 그림이 그려지는 것 같았다. 타르타로스에 어떤 일이 발생했고, 하데스가 그것을 막기 위해 키클롭스 삼 형제를 불렀다. 그리고 전부 사라졌다.

그렇다는 건, 결국.

'타르타로스로 가 봐야 한다는 건데.'

칠흑왕의 힘을 절실히 필요로 하는 그로서는 하데스의 행방을 어떻게든 찾아내야만 했다.

"올림포스에서도 그이를 찾기 위해 백방으로 노력을 해 봤지만, 역시나 아무것도 찾을 수가 없었어요."

사실 올림포스 신들이 나서도 한계가 있었을 것이다. 타르타로스는 어디까지나 하데스의 영역. 아니, 성역이다. 신과 악마들은 타인의 성역에 개입하는 데 한계가 있을 수밖에 없었다.

"그 말씀은."

"퀴네에를 찾는 게 목적이라고 하셨으니 단도직입적으로 말씀드릴게요. 그이를 찾는 데 손을 보태 주셨으면 해요."

"전 평범한 인간일 뿐입니다."

"죽음의 대리자이기도 하죠."

연우의 눈이 빛났다.

"칠흑왕에 대해서 아십니까?"

"모를 리가 있을까요. 죽음을 신위로 삼는다는 신과 악마들은 모두 그를 알 수밖에 없어요. 그들이 가진 힘은 모두 거기에서 비롯되었으니까. 저와 하데스도 마찬가지에요. '그'에게서 벗어날 수 없어요."

"그럼 칠흑왕이 누구인지 말씀해 주실……."

페르세포네는 씁쓸하게 웃으면서 고개를 가로저었다.

"죄송해요. 그와 관련된 것들은 스틱스의 맹약에 얽매여 절대 어떤 것도 발설할 수 없도록 되어 있어요. 이름조차도 입에 담을 수 없어요."

페르세포네는 화과자를 한 개 들어 입에 물었다. 잇자국이 과자에 살짝 남았다.

"하지만 한 가지만은 말할 수 있어요. 제 어머니의 세대 분들은 '그'를 아주 두려워해요. 하지만 바로 아래 세대인 헤르메스와 아테나 등의 세대는 오히려 스틱스의 맹약에서 벗어나고 싶어 하죠. 그건 저도 마찬가지고요. 저 역시 당신을 도와드리겠어요. 원한다면 지지까지도. 대신에. 그이를 찾는 것을 도와주세요."

페르세포네의 아름다운 눈가를 따라 눈물이 살짝 맺혔다.

"전…… 자격이 없어 타르타로스로 건너가지 못해요. 하지만 필멸자이면서도 죽음과 가까운 ### 님이라면 얼마든지 가능할 거라고 여겨져요. ### 님에게는 운명이 따르고 있어요."

연우는 입을 꾹 다물었다.

"만약 그가 죽었다면, 그 생사라도 알고 싶어요. 전 그저 그이를 보고 싶을 뿐이에요. 그러니 도와주세요."

연우는 고개를 끄덕였다.

"알겠습니다."

어차피 그도 하데스의 행방을 찾을 생각이었다. 여기에 페르세포네의 부탁이 더해진다고 해서 크게 달라질 것은 없었다. 문제가 있다면. 과연 올림포스 신들도 다가가길 꺼려 한다는 타르타로스를 자신이 건널 수 있냐는 것뿐.

'일단은 관문부터.'

그때였다.

띠링—

[서든 퀘스트(페르세포네의 오랜 소망)이 생성되었습니다.]

[퀘스트에 한정해 페르세포네의 축복이 더해집니다.]
[퀘스트에 한정해 페르세포네의 기원이 더해집니다.]
[퀘스트에 한정해 페르세포네의 가호가 더해집니다.]

연우는 차례로 뜨는 메시지를 보면서 천천히 자리에서 일어났다. 페르세포네가 직접 그를 만나고자 한 것은 이 부탁을 위해서였던 모양이었다.

그리고 한편으로는 한 가지 사실을 더 알게 되었다. 올림

포스 내에서도 제우스 세대는 자신을 탐탁지 않게 여기는
데 반해, 헤르메스와 아테나의 세대는 그런 것이 없다는 사
실. 그리고 '스틱스의 맹세'라는 것이 그들을 옭아매고 있
다는 것까지도.

"감사해요."

연우는 페르세포네의 감사 인사를 들으며 성소를 벗어나
려 했다. 그러다 문득 뭔가를 갑자기 떠올린 것처럼 불쑥
페르세포네에게 한 가지 질문을 던졌다.

"한 가지 질문드릴 것이 있습니다만."

"네. 말씀하세요."

"혹시 제 동생의 영혼이 어디에 있는지 아는 바가 있으
십니까? 저승에 묶여 있지 않다고 들었습니다."

페르세포네가 안타까운 표정을 지었다.

"죄송해요. 그이를 대신해서 제가 명부의 일을 도맡아
처리하고 있긴 하지만, 전부를 알고 있는 건 아닌지라. 그
래도 ### 님의 부탁이시니 따로 알아보도록 할게요. 차정
우의 영혼은, 저희들에게도 이제 큰 관심사가 되었으니까
요."

"감사합니다."

연우는 인사를 끝내고 성소를 빠져나왔다.

＊　　　＊　　　＊

성소 밖에는 보디가 기다리고 있었다.

"신은 잘 배알하셨습니까?"

연우는 묵묵히 고개를 끄덕였다. 보디가 입가에 엷은 미소를 띴다.

"하데스께서 사라지신 뒤로, 외로움을 많이 타시는 분이십니다. 최근에는 어머니이신 데메테르께서도 편찮으시다는 말이 들리는지라, 심중에 아픔이 떠나질 않으시지요. 카인 님과의 만남으로, 신께서도 마음이 많이 평안해지신 것 같아 다행입니다."

보디는 안도에 찬 한숨을 내쉬면서 다시 연우를 크로이츠가 있는 곳으로 안내했다.

그 뒤를 따르는 내내.

연우의 눈빛이 깊게 가라앉았다. 동생에 대한 이야기를 꺼냈을 때, 페르세포네가 아주 잠깐 보였던 표정이 아직도 눈가에 아른거렸다. 파르르 떨리던 눈빛. 죄책감과 슬픔이 어린 눈빛이었다.

순간에 불과했지만. 절대 놓치지 않았다.

'뭔가를, 알고 있었어.'

그 순간.

뱅그르르—

갑자기 품속에 있던 회중시계의 시침이 빠르게 돌아가기 시작했다.

그리고.

『......형.』

어디선가.

익숙한 목소리가 들렸다.

"정우야?"

연우는 고개를 번쩍 들면서 재빨리 주변을 둘러봤다.

"왜 그러십니까?"

보디가 옆에서 놀란 얼굴로 바라봤다. 갑자기 잘 걷다 말고 소스라치게 놀라는 연우에 그도 덩달아 놀란 상태였다.

하지만 연우는 보디에게 신경 쓸 겨를이 전혀 없었다. 눈빛이 크게 요동치고 있었다.

형.

그 목소리가 그의 심장을 거세게 두들겼다. 쿵. 쿵. 도저히 멈추질 않았다. 피가 빨리 돌았다.

연우는 주변을 마구 두리번거렸다. 무언가를 찾으려는 사람처럼. 눈빛도 크게 흔들렸다. 연우의 격렬한 사념은 두

데스 노블에게도 고스란히 전해졌다.

「무슨 소리를 하는 거야, 주인? 여기서 갑자기 헤븐윙을
왜 찾아?」

「갑자기 왜 그러십니까?」

전혀 생각지도 못한 반응.

가면 아래, 연우의 낯이 굳었다.

'너희는…… 못 들었단 말이야?'

「뭘?」

「……?」

오히려 의문을 드러내는 건 샤논과 한령이었다. 거짓말
은 아니었다. 그들의 사념은 정말 모른다고 말하고 있었다.

연우는 고개를 위로 번쩍 들었다. 공기가 잔뜩 뭉치면서
레베카가 모습을 드러냈다. 그녀도 고개를 좌우로 저었다.
전혀 모른다는 뜻이었다.

연우는 품속에서 다급히 회중시계를 꺼냈다. 방금 전에
그렇게 요란하게 울어 대던 회중시계는 다시 진정되어, 시
침은 'XII' 자에 멈춰 있었다.

모든 게 거짓말처럼 느껴졌다.

'대체…….'

연우는 한참 동안 그렇게 우두커니 서 있어야만 했다.

$$*\qquad*\qquad*$$

"……그럼 잘 부탁한다. 너에게 일족의 미래가 달렸다, 파네스."

"신이 되어 돌아오겠습니다."

"그래. 네가 있으니 역시 든든하구나. 아이온은 마지막까지 걱정이 없었겠어."

늙은 손이 파네스의 어깨를 두들겼다. 장로들의 격려를 받는 파네스의 눈빛은 어느 때보다 화려하게 빛나고 있었다.

신탁이 내려왔다.

아주 오래전부터 무소용이 되었지만, 그래도 여전히 미련을 버리지 못해 정성스레 가꿨던 조상들의 신전에서. 몇 줄 되지 않는 짧은 신탁이.

—깊은 어둠으로 내려가라. 그곳에 너희들이 되돌아올 길이 있을 것이다.

프로토게노이 족은 원래 신이었다. 그것도 태초를 열었던 강대한 신족. 하지만 세월이 흐르면서 그들의 세력은 영락을 거듭했고, 어느새 올림포스 신들에 의해 자리가 대체 되면서 하계로 떨어졌다.

불로불사의 권능을 잃은 그들은 자식을 계속 낳으면서 일족의 이름과 전통을 이어 나갔다. 언젠가 다시 천계로 돌아갈 날을 고대하면서.

엘로힘을 세우는 데 큰 기둥이 되기도 했지만, 그래도 미련은 버리지 않고 있었다.

그런데. 수천 년 만에 처음으로 미련에 응답이 내려왔다. 그동안 사도를 고를 때에만 프로토게노이 족을 찾았던 올림포스 신들이 처음으로 의지를 보인 것이다.

그것도 포세이돈을 위시한 헤라, 데메테르, 헤스티아. 4대신이 함께 내린 신탁이었다.

당연히 프로토게노이 족은 난리가 날 수밖에 없었다. 그들은 '깊은 어둠'을 타르타로스라고 해석했다.

그리고 일족이 가진 전력을 투자해 원정대를 꾸렸다. 이 과정에서 엘로힘도 상당한 전력 지출을 감당해야만 했다.

실패하게 된다면, 일족은 물론 조직까지 폭삭 주저앉을 수 있는 대규모 원정대였지만.

그들 중 어느 누구도 이것을 걱정하지 않았다.

4대신의 가호가 뒤따른다. 그리고 무엇보다 원정대의 주인은 파네스였다. 두 가문의 주인이자, 신혈을 축복을 받은 아이. 그녀는 언제나 실패를 몰랐다.

그러니 원정대의 출정식이 진행되는 내내, 파네스를 보는 장로들의 시선에서는 굳건한 신뢰가 묻어났다.

'……제길. 아무것도 모르는 영감탱이들이.'

아이테르는 멀리서 그런 파네스를 질시에 찬 눈빛으로 바라보고 있었다.

언제였던가. 사실 그도 저런 광경을 꿈꾸던 적이 있었다.

일족의 뛰어난 대전사였던 아버지는 늘 출전을 할 때마다 일족의 장로들로부터 축복을 받았고, 집정관으로부터 발등에 입맞춤을 받았으며, 여러 원로원의 의원들로부터 절대적인 지지와 찬사를 받았다.

그리고 그는 동생인 헤메라의 손을 꽉 붙잡으면서, 개선문을 나서는 아버지의 뒷모습을 바라보곤 했다.

아이테르에게 있어 아버지는 세상의 모든 것이었다.

존경의 대상이었다. 따라잡고 싶은 사람이었다. 누군가 장래희망이 무엇이냐고 물어보면, 언제나 아버지 같은 사람이 되는 것이라고 대답할 정도였다.

하지만 아버지는 그런 어린 아들의 바람을 철저하게 짓밟고 말았다.

무슨 일이 있었는지는 몰랐다. 다만, 알려진 것이라고는 아버지가 큰 패배를 겪으면서 일족과 조직의 믿음을 저버렸다는 것이었다.

하루아침에 가문이 무너졌다. 친절했던 모두가 등을 돌렸고, 일족들로부터 버림을 받았다. 헤메라는 그 전에 가문을 버리면서 일신의 영달을 꿈꿀 수 있었지만, 아이테르는 아버지가 저지른 모든 죗값을 뒤집어써야만 했다. 일족과 조직의 영웅이 되겠다던 어린 시절의 꿈은 그렇게 박살 나고 말았다.

그렇게 그는 수중에 아무것도 없이, 배신자 가문의 후계라는 낙인이 찍힌 채로, 정처 없이 탑을 떠돌아다녔다.

한평생 귀족으로만 살았던 아이가 거지꼴이 되면, 보통 둘 중 하나가 된다. 미치거나, 이를 악물거나. 아이테르는 그중 후자였다.

주린 배를 움켜쥐고, 쓰레기통을 뒤지면서 이를 갈았다.

언젠가는 복수해 주겠노라고. 아버지의 실패를 누르고, 일족과 조직으로 금의환향할 것이라고.

하지만.

'현실은 시궁창이지.'

아이테르는 재생된 자신의 팔다리를 내려다봤다. 신혈의 뛰어난 재생력 덕분에 어떻게든 복구를 할 수 있었지만. 파네스에게 짓눌려서 사지가 잘려 나가던 고통은 아직도 가시지 않는 것 같았다.

한평생 귀족, 아니, 왕족으로만 살았던 그녀는 과연 자신을 보면서 뭐라고 생각했을까? 역시 그 핏줄에 그 핏줄이라고 여겼을까. 아니면 그냥 오물을 보는 것처럼 역겹게만 느꼈을까.

알 수 없는 일이었다.

아이테르는 다시 고개를 들어 파네스를 바라봤다. 일족 장로들의 축복식이 어느새 끝나가고 있었다.

만약 자신이 저 장소에 있었다면 어땠을지, 곰곰이 생각해 봤지만. 단 한 번도 그런 적이 없어서 어떤 느낌일지 상상도 가질 않았다.

아니.

그러고 보니 아예 없었던 건 아니었다.

아르티야.

쓰레기통을 뒤지던 자신에게 처음으로 손길을 건네주던 곳이 있었다.

'내가 미쳤지. 다시 그곳을 떠올리다니.'

일족으로 돌아오기 위해서, 동료들을 팔아 치웠던 그가 거론할 자격 따윈 없었다. 이미 그는 일족도 배반하고, 다시 새롭게 들어간 조직도 배신한 파렴치한이었다.

'나도, 박쥐로 살고 싶은 건 아니었다고.'

아이테르가 이를 악무는 동안.

파네스는 무표정한 얼굴로 돌아왔다. 그녀는 더러운 오물을 털어 내듯이, 손으로 가볍게 어깨를 털었다. 원로들이 검버섯이 잔뜩 진 손으로 두들기던 지점이었다.

아이테르는 그런 파네스를 질린 얼굴로 바라봤다. 결벽성이 강한 건 알고 있었지만, 설마 일족의 어른들까지 저런 식으로 여기고 있을 줄은.

"무슨 문제라도 있나요?"

"아, 아닙니다."

파네스는 무슨 일이 있냐는 투로 돌아봤고, 아이테르는 허리를 쭈뼛 세우면서 고개를 옆으로 돌렸다. 역시 이 미친 년의 눈은 보고 있을 엄두가 나지 않았다.

"그럼 출발하도록 하죠. 한시가 급하니까요."

파네스는 쌀쌀맞게 아이테르를 지나쳤다. 수하들이 바쁘게 움직이면서 원정대가 움직이기 시작했다. 그들 중 어느 누구도 '개'에 불과한 아이테르에게 관심을 두지 않았다.

아이테르는 모멸스러운 감정에 이를 악물었다.

'어떻게든……'

그는 주머니 속에 숨겨 둔 여의봉의 조각을 꽉 쥐었다.

지잉, 지이잉—

그렇게 원정대의 출정이 시작되었다.

「……주인.」

「이 이상은 무의미하다고 생각합니다.」

샤논과 한령의 목소리가 머릿속에서 울렸다. 이제는 그만 미련을 버리라는 말투였다.

연우는 묵묵히 고개를 끄덕이면서 근처 바위에 털썩 주저앉았다. 혹시나 하는 마음에 주변 곳곳에 뿌렸던 괴이들이 힘없이 그림자 속으로 돌아왔다. 어떻게든 동생의 흔적을 찾고자 했지만, 아무것도 찾을 수 없었다.

보디와 크로이츠는 알 수 없는 눈빛으로 그런 연우를 바라봤다. 연우의 사정을 모르는 그들로서는 그가 보인 행동들이 기행으로만 여겨졌다.

하지만 연우는 그들의 시선을 무시하고, 다시 회중시계를 꺼내 바라봤다.

'분명해. 절대 내가 잘못 들은 게 아니었어.'

샤논과 한령의 의견과 다르게, 연우는 시간이 지날수록 처음엔 긴가민가했던 환청에 대해서 확신을 얻고 있었다.

회중시계의 시침이 그 증거였다.

시침은 처음부터 조금씩 흔들렸었지만, 동생의 목소리가 들린 뒤부터는 흔들리는 폭이 좀 더 커졌다. 미세한 차이였지만, 용마안은 속일 수가 없었다.

그러다 보니, 여러 가지 가정이 머릿속에서 조합되었다.

'소환은 분명 실패했다. 대상자를 찾을 수 없다고. 하지만.'

연우의 눈이 빛났다.

'스킬이 실패한 게 아니라면?'

칠흑왕의 형틀 속에 있는 옵션들은 전부 하나하나가 '권능'이라 할 만한 수준을 가진 것들이다.

권능이란, 본디 법칙을 거스르고 이적을 구현하는 힘.

웬만해서는 실패할 확률이 거의 없었다. 대개 신이나 악마의 대리자가, 모시는 존재의 힘을 하계에 '기적'이라는 형태로 풀어내기 때문이었다.

저승의 법칙을 거스르고 대상자를 강제로 데려오는 사자 소환도 권능에 해당했다.

정말 큰일이 아니고서야, 실패를 하지 않는 것이다.

그러니 연우는 사자 소환이 실패하지 않았다는 가정을 염두에 뒀다.

그렇다면 동생의 영혼이 저승에 묶여 있지 않아 소환 자체에는 실패했어도, 권능 때문에 어떤 영향을 받았던 것일지도 모른다.

'그러다 페르세포네의 성역에 들어오면서 일시적으로

연결 고리가 생겼을지도 모르는 거고.'

페르세포네는 저승을 다스리는 여신. 당연히 그녀의 성역은 죽음의 기운이 가득할 수밖에 없으니, 다른 어느 곳보다 칠흑왕의 힘이 가장 또렷하게 빛날 장소였다. 때문에 동생의 영혼에 가해진 영향력이 가장 크게 발현될 가능성이 컸다.

만약 그런 가정이 맞았다면. 동생의 간절한 목소리가, 그에게만 희미하게 전해졌을지도 몰랐다.

물론, 이런 것들은 전부 연우가 내린 가정이며 추측에 불과할 뿐. 진실이 아닐지도 몰랐다.

하지만 연우는 자신의 판단이 어느 정도 신빙성이 있다고 여겼다.

여름여왕을 삼키면서 생긴 뛰어난 관측력과 통찰력이 그렇게 말하고 있었고, 마룡체의 연산력도 그렇게 말했다.

무엇보다.

'느낌이 그래……'

감이 그랬다.

쌍둥이들만이 느낄 수 있는 어떤 미묘한 기류. 어머니의 뱃속에서부터 같이 자랐고, 한날한시에 태어난 쌍둥이들만이 가질 수 있는 직감이 어딘가에 동생이 있노라고 말하고 있었다.

'역시 정답은 칠흑왕의 힘을 더 빨리 손에 넣는 거야.'

생각을 정리한 연우는 천천히 자리에서 일어났다.

＊　　　＊　　　＊

[서든 퀘스트 / 페르세포네의 오랜 소망]

내용: 수백 년 전. 명계의 신, 하데스는 타르타로스에 정체를 알 수 없는 어떤 이상 현상이 발생했다는 사실을 눈치채고, 조사를 위해 문지기 헤카톤케이레스의 도움을 받아, 직접 청동문을 열었습니다.

하지만 그 뒤로 청동문은 다시 닫힌 채, 줄곧 열리지 않았습니다.

금방 돌아올 거라는 남편의 말을 굳게 믿었던 페르세포네는 수백 년의 세월 동안 홀로 망부석처럼 남편을 기다렸습니다. 남편에 대해서 들은 소식은 오직 하나. 그가 타르타로스로 들어가고 난 뒤, 키클롭스 삼 형제를 따로 불렀다는 것이 전부였습니다.

결국 페르세포네는 더 이상 이렇게 기다리기만 해서는 안 되겠다는 생각에 남편을 직접 찾아 나서기로 마음먹었습니다.

하지만 저승의 일을 홀로 떠맡아야 하고, 타르타

로스에 대한 접근 권한이 없는 그녀로서는 남편을 찾을 방법이 없어 대리인을 내세우기로 마음먹었습니다.

이제부터 대리인이 되어, 페르세포네를 대신해 하데스의 행방을 쫓으십시오.

제한 조건: '죽음'의 접근 권한이 있는 자. 올림포스 신의 인정을 받은 자. 30층의 히든 스테이지, '열 개의 관문'을 통과한 자.

제한 시간: 무제한

보상:

1. 페르세포네의 신물

2. 페르세포네의 가호

3. 페르세포네의 권능

연우는 페르세포네가 준 퀘스트창을 종료시키면서, 페르세포네의 신전을 벗어났다.

그러자 새로운 메시지창이 망막을 가득 채웠다.

[히든 스테이지, '열 개의 관문'에 입장하셨습니다.]

[설명: 저승의 강과 터를 지난 산 자여. 이곳은 죽은 자들만이 통과할 수 있는 심판과 형벌의 법정입니다. 산 자가 올 곳이 되지 못하는 곳이니, 만약 길을 잘못 들었다면 왔던 길을 다시 되돌아가십시오.

하지만 사실을 알고도 온 것이라면, 당신은 혹독한 열 개의 시련을 맞이하게 될 것입니다.

죽은 자들에게도 지독하기만 한 형벌이, 산 자에게 편할 리 만무한 법. 오히려 더 지독하고, 끔찍하며, 고통스러울 것입니다. 또한, 자칫 여기서 죽게 된다면 영원히 관문 속에 갇혀 고통을 반복해야만 합니다.

하지만 이곳을 통과할 수 있다면, 위대한 영광과 축복이 당신을 따를 것입니다. 앞으로 어떤 위난과 역경도 쉽게 극복할 수 있는 불굴의 의지를 갖게 될 것이며, 죽은 자들로부터 마땅히 경외를 받게 될 것입니다.]

이대로 살이 익는 게 아닐까 싶을 정도로 화끈한 열기가 휘몰아쳤다. 방금 전까지 페르세포네가 가꾼 산뜻한 환경에 있다 온 터라, 차이는 더 극심하게 다가왔다.

연우의 뒤를 따라온 크로이츠는 미간을 살짝 찌푸렸다.

두 번째로 온 그로서는 익숙해질 법도 했지만, 도저히 적응이 되질 않았다. 이 열기며 습도까지, 전부 불쾌하기만 했다.

생전에 저지른 업보를 심판한다는 저승의 심판 구역답게, 하늘은 새까맣고 바닥에는 시뻘건 유황불이 강물처럼 흐르고 있었다. 게다가 눅눅한 망자들의 기운이 체력을 갉아먹고 있었다. 방금 전부터 상태 이상을 알리는 메시지창이 계속 떠오르고 있는 중이었다.

여러모로 계속 머물기 싫은 장소였다.

크로이츠는 연우도 이곳을 괴로워하지 않을까 하고 생각했다. 그가 모시는 연대장도 처음 히든 스테이지를 방문했을 때는 아주 힘들어했었으니까.

그런데.

『와! 신난다! 이히히히!』

『간만에 온천욕을 즐길 수 있겠군. 으. 시원하다.』

하늘을 따라, 니케가 날개를 한껏 펼치면서 기분 좋게 날아다니고 있었다. 네메시스는 벌써부터 길게 미끄러져 나와 유황불에 몸을 담그며 아저씨 같은 소리를 냈다.

크로이츠가 입을 쩍 벌리면서 놀라는 가운데.

"쾌적하군."

연우는 기분 좋게 웃고 있었다.

[불의 기운이 당신을 따뜻하게 감싸 안습니다. 일
시적으로 전체 스탯이 20만큼 상승했습니다.]
[어둠의 기운이 당신에게 평안을 가져다줍니다.
일시적으로 전체 스탯이 25만큼 상승했습니다.]
[독의 기운이 당신에게 활력을 불어넣습니다. 일
시적으로 전체 스탯이 10만큼 상승했습니다.]
……

[칭호, '불의 왕'을 획득했습니다.]

'이런 건 생각도 못 했어.'
연우의 웃음은 사실 헛웃음에 가까웠다.
아주 힘들어서 랭커들도 이따금 자기 수련을 위해서 찾
는다는 히든 스테이지가 이렇게 버프 효과를 잔뜩 주는 것
으로도 모자라, 떡하니 칭호까지 가져다줬으니.
하지만 어떻게 보면 당연한 일이었다.
저승을 모방한 곳이라면, 당연히 죽음의 힘이 가장 극대
화될 수밖에 없는 바.
칠흑왕의 비탄을 얻으면서 더 깊은 암 속성을 얻은 연우
에게는 딱 알맞은 장소인 것이다. 게다가 그는 화 속성에서
이미 플레이어의 한계치까지 거의 다다라 있었다. 힘들 것

이 없었다.

크로이츠는 어떻게 그럴 수가 있냐면서 괴물 보듯이 쳐다봤지만.

연우는 녀석의 시선 따윈 싹 무시했다. 끝까지 따라오겠다고 한 건 그였다. 자신이 신경 쓸 바가 아니었다.

'아니면 귀찮은데 그냥 떨쳐 낼까?'

타르타로스는 열 개의 관문 너머에 위치해 있다. 크로이츠도 뛰어난 플레이어라지만, 그는 상성상 히든 스테이지와 너무 맞지 않았다. 성력을 다루는 이에게 있어 죽음의 대지란, 모든 것이 억눌리는 가혹한 장소일 것이다.

"왜 그러시오?"

크로이츠는 자신을 빤히 쳐다보는 연우의 시선이 부담스러운지 조금 떨떠름한 표정이 되었다. 고민하는 연우의 기색을 읽은 모양이었다.

연우는 다른 대답 대신에 검지로 크로이츠의 뒤편을 가리켰다.

"그 검, 계속 울고 있는 것 같은데."

크로이츠는 반사적으로 뒤쪽으로 손을 옮겼다가, 뭘 말하는지 깨닫고 쓰게 웃었다. 성검 줄피카르가 계속 울어 대고 있었다. 히든 스테이지에 들어온 뒤로 계속 이 상태였다.

"이 검은 자체적으로 성력을 품고 있는 근원이기도 해서 말이오. 아무래도 이런 장소를 부담스러워할 수밖에 없지. 그렇지 않아도 고통스럽다고 계속 칭얼대는 터라, 어떻게 달래야 할지 고민하고 있던 차라오."

연우의 눈가에 이채가 어렸다.

"말도 하나?"

크로이츠가 가볍게 웃었다.

"설마. 영혼이 담겨 자아를 깨우친 에고 소드가 아니고서야. 음. 뭐랄까, 그냥……."

"검의 뜻이 들리나 보지?"

"그렇소. 검명(劍鳴)이라고 하지. 혹시나 했는데. 역시 카인도 알고 있었던 모양이군. 사실 주변에다 말해도 수하들은 이상한 사람 쳐다보듯이 하던데."

연우는 가만히 고개를 끄덕였다.

검명. 외뿔부족에서는 달인 급을 넘어 '명인' 급에 들어서는 이들이 필수적으로 깨달아야 할 덕목으로 가르치고 있는 경지였다.

검의 목소리를 듣는다. 그것은 곧 검의 상태를 파악하고, 자신과의 동화율이 어느 정도인지를 직감적으로 알 수 있다는 뜻이었다.

검이 아무리 멀쩡해도 몸이 따라 주지 않으면 부서질 수 있고, 검이 심하게 상했어도 잘 다룰 수 있다면 능히 바위도 벨 수 있는 법이었다.

연우도 이제야 겨우 갓 깨우쳐 가고 있는 중인 경지였다. 그런데 크로이츠는 이미 거길 딛고 있는 모양이었다.

'대단하군.'

외뿔부족이 아니고서야, 명인 급이 될 때까지 병장기를 수련하는 플레이어는 찾기 힘들다. 연우는 크로이츠가 검에 있어서 얼마나 대단한 경지에 올랐는지를 알 수 있었다.

"아, 연대장만큼은 이해를 해 주긴 했었소."

"연대장도?"

"그렇소."

'환상연대장도 최소 명인 급이라는 뜻이로군. 대체 누구지?'

역시 짚이는 바가 크게 없었다.

"하여간. 그럼 그런 상태로 계속 뒤를 쫓아올 생각인가?"

크로이츠가 쓰게 웃었다.

"무엇을 걱정하는지는 알겠소. 그대의 발목을 잡지는 않을까 우려하는 것이겠지?"

"내 성격은 잘 알 테고."

"친분이 있다면 모르되, 정체도 제대로 설명하지 않는 수상쩍은 이가 짐짝이 된다면 가차 없이 내버리거나, 때에 따라서는 목도 치려 하지 않겠소?”

연우는 굳이 대답하지 않았다. 하지만 그걸로도 충분했다. 크로이츠도 지난 며칠 동안 연우를 관찰하면서 그에 대해 깨달은 게 많았다.

“카인은 카인대로 할 일을 하시오. 자세한 건 알 수 없으나, 페르세포네 신에게 개인적으로 어떤 퀘스트를 받은 것 아니오? 방해가 되지 않도록 하겠소. 무엇인지 묻지도 궁금해하지도 않을 것이고. 내 이름과 기사단의 명예를 걸고, 맹세하겠소.”

크로이츠는 주먹으로 자신의 왼쪽 가슴을 두들기면서 단호하게 말했다.

연우는 고개를 끄덕이면서 뒤로 돌아섰다. 대답은 저것이면 충분했다. 여태 그가 봤던 크로이츠는 정말 기사도로 똘똘 뭉친 사람이었으니까. 맹세를 깨뜨리지는 않을 것이다.

‘깨뜨려도 무방하지. 용마안을 피할 수는 없을 테니까.’

그리고 그때는 가차 없이 베어버리면 그만이었다.

화아악!

연우는 불의 날개를 활짝 펼쳤다. 그리고 땅을 거세게 박찼다.

팟—

[첫 번째 관문, '도산'에 입장했습니다.]

*   *   *

크로이츠는 저만치 점이 되어 사라지는 연우를 따라잡기 위해서 검지와 중지를 입에다 물고 휘파람을 불었다.
〈비룡 소환〉. 이전처럼 편하게 와이번을 타고 따라갈 생각이었다. 이런 무거운 중장 갑옷과 커다란 성검을 들고 날랜 연우를 따라잡는다는 건 미친 짓이었다.
그런데.

[소환이 실패하였습니다.]
[소환이 실패하였습니다.]

"……음?"
이상하게 자꾸 소환에 실패했다는 메시지가 떴다.

[알 수 없는 이유로, 이곳에서는 소환수(비룡)를 소환할 수 없습니다. 다른 지역으로 이동하세요.]

"설마……."

크로이츠는 잔뜩 굳어진 얼굴로 연우가 사라진 곳을 바라봤다. 땅바닥에 뜨거운 강물이 펄펄 끓고 있었다. 이런 갑옷을 입고 저 위를 뛰어다니면 어떻게 될까. 잘 익은 계란처럼 푹 삶아지지 않을까.

크로이츠의 얼굴이 핼쑥해졌다.

*　　*　　*

열 개의 관문은 염라대왕을 비롯한 시왕(十王)이 다스린다는 열 개의 지옥을 모티브로 만들어진 곳이었다.

첫 번째 '도산(刀山)'은 주변에 온통 칼날밖에 없어서, 흉흉하기만 한 숲이었다.

저승에서 죽은 자들을 심판한다는 열 명의 왕, 시왕. 그들은 각자 저마다 다른 지옥을 다스리며, 망자들의 죗값만큼 처벌하고 나서 다음 지옥으로 보낼지, 아니면 다른 세계로 윤환전생을 시켜 줄지를 결정한다고 한다.

이 중에서 첫 번째 지옥, 도산지옥은 칼날이 온통 땅과 숲을 이루며 있는 곳이었다.

'최대한 빠르게 지나야겠어.'

연우는 낭떠러지의 끝에 서서 용마안으로 관문을 빠르게

훑었다.

낭떠러지 앞은 온통 시커먼 무저갱이 훤히 아가리를 벌리고 있었다. 의념을 쏟아 봤지만, 도무지 끝이 느껴지지 않았다. 떨어지면 끝장이란 뜻이었다.

발을 디딜 곳이라고는 중력의 법칙을 거스르고, 허공에 둥둥 떠 있는 난간들뿐.

하지만 난간들은 하나같이 길이가 몇 미터가 되지 않았고, 폭도 아주 좁았다. 뭔가를 툭 떨어뜨리면 그대로 베어 버릴 것처럼 날카로운 날을 드러내고 있어서, 잘못 디뎠다가는 그대로 몸이 잘려 나갈 것 같았다.

'어떻게 서 있는다고 해도, 조금이라도 균형이 흐트러지면 바로 낙이고. 처음부터 살벌하군.'

넓은 관문을 따라, 여러 플레이어들이 조심스럽게 이동하는 것이 보였다.

하나같이 랭커 급이거나, 그에 준하는 자들. 30층을 갓 통과한 듯한 플레이어는 없어 보였다.

'편법이라도 써야겠지.'

연우는 각 난간에 조금씩 어린 응달의 위치를 파악하고, 아무런 거리낌 없이 몸을 던졌다. 용마안이 더 크게 열리면서 여러 루트를 선보여 주었다.

파밧―

[바람길 — 질풍]

연우는 결이 그려 내는 길을 따라, 질풍을 잔뜩 일으키면서 빠르게 난간 위를 차례대로 밟아 나갔다.

칼날에 발이 닿을 때마다 그림자 위로 괴이들이 불쑥불쑥 올라오면서 디딤돌 역할을 하고, 바람길은 연우를 부드럽게 다음 장소로 이동시켜 주었다.

마치 무게가 거의 없는 깃털처럼 부드러운 움직임이었다.

사실 첫 번째 관문이 아무리 위험하기로서니, 연우로서는 이곳을 통과하지 못하면 갈리어드에게 크게 혼이 나도 할 말이 없는 곳이었다.

"뭐야? 뭐 방금 전에 지나가지 않았어?"

"도, 독식자?"

"뭐가 저렇게 빨라? 미쳤……!"

한창 플레이에 집중하고 있던 플레이어들은 소스라치게 놀라고 말았다. 그리고 부드러운 곡선을 그리며 떨어지는 연우를 시샘 가득한 시선으로 바라봐야만 했다.

"과연, 신성이란 건가……."

아직 30층도 제대로 통과하지 못한 플레이어에게 이렇게 눌리다니.

그들의 얼굴이 수치심으로 잔뜩 잠겼다.

그리고 그런 그들의 뒤를 따라.

"헉, 헉헉……."

크로이츠가 폴짝폴짝 열심히 뛰어다녔다.

* * *

[두 번째 관문, '화탕'에 입장했습니다.]

'이곳은 좀 전보다 훨씬 쉬운데.'

두 번째 관문은 여러모로 연우에게 편한 장소였다. 바닥을 따라 펄펄 끓는 강물이 흐르고 있었다. 눅눅하고, 텁텁했다.

이곳을 통과할 수 있는 방법은 두 가지였다.

한 가지는 최대한 관문 주변의 자원들을 가져다 자체적으로 배를 만들어 강물에다 띄우거나.

'아니면 그냥 헤엄쳐서 건너거나.'

물론, 자원이란 한정되기 마련이다. 그래서 임의로 만들수 있는 배의 숫자에도 한계가 있을뿐더러, 대부분의 배는 띄우기도 전에 끓는 물에 그대로 홀라당 타 버리는 경우가 대부분이었다.

가장 편한 건 그냥 헤엄치는 것이었다.

도중에 지쳐서 익사하거나, 장기가 전부 열기로 익어 질식할 확률이 높았지만.

아무리 헤엄을 잘 치더라도 화상으로 죽고, 열에 대한 뛰어난 내성을 갖고 있어도 헤엄을 치다가 체력이 방전되면 죽는 것이다.

보통 이 상반된 속성을 겸비한 사람은 거의 없었기에, 대부분의 플레이어들은 두 번째 관문에서 되돌아가는 편이었다.

연우도 마찬가지. 그는 화 속성에만 특화되어 있었다. 헤엄을 친다고 해도 관문의 길이가 너무 길었고, 불의 날개로 난다고 해도 난간이 없으니 비행시간에 한계가 있었다.

'물론, 난 둘 다 하지 않을 생각이지만.'

하지만 연우에게는 다른 무기가 있었다.

'케토.'

라나에게 받은 신물이 있지 않은가. 목에 두르고 있던 목걸이에 손을 가져갔다.

[케토의 권능(해왕석)이 발동됩니다.]

[해왕석(海王釋)]

등급: 권능

숙련도: 0.0%

설명: '올림포스'의 여신, 케토가 선물한 권능.

케토는 죽은 사도 라나의 후계로 당신을 점지하고, 그녀가 가지고 있던 권능을 그대로 물려주었다.

* 육각(六覺)

케토는 모든 해수류와 해왕류의 시조라 할 수 있다. 권능을 발휘하는 동안, 모든 감각 기관과 근육 조직이 한계 이상의 힘을 끌어낸다.

또한, 본능적인 감각도 해왕류만큼 민감해져 직관력이 대폭 상승한다. 돌발적인 상황에 민첩하게 대처할 수 있게 된다.

* 타닌 피어(Tannin Fear)

강렬한 피어를 끌어내 괴물의 본능을 강제로 꺾는다. 이때, 대상자에게 강한 디버프 효과를 실으며, 의지가 완전히 꺾인 대상에 한해서 생명력을 소모시켜 강제 조종이 가능해진다.

* 물의 인도자

가까운 장소에 강이나 바다 같은 풍부한 수자원이 있을 경우, 일부를 의지대로 다룰 수 있게 된다.

아즈라엘의 제3천의 영이 빠져나간 자리에 새롭게 채워 진 케토의 권능, 해왕석.

이것도 사실상 연우에게는 용체 각성과 한데 어우러지면 서 힘을 부쩍 실어 주는 효과를 낳았다. 육각은 초감각에, 괴물의 왕은 드래곤 피어에 상승 효과를 미친 것이다.

하지만 이것이 연우에게 주는 가장 큰 효과는 물의 인도 자였다. 그동안 연우에게 약점으로 작용하던 강가에서의 싸움에 이점을 주는 것이다.

연우는 권능이 발동되자마자, 천천히 강가 위로 발을 얹 었다.

통—

발끝이 수면에 닿자 잔잔한 파문이 그려졌다. 기포가 부 글부글 끓으며 전해지는 열기는 아무렇지 않았다. 아니, 오 히려 좋은 기분만 주었다.

'된다.'

연우는 어느새 수면 위에 서 있게 되자 가만히 웃었다.

그 순간.

크와앙—

갑자기 기포가 들끓는 수면에서부터 거대한 괴물이 튀어 나왔다. 망자의 강에서 숱하게 만났던 해수류에 못지않은 크기에, 흉악성은 해왕류를 떠올리게 하는 녀석이었다.

괴물은 연우를 집어삼키기 위해 아가리를 쩍 벌렸지만, 곧 연우와 눈이 마주친 순간 몸이 빳빳하게 굳고 말았다.

연우를 따라 흐르는 피어(Fear)가 녀석의 심장을 강하게 옥죄었던 것이다.

그러다 연우의 머리 위로, 두 개의 실선이 그어지면서 눈동자가 활짝 열렸다. 푸른색의 인페르노 사이트가 잔뜩 일그러진 채로 괴물을 노려봤다.

「감히. 미물. 따위. 가.」

괴물은 해왕류도 가볍게 찢어 먹으면서, 이따금 플레이어들을 한입에 집어삼킨다는 포식어(捕食魚)였지만.

인페르노 사이트가 주는 위압감을 거스를 정도는 절대 아니었다.

「사라. 져라.」

펑―

괴물의 머리통이 그대로 폭죽처럼 터져 나갔다. 살점이 후두둑 떨어지면서 강을 붉게 물들였다.

'딱히 힘들일 필요는 없겠군.'

사실 따지고 보면, 이 관문은 부에게 시켜서 플라잉 마법만 걸게 해도 충분히 통과할 수 있었다. 다만, 그렇게 되면 별다른 활약을 벌이지 못해 공적치가 올라가지 않을 뿐.

그러다 연우는 수면 아래로 잠기는 포식어의 사체를 보다가 문득 좋은 생각이 떠올랐다.

'이런 것도 괜찮겠는데.'

연우는 눈을 가만히 감으면서 강가를 따라 의념을 잔뜩 넓게 퍼뜨렸다.

화아아—

인지 영역 안쪽으로, 강 아래를 헤엄쳐 다니는 여러 괴물들이 포착되었다.

그런 녀석들에게, 피어를 잔뜩 실어 보냈다. 그러자 이리저리 헤엄치던 녀석들의 몸이 빳빳하게 굳더니, 압박감에서 벗어나려 몸부림을 쳤다.

연우는 그런 모습에서 의외로 재미를 느꼈다. 괴물들은 아직 미숙한 권능의 법칙을 빠져나가려는 중이었다.

이것을 강제로 붙들면서 조금씩 피어를 심어 나가는 과정이 제법 괜찮은 수련이 되었던 것이다.

예전에도 벤티케와의 싸움에서 비슷한 것을 해 본 적이 있다지만. 그때는 단순히 신물에 의지한 것이었으니.

여기에 부의 사념까지 깃들자, 괴물들은 더 이상 버티지 못하고 말았다. 괴물들의 눈동자에서 이지가 조금씩 사라지는 게 느껴졌다.

연우는 손끝으로 연결된 감각을 따라, 조금씩 녀석들을

수면 위로 끄집어 올렸다.

"어, 어어? 뭐야?"

"해왕류가 갑자기 왜 이렇게 떼거지로……!"

이미 도강을 시도하던 플레이어들이 놀랐지만.

연우는 전혀 아랑곳하지 않고 수면 위를 내달리기 시작했다. 괴물들의 머리를 징검다리 삼아서 빠르게 주파했다. 그때마다 부서지는 괴물들의 머리가 강물을 빨갛게 물들였다.

파바밧—

덕분에 물살이 일면서 헤엄치던 사람들이 이리저리 휩쓸려 허우적거려야만 했다. 실수로 연우에게 밟혀서 물을 마셔야 하는 사람도 있었다.

'×퍼 마리오가 생각나는데.'

어쩐지 지구에서 하던 아케이드 게임을 떠올리면서. 연우는 빠르게 두 번째 관문도 통과했다.

「인성…….」

물론, 샤논의 말은 그냥 무시했다.

"으아아! 안 돼에에!"

그리고. 연우가 사라진 자리로, 뒤따라온 크로이츠가 해쓱한 얼굴로 절규했다.

　　　　*　　　*　　　*

　[세 번째 관문, '한빙'에 입장했습니다.]
　[네 번째 관문, '검수'에 입장했습니다.]
　……

　[여섯 번째 관문, '독사'에 입장했습니다.]

　연우는 전력을 다해 각 관문들을 빠르게 주파하면서, 드디어 키클롭스 삼 형제가 실종되었다는 관문에 도착할 수 있었다.

　모든 것이 눅눅한 늪지대로 뒤덮인 곳.

　땅을 디딜 때마다 무언가가 짓눌리는 질퍽질퍽한 감촉과 함께 핏물이 꾸역꾸역 위로 쏟아졌다. 대체 얼마나 많은 사람들이 여기서 죽었어야 이런 참혹한 광경이 나타나는 걸까.

　문제는 그런 핏물이 지독한 부식독과 산성액을 띠고 있다는 점이었다. 아티팩트도 녹아 버릴 정도로 심각하고, 호흡을 하는 것도 쉽지 않은 장소였다.

　'잔독혈로도 쉽지가 않은데.'

　여기서부터는 연우에게도 쉽지 않았다. 잔독혈을 이용해

서 면역력이 대폭 올랐다지만, 그마저도 가볍게 무시되고
영향을 받을 정도로 지독했다.

'최대한 빨리 여길 통과해야 할 것 같은데.'

연우는 아트란에게서 구입한 피독주(避毒珠)를 입에다 물
고, 주변을 빠르게 훑었다.

'그런데 여기서 어떻게 키클롭스의 흔적을 찾는다?'

키클롭스 삼 형제의 마지막 흔적이 발견된 곳이 여섯 번
째 관문이라지만, 그들이 하데스를 따라 타르타로스로 완
전히 넘어갔을지도 모르는 일이었다.

아니면, 관문을 통과하지 못하고, 바닥에 가득한 살점들
중 일부가 되었을지도.

200년 가까이 지났으니, 사실상 그들의 흔적이 남아 있
는 게 이상한 일이었다.

하지만.

'귀찮긴 하지만, 방법이 아예 없는 건 아니지.'

연우는 고개를 위로 들었다.

"부."

츠츠츠—

공간이 열리면서 괴기한 느낌을 자랑하는 리치가 나타났
다. 부는 들고 있던 검은 구슬을 높이 들면서 알 수 없는 말
을 웅얼대기 시작했다.

쿠쿠쿠!

주문이 계속될수록, 연우가 디디고 있던 살점들이 위아래로 크게 요동쳤다. 그리고 동시에 희뿌연 연기가 올라오면서 끔찍한 귀곡성이 사방으로 퍼져 나갔다.

헤아릴 수도 없을 만큼 많은 숫자의 망령들이 운집하며 돌아다니기 시작했다. 오랜 잠에서 갓 깨어난 녀석들은 비명을 질러 대는 것밖에는 할 수 없었다.

근 200년 동안 여섯 번째 관문에서 죽은 모든 플레이어들의 망령과 사념들을 깨운 것이다.

딱 봐도 너무나 많은 숫자였지만. 이들을 일일이 점검해 본다면 뭔가를 찾아낼 수 있을 것이다.

「답을. 내놓. 아라.」

연우의 머릿속으로 수많은 사념의 파도가 물밀 듯이 쳐들어왔다.

*　　*　　*

"혁, 혁혁……."

크로이츠는 입에서 풀풀 휘날리는 단내 때문에 미칠 지경이었다. 무거운 중장 갑옷과 성검을 들고 연우의 뒤를 쫓으려니 괴로웠던 것이다.

원래 계획대로라면 비룡을 타고 멋지게 연우의 뒤를 따라야 했지만. 이곳은 이상하게 비룡 소환이 되질 않았다. 그래서 뛰었고, 겨우겨우 연우의 뒤를 따라잡을 수 있었다.

다 때려치우고, 히든 스테이지 밖에서 연우를 기다릴까 하는 마음도 들었었지만.

이제는 점점 독식자라는 인물이 뭘 하려는지가 궁금해서, 개인적인 호기심과 호의를 가지고 연우를 지켜보게 되어 그만둘 수가 없었다.

그래도 다행히 여기서 잠시 휴식을 취할 모양인지, 연우는 자신이 항상 대동하고 다니던 리치를 불러서 뭔가를 작업하고 있었다.

'그나저나…… 여긴 몇 번씩 와도 영 적응이 되질 않는군.'

크로이츠는 주변 광경을 보고 인상을 살짝 찌푸렸다.

이리저리 잘게 부서진 육편(肉片)으로 가득한 대지. 분명 얼마 전까지 사람의 형체를 띠고 있었을 땅은 썩어 가면서 갖가지 악취와 부시독을 뿌려 댔고, 곳곳에서는 구더기가 들끓고 있었다.

그동안 얼마나 많은 사람들이 죽어 나간 걸까. 걸을 때마다 늪처럼 발이 계속 깊게 잠겨서 서 있을 수가 없었다.

조금만 방심해도 어느새 발목까지 잠기니. 거기다 꾸역

꾸역 위로 쏟아지는 핏물이며 산성독은 지독하기만 했다.

보는 것만으로도 헛구역질이 나고, 정신적인 공황이 찾아오는 곳. 크로이츠가 겪었던 여러 관문 중 가장 끔찍한 곳이 이곳이었다.

그래서 크로이츠는 방금 전부터 계속 기도문을 외우고 있는 중이었다. 삿된 기운을 물리치고, 부시독이 체내에 감염되지 않도록 하기 위해서.

하지만 이젠 단순히 이 정도로는 안 될 것 같았다. 연우의 작업도 금방 끝나지 않을 것 같았고.

'결계라도 쳐야겠군.'

우웅, 웅—

성검 줄피카르가 싫다면서 징징 울어 대긴 했지만.

"미안하구나."

크로이츠는 미안하다는 인사와 함께 성검 줄피카르를 역수로 쥐어 땅에다 꽂았다. 그리고 한쪽 무릎을 꿇으면서 더 긴 축문을 외기 시작했다.

우우웅—

성검 줄피카르가 떨리면서 성력을 반구 모양으로 방출했다. 독기와 산성이 밀려나면서 제법 넓은 크기의 결계를 구축하기 시작했다.

　　　　　　*　　　*　　　*

끼아아―

크아! 크아아!

칵칵칵!

갖가지 귀곡성이 귓가를 왱왱 울려 댔다.

'어지럽군.'

연우는 뇌리를 쑤셔 대는 통증에 인상을 찡그렸다. 너무 많은 정보가 한꺼번에 물밀 듯이 들어왔다.

하나하나가 전부 강한 고통 속에서 죽은 플레이어들이 남긴 사념이다 보니, 사념이 뾰족할 수밖에 없었던 것이다.

하지만 마룡체를 각성하고, 시차 괴리로 단련된 연우의 정신력에는 잠깐 현기증만 일으킬 정도일 뿐, 전혀 위협이 되지 않았다. 이미 연우가 이룬 격은 한낱 망령들의 원념이 어떻게 위해를 끼칠 수 있는 수준이 아니었다.

'그래도 너무 시끄러운데.'

연우는 서로 자신을 봐 달라고 시끄럽게 울어 대는 사념들을 보면서 혀를 찼다.

분명히 근 200년 안에 죽은 망자들만 모았는데도 불구하고, 숫자가 너무 많았다. 못해도 수만 개는 되는 것 같았다. 이 중에서 키클롭스 삼 형제와 관련된 정보만 쏙 빼기는 쉽지 않을 것 같았다.

그러나 다른 뾰족한 방법은 없었다.

'어쩔 수 없지.'

[시차 괴리]

연우는 의식 세계를 최대한 빠르게 돌리면서, 외부 시간을 느리게 만들어 사념들을 일일이 체크하기 시작했다.

신물이 날 정도로 지겨운 반복 작업이었지만. 그래도 유독 강렬한 사념만 골라내면 되었기 때문에 크게 걱정하지는 않았다.

'키클롭스와 관련된 존재라면, 격이 그만큼 높을 수밖에 없을 테니까.'

하지만 그렇다고 해서 쉬운 작업도 아니었다. 애당초 여섯 번째 관문까지 왔다는 것 자체가, 생전에 높은 경지에 올랐단 뜻이었으니. 게다가 망자들은 간만에 만난 사람에게 하고 싶은 말도 많은 눈치였다.

그렇게 한참을 뒤진 끝에.

'찾았다.'

연우는 유독 강렬한 빛을 띠는 사념을 찾을 수 있었다. 헤르메스와 아테나의 시선이 강해지는 게 느껴졌다. 올림포스와 관련된 영혼이란 뜻이었다.

사념 쪽으로 의념을 쏟았다. 그러자 동기화가 시작되면서 눈앞으로 트레일러처럼 갖가지 장면이 스쳐 지나갔다.

화아악!

—뛰어! 절대…… 절대 이것을 저들에게 보여서는 안 돼!

'뭐지? 뭔가에 쫓기고 있는 건가?'

사념 속에서. 세 사람이 다급하게 뛰고 있었다.

연우는 그들을 따라 감도는 후끈한 열기와 괴이한 느낌을 보고, 세 사람이 하데스의 부름에 따라 타르타로스로 향하던 키클롭스 삼 형제의 사도라는 사실을 알 수 있었다.

그들은 품에 뭔가를 소중하게 끌어안은 채, 뒤를 쉴 새 없이 돌아봤다.

형체가 제대로 보이지 않는 그림자 같은 것이 그들 일행을 맹렬하게 추적 중이었다.

두 번째 관문에서부터 시작된 불길한 감각은 네 번째 관문부터 현실이 되더니, 이제는 그들을 너무 노골적으로 뒤쫓고 있었다. 여섯 번째 관문에 다다랐을 때에는 아예 모습을 드러내면서 그들을 집어삼킬 기세였다.

─안 되겠다. 이대로는 이것을 빼앗기고 말 거야. 그래서는 위험해져. 하데스 님도, 타르타로스도, 위쪽의 스테이지까지도……. 둘째야, 막내야. 여긴 어떻게든 내가 막아 볼 테니, 너희들은 이것을 가지고 하데스 님에게로 가라.

결국 이대로는 안 되겠다고 생각했는지, 첫째가 뒤집어쓰고 있던 로브를 벗으면서 품에 안고 있던 함을 둘째에게 건넸다. 둘째와 셋째의 표정이 다급해졌다.

─하지만, 형님……!
─형님!
─잔말 말고, 어서! 모든 일을 그르치게 만들 셈이냐?
─흐흑!
─명심해라. 무슨 일이 있어도, 그 물건만은 뺏겨서는 안 돼! 하데스 님에게 꼭 전달해. 그리고 이번 일의 진실이 무엇인지, 똑바로 전하고. 그래야, 그래야 우리가 살 수 있어……!

결국 둘째와 셋째가 눈물을 흘리면서 다음 관문으로 도
망쳤다. 첫째는 아주 잠깐 슬픈 눈으로 그들을 일별하다가,
곧 그림자 쪽으로 몸을 돌리면서 사납게 웃었다.

　─티탄, 기가스…… 그런 빌어먹을 것들에게 또
다시 농락당할 수는 없잖은가……!

'티탄? 기가스?'
연우는 눈을 살짝 크게 떴다. 티탄과 기가스는 모두 현재
올림포스 신들과 주도권을 두고 다투다가, 몰락하면서 타
르타로스에 갇힌 자들이었다.
그런데 그들과 관련된 이야기가 여기서 왜 나오는 걸
까?
그리고 한 가지 더.
'도망친 다른 두 사람이 지켜야 한다는 것, 그게 뭐지?'
그런 연우의 의문을 뒤로하고.
파앗!
첫째가 갑자기 공손하게 양손을 모으더니 주문을 외기
시작했다. 발밑을 따라 화려한 이펙트가 터지면서 머리 위
로 새하얀 빛의 기둥이 내려왔다.
등 뒤로 단안기형의 거신(巨神)이 잠깐 자리를 잡았다.

강신. 그가 모시는 키클롭스, 브론테스가 내려앉은 것이다. 신화 속에서 제우스에게 아스트라페를 만들어 바쳤다는 대장장이들의 왕. 그가 포효를 내질렀다.

쿠오오—!

그리고 곧 엄청난 천둥소리와 함께 그림자에게로 달려들었다. 연우는 그의 시선을 빌려 이들을 쫓던 괴물의 정체를 보고자 했다.

그 순간.

콰직, 와장창—

갑자기 연우를 둘러싸고 있던 사념이 그대로 깨졌다. 부를 돌아보며 무슨 일이냐고 물어보려는데.

[진실의 단면을 엿보았습니다.]

[숨겨진 조건이 달성되었습니다. 돌발 이벤트가 발생합니다.]

'이벤트?'

쿠쿠쿠쿠!

여섯 번째 관문이 위아래로 크게 요동치고 있었다. 부가 망자들을 깨우면서 일어났던 지진과는 궤를 달리했다.

'뭔가가 올라오고 있다.'

연우는 자신이 딛고 있는 땅을 내려다봤다. 살점으로 가
득하던 대지가 부글부글 끓고 있었다. 여태 연우를 괴롭히
던 것과는 비교도 할 수 없는 지독한 악취가 올라왔다.

살점이 위로 튀면서 부시독과 산성액이 비처럼 후두둑
쏟아졌다. 연우가 물고 있던 피독주로 막을 수 있는 수준이
아니었다.

갑자기 관문의 난이도가 몇 배 이상으로 확 뛴 느낌이었
다.

　　　[상태 이상에 빠졌습니다!]
　　　['증독' 상태가 되었습니다.]
　　　['증독' 상태가 되었습니다.]
　　　……
　　　['지독한 증독' 상태가 되었습니다.]

　　　['냉혈' 특성으로 이성을 유지합니다.]
　　　[스턴 상태가 해지되었습니다. 증독에 대한 내성
　　이 생겼습니다.]

저 깊숙한 지하에서, 수천 년 동안 묵혀지고 또 묵혀지면
서 만들어진 독정(毒精)이 무언가와 함께 지상으로 올라오

려 하고 있었다.

초감각으로 느껴지는 크기만 해도 대략 7미터. 그리고 덩치만큼이나 풍기는 격도 남달랐다.

'온다!'

연우는 불의 날개를 한껏 펼치면서 하늘 위로 떠올랐다.

그때, 더 크게 요동치던 지반이 쾅 하는 소리와 함께 터져 나갔다. 마치 화산이 폭발한 것처럼 살점이 위로 치솟고, 그 아래에서 거대한 손이 불쑥 올라왔다.

연우가 감지했던 것보다 더 큰 거인 괴물이 모습을 드러냈다.

거인 괴물은 보는 것만으로도 혐오감이 저절로 들 정도로, 흉측한 몰골이었다.

족히 수천 마리의 망령들을 마구잡이로 욱여넣어 거인의 형태로 빚은 것 같은 모습. 살갗을 따라 사람 얼굴 같은 것들이 고통스럽게 비명을 지르면서 어떻게든 밖으로 빠져나오려 했다.

―죽…… 여 줘……!

―살려 줘……!

―내가 왜, 내가 왜……!

―나와 같이 가자……! 나와……!

하지만 망령들은 괴물의 형체에서 벗어나지 못한 채, 저주 섞인 말만 내뱉어야 했다. 지독한 원념이 잔뜩 퍼져 나오고, 독기가 사방으로 휘몰아쳤다.

‘사념 속에서 봤던, 그 괴물이야.’

연우는 본능적으로 키클롭스의 사도들을 뒤쫓던 괴물이 저 혐오스러운 망령 거인이란 사실을 알 수 있었다.

문제는 녀석에게서 풍기는 기세였다.

‘나와 비교해도 뒤지지 않아.’

타르타로스와 관련된 괴물이라 그런 걸까. 기세가 심상치 않았다. 아니, 어떤 면에서 보자면 연우보다 더 위협적인 존재감이었다.

위압감뿐만 아니라, 지독한 독기와 원념이 옆에 다가가는 것만으로도 지독한 상태 이상을 만들어 냈던 것이다.

더 큰 문제는.

‘저놈 하나만 있는 게 아니다.’

지하에서 더 많은 망령 거인들이 꾸역꾸역 지상으로 올라오기 위해 발버둥을 치고 있는 중이란 점이었다.

연우는 이번 싸움이 결코 쉽지 않겠다는 느낌을 강하게 받아야만 했다.

어쩌면 하데스가 말했다던 타르타로스의 이상 현상이, 이것과 관련이 있는 게 아닐까?

그때.

쐐애애액—

망령 거인이 연우에게로 우악스러운 손길을 뻗었다. 연우는 재빨리 아공간에서 비그리드를 뽑아 그대로 올려쳤다.

쾅!

"큭!"

연우는 충격을 이기지 못하고 지면으로 크게 곤두박질을 쳤다. 망령 거인의 힘은 생각했던 것보다 훨씬 더 강했다.

몸이 부서질 것처럼 끔찍한 고통이 뒤따랐다. 게다가 충돌한 순간 들이닥친 지독한 악취며 독기가 극심한 상태 이상으로 몰아갔다. 냉혈 특성으로도 한계가 있었다.

하지만 연우는 몸을 추스를 새도 없이, 재빨리 몸을 옆으로 굴렸다. 그가 있던 자리로 망령 거인의 주먹이 다시 틀어박혔다. 지면이 파이면서, 살점이 위로 튀었다.

"영역 선포."

연우는 가까스로 상체를 일으키면서 권능을 해방했다. 살갗을 따라 용의 비늘이 잔뜩 올라오면서 일대 영역이 그의 의념으로 물들기 시작했다.

그리고. 여신의 성흔, 흉신악살, 해왕석이 차례대로 개방되면서 힘을 한껏 고양시켰다. 흉성(凶性)이 밖으로 튀어나왔다.

콰앙!

다시 한번 더 망령 거인의 주먹이 날아왔다. 연우는 비그리드를 올려쳤다.

이번에는 힘이 엇비슷해 튕겨나지 않았다. 아니, 오히려 검은 오러가 폭발하면서 망령 거인의 주먹이 그대로 부서져 사방으로 튀었다.

쿠오오—

망령 거인은 잔뜩 열이 받았던지, 포효를 내지르면서 이번에는 왼손을 말아 쥐어 그대로 연우 머리 위로 내리쳤다.

「감. 히!」

연우와 재차 충돌하기 직전, 공간이 갈라지면서 부가 나타났다. 그의 인페르노 사이트는 분노로 활활 타오르고 있었다. 그동안 망자들의 사념을 제어하느라 정신이 없었던 그는 감히 망령 따위가 주인을 공격한다는 사실을 용납할 수가 없었다.

「죽어. 라!」

콰콰쾅!

부가 허공으로 손을 뻗었다. 뼈다귀만 남은 손바닥이 활짝 펼쳐지자, 갑자기 망령 거인의 머리 옆에서 거친 폭발이 일어나면서 머리통의 절반이 날아갔다.

크어어—

망령 거인이 고통에 몸부림치면서 뒤로 물러나고, 부는 허공을 박차면서 잇달아 마법을 난사했다.

마법진이 허공 곳곳에 맺히면서 화려한 이펙트를 터뜨렸다. 닥터 둠이 발휘하던 무영창 마방진과 비교해도 절대 뒤지지 않는 수준이었다.

콰콰쾅! 콰쾅!

망령 거인이 계속된 폭발로 자꾸 떠밀려 났다. 분명 격은 망령 거인이 높을지 모르나, 상성적으로 부는 녀석보다 훨씬 우위였다.

그리고. 연우의 그림자가 길쭉하게 늘어나면서 샤논과 한령도 튀어나와 질주했다. 어느덧 지면을 뚫고 다른 망령 거인들이 속속 나타나고 있었던 것이다.

「으하하! 싸움이다, 싸움!」

「빠르게 해치우자.」

두 데스 노블은 간만에 날뛸 수 있다는 사실이 못내 즐거웠던지, 잔뜩 들떠 있었다. 레베카도 어느새 인간의 형상으로 돌아와 싸움에 참전 중이었다.

또한, 허공에서는.

『꿈이…… 저문다.』

네메시스가 어느새 나타나 깊은 어둠에 잠겼다. 얼룩덜룩한 공허가 내려앉으면서 연우가 선포한 영역의 특성을 강화시켜 나갔다. 그리고 곳곳에서 일어난 돌풍이 때마침 지상으로 올라오던 망령 거인들을 단단히 붙들어 매면서 움직임을 굼뜨게 만들었다.

『나도! 나도 할 거야!』

그 사이로. 니케가 화려하게 날개를 펼쳤다.

화르르륵—

니케는 푸른 불꽃으로 변하면서 벽면과 지면을 따라 그대로 질주를 시작했다.

망령 괴인들이 불길에 휩싸이면서 비명을 내질렀다.

두 환수는 그동안 현자의 돌 속에서 깊은 잠에 들어 있던 동안 얼마나 강해졌는지를 확실하게 보여 주겠다는 듯, 관문 전체를 그들의 색으로 물들이는 중이었다.

콰콰콰콰—

*　　*　　*

『이건……?』

영혼이 어렴풋하게 눈을 뜨기 시작했다. 키클롭스 브론테스의 사도, 알딘은 자신의 상황을 이해할 수가 없었다.

분명 자신은 괴물들에게 죽었을 텐데? 어떻게 의식이 살아 있는 거지?

그때.

"정신이, 드나?"

시커먼 가면이 알딘의 눈앞에 다가와 섰다.

알딘은 자기도 모르게 주춤거리고 말았다. 자신을 비추고 있는 검은 눈동자가 그에게 보이지 않는 사슬처럼 다가왔다.

'운이 좋았어.'

연우는 키클롭스의 사도, 알딘을 보면서 눈을 빛냈다. 죽기 직전에 강한 의념을 발산했기 때문일까? 아니면 사도라는 특징 때문인지도 모른다. 어찌 되었건 간에, 알딘은 꽤 많은 세월이 흘렀는데도 불구하고 비교적 영혼이 괜찮은 형태로 남아 있었다.

물론, 영혼을 이루는 사념 중간중간이 유실되어 멍해 보이긴 했지만. 그래도 의사소통을 하는 데는 전혀 무리가 없을 듯했다.

'브론테스가 손을 쓴 건지, 신력도 일부 남아 있고.'

연우는 눈을 빛내면서 말했다.

"잠시 기다리고 있어. 우선 처리해 둘 게 있어서."

알딘은 뭔가를 말하고 싶어 하는 눈치였지만, 연우는 의

도적으로 무시하고 자리에서 일어나 관문을 빠르게 살폈다.

네메시스와 니케는 그동안 현자의 돌에서 잠들어 있던 동안에 쌓았던 모든 기량을 맘껏 풀어내고 있었다.

부시독과 산성액이 성화에 빠르게 정화되기 시작하니, 처음에 그렇게나 위압감을 떨치던 망령 거인도 계속 밀리고 있었다.

부는 마법을 난사하고, 그 아래에서 샤논, 한령, 레베카가 빠르게 질주하면서 망령 거인들을 몰아붙이는 중이었다. 그리고 어느새 괴이들도 나타나 이리저리 날뛰었다.

쾅!

때마침 처음에 나타났던 망령 거인의 머리통이 잘게 부서지면서 아래로 쓰러졌다.

꽤 거친 폭발 때문에, 화끈한 열기가 여기까지 전해졌다. 연우가 가진 모든 기량이 총투입된 것이다.

한쪽에서는 크로이츠가 열심히 싸우고 있는 중이었다. 성력을 발휘하는 플레이어답게, 망령 거인은 상성이 맞지 않는 그에게 압도적으로 밀리는 듯한 형세를 보였다.

하지만.

'이걸로는 부족해.'

연우는 눈을 가늘게 좁혔다.

망령 거인을 하나 쓰러뜨리고, 남은 녀석들도 어떻게든 상대하고 있는 중이라지만.

망령 거인도 학습 능력이 전혀 없는 것은 아니었다. 조금씩 반격의 기회를 엿보고 있었다. 공격 패턴을 숙지하고 있단 뜻이었다.

무엇보다. 지면이 뚫리면서 계속 망령 거인들이 속속 나타나는 중이었다. 게다가 지하에는 이보다 더 많은 망령 거인들이 꾸역꾸역 올라오려 하고 있으니. 대체 얼마나 많은 녀석들이 있는지 짐작도 가질 않았다.

'뭔가 방법이 없을까?'

싸우려 한다면 못 싸울 것도 없었다. 많이 지치긴 하겠지만. 아무리 망령 거인 개개인이 연우에 준하는 격을 지녔다고 해도, 연우는 '싸움'을 아는 사람이었다. 시간을 끌면 어떻게든 버텨 내거나, 이곳에서 도망칠 자신이 있었다.

'문제는 그 뒤야.'

하지만 정작 다음 관문으로 넘어갔을 때는? 힘이 다 소진된 상태로 가서야, 승산이 없었다. 그곳에 망령 거인 같은 것들이 없다는 보장이 없었다. 아니, 오히려 더 강한 녀석들이 우글대고 있을 확률이 더 높을 텐데.

결국 연우는 새로운 해결책을 찾아야만 했다.

그때.

우웅, 웅—

갑자기 오른쪽 팔목과 왼쪽 발목이 잘게 울렸다. 칠흑왕의 절망과 비탄이 뭘 하냐며 칭얼대는 것 같았다.

그 순간, 연우는 뭔가를 깨달을 수가 있었다.

자신이 여태 뭘 놓치고 있었는지. 왜 굳이 싸울 생각만 한 걸까. 타르타로스로 향하는 관문들은, 사실 따지고 보면 그에게 더할 나위 없이 유리한 스테이지들일 텐데.

[해왕석— 타닌 피어]

연우는 의념에다 피어를 섞기 시작했다. 타닌 피어. 괴물이라면 누구나 가지고 있을 위압감이 사방으로 퍼져 나갔다.

손을 앞으로 내뻗었다. 타닌 피어는 선포된 영역을 따라, 프레셔의 형태가 되어 적수로 지정된 망령 괴인들의 어깨를 강하게 짓눌렀다.

쿵—

마치 무거운 추를 강제로 매단 것처럼. 중력이 강화되면서 그들을 강하게 옥죄기 시작했다.

끼아아악—

꺅! 꺅!

망령 거인을 이루고 있던 망령들이 뭔가 이상한 낌새를 눈치채고 마구잡이로 날뛰기 시작했다.

타닌 피어는 상대의 정신력을 꺾고, 강제로 구속시키는 특징을 지닌다. 망령 거인이라는 거대한 군집체(群集體)라면 모를까, 보잘것없는 망령을 개별로 상대한다면 어려울 것이 전혀 없었다. 정신적 속박감이 녀석들을 고통스럽게 만들었다.

그리고 거기에 따라, 망령 거인의 움직임도 계속 굼떠졌다. 녀석들이 연우를 알아채고 고개를 천천히 돌렸지만, 이미 녀석들은 고장 난 로봇처럼 되어 가는 중이었다.

「뭐야? 갑자기 왜 이래?」

「또 뭔가를 하시려는 모양이군.」

샤논과 한령은 연우 쪽으로 시선을 돌렸다. 그래도 혹시나 일이 잘못될 것을 대비해 경계는 게을리하지 않았다.

그리고.

연우는 역으로 강한 압박감을 받고 있었다.

'미치겠군.'

하나하나만 따진다면 아주 사소할 테지만, 이렇게 뭉쳐 놓고 보니 많아도 너무 많았다. 그동안 여섯 번째 관문에서, 아니, 열 개의 관문에서 죽었던 플레이어들의 망령 중 원념이 강한 것들만 저기에 뭉쳐 있는 게 아닐까 싶을 정도였다.

손끝에 실로 연결된 것처럼 수많은 감정과 사념들이 복

잡하게 얽혀 있었다.

여기서 한 발이라도 삐끗하면 같이 빠져서 휩쓸릴 것 같은 아찔함이 일었다. 너무 많은 사고들이 복잡하게 머릿속을 울려 댔다.

자칫 역류를 일으켜서 연우의 정신이 침범당할 우려도 있었지만.

['냉혈' 특성으로 이성을 유지합니다.]

특성이 주는 효과를 바탕으로 정신을 붙잡으면서, 칠흑왕의 권능을 발동시켰다.

절망은 영혼을, 비탄은 죽음을 다룬다. 이 두 가지의 절대적 권능이라면 해낼 수 있을 것 같았다.

[제2천의 영]

주먹을 강하게 움켜쥐었다.

콰드득―

마치 손끝에 얽인 실들을 한꺼번에 강제로 꼬아 내듯. 실타래는 꽈배기처럼 배배 꼬이면서 끝에 연결된 망령들을 강제로 비틀기 시작했다.

끼아아악!

꺅! 꺅!

망령들은 고통에 몸부림치면서 이리저리 날뛰었다. 그리고 망령이 뭉쳐 있던 망령 거인은 이리저리 날뛰더니.

퍽!

퍼퍼퍽—

폭죽 터지는 소리와 함께 잘게 부서졌다. 땅에 꼿꼿하게 서 있던 망령 거인들뿐만 아니라, 지상으로 올라오던 녀석들까지 모두.

순식간에 여섯 번째 관문 전체가 망령들로 가득 차 버렸다. 척 보이도 수만 마리는 넘어 보이는 어마어마한 숫자. 아니, 못해도 십만 단위는 될 것 같았다.

잿빛 안개가 가득 퍼져 나가다가, 거대한 와류를 그리면서 움직이기 시작했다.

"무슨……?"

크로이츠가 크게 놀라며 눈을 동그랗게 떴다. 바로 눈앞에서 망령들이 귀곡성을 뿌려 대고 있었다. 절규와 비통이 울려 퍼졌다.

[영혼 수확자]

연우는 주먹을 안쪽으로 잡아당겼다. 그러자 꽈배기처럼 꼬였던 망령 집단이 그대로 연우 쪽으로 딸려 왔다.

그때, 연우의 눈앞으로 새로운 무저갱이 열렸다.

소울 컬렉션(Soul Collection). 망령들을 강제로 구속시키고, 노예의 낙인을 찍어 연우의 소유로 만들어 버리는 함이 흉측하게 아가리를 벌렸다.

키아아—

망령들은 연우가 뭘 노리려는지를 깨닫고, 어떻게든 빠져나오고자 발버둥 쳤지만.

이미 한번 시작된 관성은 도저히 거스를 수가 없었다.

결국 그 많은 망령 집단이 통째로 소울 컬렉션으로 빨려 들어가고 말았다. 그 좁은 구멍으로 어떻게 가능할까 싶었지만, 무저갱은 게걸스럽게 전부를 먹어 치웠다. 그리고 굳게 입을 다물었다.

쿵, 쿵, 쿠웅—

물론, 그것으로 쉽게 끝날 리는 없었다.

공간이 흔들렸다. 소울 컬렉션의 문이 언뜻 드러났다가 다시 사라졌다. 망령들이 어떻게든 빠져나오려 발버둥 쳤다.

연우가 죽인 영혼이라면 처음부터 노예의 낙인이 찍힐 것이나, 여기 있는 것들은 그렇지 않았다.

하나하나가 족히 수백 년을 묵은 원념 강한 망령이었고,
그런 것들이 군집체를 이루고 있다 보니 집단 지성까지 갖
추고 있는 상태였다.

칠흑왕의 권능을 발휘한다고 한들, 아직 격이 따라 주지
못하는 지금, 강제 종속은 쉽지 않은 일이었다.

게다가 연우에게 현재 배당된 컬렉션의 크기는 2만 마
리. 이미 수용 한계를 훨씬 뛰어넘은 셈이었다.

하지만.

"네메시스!"

『알겠다. 이런 쪽으로 '꿈'을 쓸 수 있을 줄은 생각도 못
했는데 말이지.』

네메시스는 자신을 이루고 있던 꿈을 고스란히 소울 컬
렉션으로 내리기 시작했다.

공허는 모든 것을 삼키는 힘. 망령들도 예외는 없었다.
소울 컬렉션이, 통째로 공허로 변질되었다. 네메시스 아래
에 종속되기 시작한 것이다.

찰칵, 찰칵—

차차찰칵—

강제 종속이 시작되었다. 망령 하나하나에 낙인이 찍혀
가면서 발작도 조금씩 가라앉았다. 그러다 마지막까지 끝
났을 때.

"……후."

연우는 꽉 쥔 주먹을 겨우 풀 수 있었다. 얼마나 많은 심력과 체력을 쏟아부었는지, 용의 비늘이 뒤집혀서 피가 철철 흘러내릴 정도였다.

손끝이 아직도 파르르 떨렸다. 옷은 이미 식은땀으로 흠뻑 젖은 상태였다.

우웅, 웅—

하지만 기분 좋다는 듯이 울어 대는 검은 팔찌를 보면서.

피식. 자기도 모르게 허탈하게 웃고 말았다.

그리고. 알딘은 그런 연우를 멍한 시선으로 바라봤다.

「말도…… 안 돼.」

크로이츠도 똑같은 시선이었다.

＊　　　＊　　　＊

'전부 소화하려면 시간이 제법 걸리겠는데.'

연우는 어느 정도 기력을 되찾은 뒤에야 상황을 정리할 수 있었다.

가장 먼저 체크한 것은 소울 컬렉션이었다. 단지 의념으로 투시를 한 것인데도 불구하고, 정신이 아득해질 정도로 너무 많은 망령들이 돌아다니고 있었다.

　　　[수확한 망령의 수: 121,334]

　‘……미쳤군.’

　연우는 집계된 숫자를 보고 혀를 찼다. 자신이 한 짓이긴 해도 터무니없을 정도로 많은 숫자였다. 이게 정말 가능하다고?

　‘아니. 어쩌면 당연한 건가.’

　관문에 농축되어 있던 망령들을 죄다 쓸어 오다시피한 것이니. 게다가 하나하나가 전부 강한 격과 지독한 원념을 품고 있는 것들이었다. 질이 좋아도 너무 좋았다.

　칠흑왕은 죽음을 다스린다는 모든 신과 악마들의 경외를 받는 존재. 아즈라엘은 스스로를 하인이라 칭했을 정도였다. 그런 이의 권능이 담긴 아티팩트라면. 오히려 이게 당연한 건지도 몰랐다.

　아니, 도리어 연우가 아직 자격이 되질 않아, 제대로 사용하지 못하고 있다는 표현이 옳았다.

　‘이걸 전부 소화하고 나면, 괴이들부터 먼저 진화시키고. 칠흑왕의 권능도 더 깊게 살펴봐야겠어.’

　연우가 기분 좋은 생각을 하고 있는데.

『속 편한 소리 하고 있군. 정작 고생하고 있는 건 나인데 말이야.』

네메시스가 툴툴거렸다. 사실 현재 망령들이 난동을 피우지 않게끔 다스릴 수 있는 건, 전적으로 그가 있는 덕분이었다.

'고마워. 하지만 그동안 현자의 돌에 박혀서 신나게 잠만 잤으니 이 정도는 해야 하지 않나?'

『그럼 니케는!』

『나 불렀어?』

니케가 어느새 다시 새의 형상으로 돌아와 연우의 왼쪽 어깨 위에 올라탔다. 간만에 신나게 날아다녀서 기분이 좋아 보이는 얼굴이었다.

연우는 니케의 턱을 쓰다듬으면서 네메시스에게 말했다.

'아동 학대지.'

『나에게 하는 건 학대가 아닌 것이냐!』

'그렇게 시키고 싶나?'

니케가 또랑또랑한 눈으로 고개를 갸웃거렸다. 무슨 소리인지 모르겠다는 듯.

『젠장!』

네메시스는 평소 진중하던 성격과 다르게, 울컥한 나머지 자기도 모르게 욕지거리를 내뱉고 말았다.

니케는 덩치만 커졌을 뿐, 아직도 정신적으로는 어린아이였다. 그런 녀석을 동생처럼 여기고 있는 네메시스에게 니케를 고된 일에 부려 먹는다는 건 절대 있을 수 없는 일이었다. 연우는 그 점을 지적한 거였고.

『하여간 그놈의 불어 터진 인성, 진짜……!』

그래도 네메시스는 자신만 생고생을 해야 한다는 게 억울했는지, 연우에게 한번 성을 내고 돌아섰다. 전 주인은 이런 게 전혀 없었는데. 쌍둥이가 달라도 너무 달랐다. 악덕 업주가 따로 없었다.

연우는 가볍게 피식 웃었다.

'나중에 무슨 부탁이라도 들어줘야겠는데?'

네메시스는 은근히 속이 좁은 성격이었다. 이번 일이 끝나고 나면 뭔가를 챙겨 줘야겠다고 생각하면서.

연우는 돌아서서 알딘을 바라봤다.

알딘은 여전히 멍한 시선으로 연우를 보고 있었다. 그러다 다시 눈이 마주치자 허리를 쭈뼛 세웠다.

「다, 당신은…… 대체.」

알딘도 살아 있을 시절에는 제법 강하다고 평가를 받던 플레이어였다. 당시였다면 연우와 겨뤄도 뒤지지 않을 자신이 있었다.

하지만 그는 형제들과 망령 거인에 쫓기다가 홀로 남아

고군분투를 했고, 결국 죽고 말았다.

반면에 연우는 녀석들을 진압시키는 것으로도 모자라, 강제 종속까지 시켰다. 직접 보고도 믿기지 않는 광경이었다.

무엇보다. 연우가 발휘하던 힘은 분명.

「플레이어가, 어떻게 죽음의 힘을……!」

필멸자에게는 허락되지 않은 힘이었다.

하지만 연우에게는 그런 것을 대답할 의무가 전혀 없었다. 오히려 지금은 한시가 급했다.

'영혼이 흩어지려 하고 있어.'

그새 제법 시간이 흘렀던 걸까. 알딘을 이루고 있던 사념이 흐트러지는 중이었다. 레베카처럼 정령에 덧씌우지 않는 한, 알딘은 곧 사념을 잃고 망령으로 타락할 게 분명했다. 알딘으로서의 정체성을 잃는 것이다.

"키클롭스 브론테스와 아직도 채널링이 연결되어 있나? 그와 이야기를 나누고 싶은데. 하데스의 행방을 알고 싶다."

알딘은 정신을 차렸다.

「당신은 누구요? 누구이기에 내가 모시는 신에 대해 알며, 하데스 님에 대해서는 또 어떻게……!」

"페르세포네의 부탁을 받고 타르타로스로 가던 사자라

고 해 두지. 더 말해 주고 싶지만, 그쪽에게 남아 있는 시간이 얼마 안 되는 것 같은데."

알딘은 연우의 말뜻을 알아채고 무겁게 고개를 끄덕였다. 자아가 사라지면 채널링도 끊어진다. 자신이 맡은 임무는 절대 비밀에 부쳐야 하지만, 페르세포네로부터 임무를 받은 사람이라면 사실을 들을 자격이 있었다.

「브론테스께서는 나와 함께 이곳에 깊게 잠들어 계셨소. 언젠가 하데스 님을 찾아올 사자를 기다리면서……. 예언을 좇아……. 아무래도 당신이 그 예언의 대상자인 모양이구려.」

'예언?'

연우가 무슨 말이냐며 물으려던 그때.

팟—

알딘은 곧 눈을 감고 사라졌다. 마지막 남아 있던 신력이 소모되면서 새하얀 광채가 천장에 다다랐다.

그리고 빛의 기둥이 가라앉은 자리에.

족히 10미터는 될 것 같은 어마어마한 크기의 거신이, 외눈을 뜨면서 연우를 내려다보았다.

『나를 부른 것이, 그대인가?』

키클롭스 삼 형제의 맏이, 브론테스의 강신이었다.

연우는 크게 고개를 끄덕였다.

"그렇습니다. 페르세포네의 부탁을 받아, 하데스의 흔적을 쫓아서 타르타로스로 가던 길에 당신이 이곳에 있는 것을 발견한 것입니다."

브론테스에게 허락된 시간도 그리 길지 않은 듯했다. 잔영이 흐트러지는 중이었다. 게다가 영혼도 이미 크게 다쳤던지, 전신이 온통 상처투성이었다. 격도 신이라고 하기엔 부끄러울 만큼 많이 영락해 있었다.

그래서 연우는 자신이 맡은 임무에 대해서 짤막하게 설명했다. 브론테스는 고개를 끄덕이다가 말했다.

『그대가 알고 있는 대로, 우리 형제는 하데스 님의 명령을 비밀리에 받아 물건을 타르타로스로 가져가던 중이었다. 하지만 막내의 실수로 종적을 들키고 말았고, 끝내 도망쳐야만 했지.』

"물건이, 무엇입니까?"

분명히 사념 속에서 봤던 함 속에 든 물건일 것이다. 하데스가 가져오라던 물건. 거기에 타르타로스의 비밀이 있을 게 분명했다.

『'불'이다.』

불?

이게 무슨 생뚱맞은 소리일까.

『명계인 타르타로스와 에레보스, 그리고 그것을 감싸는 다

섯 개의 강인 아케론과 코퀴토스, 플레게톤, 레테, 그리고 스
틱스를 오염시키고 있는 어둠을 물리칠 수 있는 횃불이지.』

　브론테스는 기억을 되짚으면서 잔영을 그려 냈다. 손을
활짝 펼치자, 자그마한 함이 나타났다. 세 사도들이 가지고
가던 그 함이었다. 그리고 뚜껑이 열리면서 '불'의 정체가
드러났을 때.

　"이건……."

연우의 눈은 자기도 모르게 커지고 말았다.

　"영혼석?"

그건 바로 루시엘의 영혼석이었다.

루시엘의 영혼석이라니.

　'그건 비에라 듄이 가져간 게 아니었나?'

　아주 오래전. 이제는 역사로 남아 있는 때에, 신과 악마
도 되지 못했던 루시엘은 결국 두 진영의 합공을 받아 날개
가 꺾이고 하계로 추락하고 말았다.

　이때 그의 영혼이 쇠락하면서 만들어진 것이 바로 영혼석.

　동생은 그것을 우연히 얻었지만, 연인이었던 비에라 듄
이 도중에 가로채면서 하계에서는 완전히 종적을 감췄다.

　아니, 감췄다고 알려져 있었다.

　그런데 여기에 또 영혼석이 있었다.

　'혹시 같은 건가?'

시기상으로 200여 년 전에 키클롭스 삼 형제가 결국 하데스의 명령에 실패하고, 영혼석을 유실했다가 흐르고 흘러서 동생의 손으로 떨어졌다고 해도 이상하지는 않았다.

'하지만…… 뭔가가 달라.'

연우는 눈을 가늘게 떴다.

일기장 속에서 보던 영혼석과 브론테스가 구현한 영혼석은 모양이나 느낌이 여러모로 달랐다.

일기장 속의 영혼석은 각진 육각형이고, 탁한 기운이 감돌고 있던 데에 반해.

브론테스의 영혼석은 오망성 형태에 환한 빛깔이 맴돌고 있었다. 정말 '불'이라는 표현이 어울리게. 활활 타오른다고 느껴질 정도였다.

『영혼석이라. 그래. 이것을 갖고 있던 자는 그렇게 부르기도 했었지. 하지만 우리는 이것을 '불' 혹은 '빛'이라고 부른다.』

빛?

그러고 보니, 루시엘의 또 다른 이름 루시퍼(Lucifer)는 '빛을 가져오는 자'라는 뜻일 텐데?

『편하게는 '태초의 불'이라고도 하지. 루시엘, 그자가 원래는 불의 등대지기였던 것을 감안한다면…… 여하튼. 그런 신화적인 이야기들을 전부 차치하고서라도, 하데스

님께서는 이것을 아주 필요로 하셨다.』

브론테스는 하데스와 태초의 불에 대해서 이야기를 하려 했다. 하지만 연우에게는 이보다 더 중요한 게 있었다.

"아니오. 태초의 불이란 것에 대해서, 그것부터 먼저 말씀해 주십시오."

브론테스는 하나밖에 없는 눈을 잔뜩 찌푸렸다. 당장 그에게 이렇게 사념체를 구성할 수 있는 시간은 얼마 남지 않았다. 그동안에 말해 줘야 할 사안들이나, 주의해야 할 것 등, 전해 줘야 할 것이 너무 많았다.

하지만 가면 너머로 비치는 연우의 눈빛은 너무 강렬했다. 자신의 의문부터 풀어 주지 않는다면 퀘스트고 뭐고 간에 다 던져 버리겠다는 듯이.

연우는 지금 그만큼 영혼석에 대한 사안이 더 급했다. 뭔가 자신이 놓치고 있는 부분이 있었다.

결국 브론테스는 한숨을 내쉬면서 연우의 바람을 들어줘야 했다.

『알겠다. 하지만 나에게 주어진 시간이 얼마 없으니 자세하게는 일러 주지 못한다. 태초의 불에 관한 것은 각 신의 사회에서도 아주 오래된 고전이 되어 버린 데다, 루시엘과 관련된 사안들은 맹약에 묶여 함부로 토설할 수 없게 되어 있음이니.』

　연우는 고개를 끄덕이면서 어서 말해 보라는 듯 눈빛으로 재촉했다.

『태초에 불이 있었고, 루시엘은 그것을 관장하던 지기였다. 그러다 그는 절대 추종해서는 안 될 무언가에 빠졌고, 결국 힘을 얻고자 태초의 불을 삼키면서 스스로 대신격을 이뤘지. 그것이 바로 루시퍼다.』

　천한 등대지기였던 루시엘은 비교(秘敎)를 추구하면서, 수십 쌍의 날개를 단 루시퍼가 되었다.

『하지만 이것은 그에게 허락된 힘이 아니었으니. 태초의 불은 세상 모든 신과 모든 악마들이 각별히 아끼는 것. 그것이야말로 모든 신화와 전승이 비롯된 불씨이니, 신과 악마들은 그것을 한 사람이 독점하는 것을 두고 볼 수 없어 모두가 모여 루시퍼의 날개를 꺾었다.』

　브론테스의 말이 계속 빠르게 이어졌다.

『그리고 루시엘? 하여간 루시퍼는 죽을 때에도 만만치 않았다. 그는 신과 악마들에게 불을 돌려주기 싫어, 하계로 떨어지면서 스스로의 영혼을 여러 개로 갈라 버렸다. 그것이 바로 영혼석. 태초의 불이 봉인된 녀석의 영혼 조각이지.』

　연우의 눈이 살짝 커졌다.

『신과 악마들은 기겁해 하며 대다수를 회수하려 했지만, 몇 개를 제외하고는 전부 자취를 완전히 감춰 버렸지.』

“…….”

『이것은 당시 유실되었던 돌 중 하나인 ‘순결(Castitas)’
이다.』

연우의 머릿속이 빠르게 돌아갔다.

‘영혼석이 한 개가 아니라고?’

이것이 주는 의미는 컸다.

“그렇다면 떨어진 돌은 총 몇 개입니까?”

『총 14개다. 7개의 주선(Virtues)과 7개의 죄악(Sins).
루시엘이 빛과 어둠을 모두 품으면서 생긴 대가였지. 이중
천계에서 거둔 것은 총 9개. 5개가 하계를 떠돌아다니는
중이다. 이것은 그 5개 중 하나였고.』

‘그렇다면 비에라 듄이 가지고 간 건, 남은 4개 중 하
나…….’

연우는 머릿속이 어느 정도 정리가 되는 느낌이었다. 왜
그동안 루시엘의 영혼석이 하나만 있다고 생각했던 걸까?
충분히 여러 개가 될 수 있을 텐데.

그러면서도 한편으로는 일견 놀라운 마음도 있었다.

‘한 개만으로도 비에라 듄은 대지모신을 잡아먹고 천계
로 올라갈 수 있었어. 그렇다면 남은 것들을 모을 수 있다
면……?’

연우로서는 바라 마지않는 힘을 얻을 수 있는 것이다.

『한데, 그대가 이런 것을 궁금해하는 것도 이상하군.』

브론테스가 갑작스레 꺼낸 말에 연우는 다시 상념에서 깨어났다.

"그게 무슨 뜻입니까?"

『말 그대로다. 그대도 나와 같이 영혼석을 구한 입장에서, 영혼석에 대해서 전혀 무지할 줄이야.』

전혀 생각지도 못했던 말.

연우의 눈이 부릅떠졌다.

"그게 무슨……?"

『그대의 왼쪽 가슴에, 영혼석이 있지 않은가?』

"……!"

연우는 순간 자기도 모르게 왼쪽 가슴에서 회중시계를 꺼냈다. 활짝 열린 뚜껑 사이로 시침이 파르르 떨리고 있었다.

브론테스가 크게 고개를 끄덕였다.

『그래. 그것 말이다. 영혼석을 아주 잘 가공하여 만든 물건이로구나. 나의 손재주로도 그 정도로 정교한 물건을 탄생시키는 힘들 것 같은데. 하계에 그런 손재주를 지닌 명장이 있었던가? 여태 남지 못해 그 재주를 살피지 못한 게 아쉬울 따름.』

연우의 손이 파르르 떨렸다. 아주 잠깐이지만 아무 생각도 나지 않았다. 혼란스럽기만 했다.

『비록 지금은 알 수 없는 이유로, 기능이 거의 정지가 되어 있는 듯하지만. 그래도 그것이라도 하데스 님께 큰 도움이 될 것이니, 다행이야.』

브론테스는 연우가 가진 회중시계가 자신이 그러했던 것처럼, 하데스를 위해 구해 온 물건이라고만 여긴 모양이었다.

"그……!"

그래서 연우는 오해를 산 김에 몇 가지를 더 물으려 했다.

하지만 브론테스는 손을 뻗어 연우의 말을 가로막았다.

『아니. 자잘한 질문은 거기까지. 이제는 내 말을 해야겠다. 남은 시간이 얼마 없어. 그래도 하겠다면, 나 역시 그냥 사라질 것이다.』

브론테스는 더 이상 양보하지 못하겠다는 듯 하나뿐인 눈을 활활 태웠다.

연우는 아랫입술을 살짝 깨물었다. 자신이 절박하듯이, 그런 마음은 브론테스도 마찬가지였다.

결국 연우는 고개를 끄덕이면서 한 발자국 뒤로 물러났다. 일단은 브론테스의 말을 빨리 듣고, 그 뒤에 자신의 질문을 던져야 할 것 같았다.

『여하튼.』

브론테스는 고개를 끄덕이면서 본론으로 들어갔다.

『나는 형제들과 함께 하데스 님의 명령에 따라 지상에 있던 불, 이 '순결의 돌'을 가지고 타르타로스로 이동하던 중이었다. 하데스 님의 말에 따르면, 타르타로스에는 어둠이 몰려오고 있었다.』

"그 어둠이 무엇입니까?"

『나도 잘 모른다. 난 그저 명령에만 따르는 장인일 뿐이니. 하지만 한 가지는 확실하지. 타르타로스에 갇힌 죄인들, 티탄과 기가스가 어떤 이유로 힘을 되찾아 밖으로 나오려 하고 있었단 거였지. 하데스 님은 어떻게든 그걸 막으려 했었고.』

티탄과 기가스는 올림포스 신들과 다투다가 타르타로스에 갇힌 죄인들.

그들이 준동한다는 것은 여러모로 큰일일 수밖에 없었다.

결국. 하데스가 감지했던 타르타로스의 이상 현상이란, 바로 죄인들의 폭동과 탈옥 모의였던 모양이었다.

『그래서 하데스 님은 티탄과 기가스의 준동을 막기 위해 순결의 돌을 필요로 하는 한편, 우리 세 형제의 손길도 같이 필요로 하셨다.』

연우는 고개를 끄덕였다. 확실히 아스트라페 등을 만든 키클롭스 삼 형제의 솜씨라면, 충분히 그에 버금가는 뛰어난 무구들을 만들어 티탄과 기가스를 막을 수 있을 테니까.

『그런데 도중에 일이 틀어지고 만 것이지. 대체 어떻게 알아낸 것인지, 최대한 조심히 움직였는데도 불구하고 뒤에 추적자들이 따라붙은 것이야.』

외부에 타르타로스와 연결된 자가 있는 게 분명하다. 그것이 브론테스의 생각이었다.

"그것이 망령 거인들이었군요."

『그래. 타르타로스가 얼마 남지 않은 여섯 번째 관문에서 발목이 거의 붙잡히고 말았지. 해서 시간을 벌기 위해 내가 남았던 것이고.』

브론테스는 하나밖에 없는 눈을 가늘게 좁혔다.

『언젠가, 막연하지만 누군가가 와 주지 않을까 하고 생각했었어. 후원군이 온다면 안내해 줄 사람이 있어야 했으니까. 그래도 다행히…… 격을 상실하면서까지 남아 있었던 보람이 있었군.』

브론테스의 형체가 서서히 옅어지기 시작했다. 그를 구성하고 있던 사념이 흐려지기 시작하고 있단 뜻이었다.

사실 그는 여태 오랜 시간에 걸쳐 이렇게 남아 있으면서, 신격을 상당수 잃어버린 상태였다. 이대로 흩어진다면 평범한 영혼으로 전락해, 윤회의 고리로 떨어지거나, 이곳 관문에 갇힐 가능성이 컸다.

신이 가장 두려워한다는 불멸성을 잃는 것이지만. 브론
테스는 전혀 그런 것에 두려움이 없어 보였다.

『여하튼. 고된 길이겠지만, 뒤를 잘 부탁한다. 보아하니
꽤 시간이 흐른 지금도 아직 어둠은 물러나지 않은 것 같으
니…… 형제들도 도움의 손길을 아주 절실히 필요로 할 것
이다. 그저 아쉬운 게 있다면.』

화아아—

브론테스의 영혼에 노이즈가 끼기 시작했다.

『맏이인 내가, 그 옆에서 도와주지 못한다는 것이 애석
할 따름.』

[서든 퀘스트(페르세포네의 오랜 소망)이 갱신되
었습니다.]

[퀘스트창을 확인하세요.]

브론테스의 영혼이 빠르게 옅어졌다. 그동안 버티고 있
었던 것도, 사실 그가 가진 미련 때문이었다.

'안 돼!'

연우는 그런 브론테스를 보면서 조급한 마음이 들었다.
아직 회중시계에 대한 답을 제대로 듣지 못했다.

묻고 싶은 것도 많았다. 영혼석이 대체 뭔지, 태초의 불

은 어디서 기인한 건지. 그런 것을 알아야 회중시계에 대해서 알고, 그것을 어떻게 고칠지도 감이 잡힐 게 아닌가.

게다가 칠흑왕의 무구에 대해서도 물어야만 했다. 아스트라페와 트라이아나를 집어삼킨 이유. 그것을 안다면 칠흑왕의 정체도 알 수 있었다.

그러다 연우는 문득 떠오르는 것이 있었다.

죽음.

그리고 영혼.

그것은 자신이 가진 권능이다.

그리고 그는 이미 브라흐마라는 신을 권속으로 거두지 않았던가?

하물며 지금 미련 속에 스러져 가는 격을 잃은 신이라면…….

"브론테스!"

연우는 이제 머리만 남은 브론테스를 주시했다.

『왜? 작별 인사라도 해 주려는 건가?』

"형제들을 돕고 싶다 하셨지요? 하데스를 도와, 티탄과 기가스를 물리치고 싶은 마음은 여전하신 것, 맞습니까?"

『당연한 소리를……. 그들은 나에게 있어 원수이니까.』

티탄이 올림포스를 차지하던 시절. 그들은 한때 키클롭스 삼 형제를 꼴 보기 싫다 하여 타르타로스에 가둔 적이 있었다. 이것을 구해 줬던 이가 바로 제우스였다. 이때를 기점으로, 키클롭스 삼 형제는 힘을 모아 3대 대신기(大神器)를 제작해 제우스 등에게 바쳤다. 아스트라페, 트라이아나, 퀴네에가 바로 그것이었다.

그런데 다시 티탄과 기가스가 타르타로스를 빠져나오려 한다. 키클롭스 삼 형제가 하데스를 도운 이유도 바로 옛 원한 때문이었던 것이다.

"그렇다면 제게로 귀속되십시오."

『뭐?』

"제가 당신의 미련을 풀 수 있게 도와주겠습니다."

연우는 '미련'이라는 키워드를 던져서 브론테스를 붙잡고자 했다. 망령 거인과 달리 저만한 영혼을 강제 귀속시키는 것은 불가능하다. 그렇다면 명분을 만들어서 그의 의사를 긍정적이게 만들어야 했다.

『무슨……!』

브론테스는 연우의 말뜻을 이해할 수 없어 눈살을 찌푸렸다. 신더러 인간에게 귀속되라니? 불경한 말일뿐더러, 그런다고 해서 뭐가 달라질지 알 수가 없었다.

하지만. 연우가 손을 뻗어 자신에게로 향하는 순간.

『그건……?』

브론테스는 눈을 크게 뜨고 말았다. 그동안 아무 반응도 없어 평범한 아티팩트라고만 여겼던 칠흑색의 팔찌와 족쇄가 파르르 떨리고 있었다. 그리고 그것을 알아본 브론테스의 눈꺼풀도 같이 떨리고 말았다.

이제야 연우가 누구의 후예인지를 깨달은 것이다. 스틱스의 맹약에 얽매여 ‘그’라고밖에 표현할 수 없었던 자가……!

“귀속되어라.”

파칭—

그 순간, 존재가 흐려지던 브론테스를 둘러싼 세상이. 그대로 정지하고 말았다.

*　　*　　*

『……이런 말도 안 되는.』

브론테스는 방금 전과 달리 또렷한 빛을 띠기 시작한 자신의 팔을 내려다보면서 어이없다는 표정이 되고 말았다.

그리고 그건 크로이츠도 마찬가지였다.

“……말도 안 돼.”

십만 마리도 넘는 망령들을 강제로 복속시킬 때도 그랬지만, 이제는 신의 영혼을 귀속시켜 버릴 줄이야.

필멸자가 그런 일이 가능하다는 말은 단 한 번도 들어 본 적이 없었기에. 크로이츠의 눈가는 불신으로 가득했다.

특히 성검을 다루면서 신성에 대해서 다른 플레이어들보다 깊게 알고 있는 그는 경악을 넘어 충격을 받고 있었다.

아무리 격을 상실했어도, 여전히 초월성을 띠는 영혼을 거둔다는 것은 상식적으로 말이 되질 않았다.

『아니. 어쩌면 이것이 당연한 건가.』

브론테스는 깊게 가라앉은 눈으로 연우를 바라봤다. 티탄을 세상 무엇보다 증오하는 그였지만, 상황이 상황이다 보니 어이가 없을 따름이었다.

하지만 상대는 이제 자신의 주인이며, '그'의 후예였다. 자신이 빠져나갈 구석은 어디에도 없었다.

그래서 깨달았다. 저 필멸자의 입발림 말에 당했다는 것을.

'그래도 형제들을 만나 놈들을 막을 수 있게 도와준다면…… 무엇인들 못 할까. 그리고 어쩌면 이것이야말로 숙운(宿運)일는지도.'

브론테스의 눈빛을 본 것일까?

"아까 전에 못다 한 질문, 하나만 더 하겠습니다."

연우는 고개를 끄덕이면서 회중시계를 그의 앞으로 내밀었다.

『말해 보게, 주인이여.』

"이 시계, 고칠 수 있겠습니까?"

브론테스는 가만히 연우와 회중시계를 번갈아 보았다.

그리고 가볍게 혀를 찼다.

『하데스 님에게 가져다주려던 물건이 아니었군.』

"제 개인 물건입니다."

『음. 그런가.』

브론테스의 눈가를 따라 안타까움에 찬 눈빛이 흘렀다. 만약 이것까지 있었다면 순결의 돌에 더해 하데스에게 아주 큰 힘이 되었을 것 같았는데. 그게 아니었다니.

『잠깐만 살펴봐도 되겠나?』

그래도 손을 잡은 이상, 도와주지 않을 수도 없는 노릇이기에. 브론테스는 손을 뻗었다.

연우는 고개를 끄덕이면서 회중시계를 그에게 내밀었다. 긴장감으로 손끝이 살짝 떨렸다.

브론테스는 아주 자세하게 회중시계를 살폈다. 비록 괴이라는 말도 안 되는 격으로까지 떨어지고 말았지만, 머릿속 지식까지 사라지는 건 아니었다. 아니, 애당초 그는 대장장이 신이었기에, 다른 신들처럼 자신의 권능에 목을 매달 이유가 전혀 없었다.

『음.』

브론테스가 회중시계를 되돌려 주었다.

연우는 조심스레 받으면서 그를 보았다. 목소리가 조금 막혀서 잘 나오지 않았다.

“어떻습니까?”

『고장 났다고 했지, 그 시계?』

“예. 그렇습니다.”

『아니. 자네가 잘못 알고 있었어. 그건 고장 난 게 아니야.』

연우의 눈이 커졌다. 시계가 사실은 고장 난 게 아니었다고?

“그럼……?”

『봉인되어 있다는 표현이 옳겠군. 마법적인 장치에 의해 일부 기능을 제외한 나머지 기능들이 전부 정지되어 있다네. 의도적으로 그렇게 해 둔 것 같네만.』

“……!”

연우의 눈빛이 단단하게 굳었다. 머릿속에 여태 쌓였던 의문이 그제야 풀리는 것 같았다.

그는 그동안 용마안으로도 회중시계를 고칠 방법이 없어 머리를 쥐어 싸매고 있었다.

현자의 돌을 완성하는 데 한몫을 했을 정도로 이제는 연금술이나 마도학에 대해 뛰어난 지식을 갖고 있다고 자부하고 있었지만.

그래도 여태 회중시계를 수리할 방법이 보이질 않아, 동생이 밟은 경지가 참 높다고 생각하고 있었는데.

'사실 그게 아니었다고?'

애당초 접근 방법이 잘못되었던 것이다.

고장이 아니라, 봉인이었다면. 그렇다면 여태 해결책이 보이지 않았던 이유도 이해가 되었다. 고장 수리와 봉인 해제는 애당초 접목해야 하는 지식이 달랐으니까.

골이 울리는 기분이었다.

하지만 한편으로는 눈이 뜨이기도 했다.

이유를 알았다면. 해결책도 금세 찾아낼 수 있을 테니까. 몸이 바짝 달아올랐다.

"그럼 고칠 수…… 아니, 봉인을 풀 수 있겠습니까?"

『아니. 힘들어.』

하지만 연우의 바람과 다르게. 브론테스는 고개를 가로 저었다.

"당신이 손을 못 대는 물건도 있습니까?"

『나라고 해서 만능이 아니니까. 그리고 대체 무슨 수를 썼는지 모르겠지만, 영혼석을 매개체로 쓴 것부터가 이미 나와 견줄 만한 실력자란 뜻이다. 대단해. 솜씨로 봐서는 필멸자의 것이 분명한데, 지식은 초월자에 버금가는 자라……! 이 물건을 만든 사람, 어디에 있는지 알 수 있나?』

브론테스는 몸이 바짝 달아오른 듯했다. 복수심과 별개로, 뛰어난 명장을 만나고 싶다는 호기심이 든 모양이었다.

연우는 씁쓸하게 웃었다. 동생이 높은 평가를 받는다는 사실은 형으로서 기뻤지만, 한편으로는 아쉬운 마음이 클 수밖에 없었다.

브론테스가 말한 일부 기능이 일기장이란 건 알 수 있었다. 그렇다면 봉인되어 있다는 다른 기능들은 대체 무엇일까? 그리고 무엇을 숨기고자 동생은 이런 장치를 해 둔 걸까?

그런 연우의 슬픈 마음이 일부 전해진 걸까. 브론테스는 슬쩍 연우를 보다가, 다시 회중시계를 자세히 살폈다. 그러다 말했다.

『물론, 봉인을 못 푼다는 건 어디까지나 나 혼자일 때의 이야기이겠네만.』

연우가 홱 하고 브론테스를 돌아봤다.

브론테스의 눈빛이 깊게 가라앉았다.

『거래를 하세나. 달라지는 것은 크게 없어. 어차피 페르세포네 님의 퀘스트를 받지 않았던가? 그것 그대로, 하데스 님을 도와 타르타로스를 진정시키는 데 도움을 보태 주게. 그런다면 그 대가로, 형제들을 모아 봉인을 푸는 데 적극 협조하도록 하지.』

결국 타르타로스로 빨리 이동하라는 의미였다.

『어떤가?』

연우도 거부할 이유가 없었다.

"받아들이겠습니다."

연우는 회중시계를 꽉 쥐었다. 심장이 빠르게 뛰기 시작했다.

＊　　＊　　＊

[서든 퀘스트 / 페르세포네의 오랜 소망]

내용: (생략) 당신은 페르세포네의 부탁을 받아 열 개의 관문을 통과하던 중, 먼저 하데스를 찾아가다가 실종되었던 키클롭스 삼 형제의 흔적을 찾는 데 성공했습니다.

하지만 당신은 아직 맏이인 키클롭스 브론테스만 찾는 데 성공했을 뿐, 아직 다른 두 키클롭스에 대한 행방을 찾지 못했습니다.

반면에 반대편의 진영에서는 당신에 대한 인식을 하기 시작했습니다.

서둘러 다른 두 키클롭스를 찾으세요. 늦게 찾을 수록 당신에게 불리한 상황이 전개될 것입니다.

'반대 진영에서 날 인식하기 시작했다고?'

　연우는 갱신된 퀘스트 내용을 확인하던 중에 눈에 띄는 문구를 보고 눈을 가늘게 좁혔다.

　반대 진영이라면 티탄과 기가스를 말하는 것일까? 아무래도 망령 거인을 해치우면서 저쪽에 발각된 모양이었다.

　『정확하게는 타르타로스와 연락을 취하고 있을, 외부의 끄나풀일 것이야.』

　브론테스는 연우의 생각을 읽고 그렇게 말했다.

　연우의 시선이 그쪽으로 향했다.

　“그들이 누군지는 아십니까?”

　브론테스는 씁쓸하게 웃으면서 고개를 가로저었다.

　『나도 정확한 건 모른다네. 우리도 쫓기기만 하던 입장이라. 하지만 한 가지만큼은 확실해.』

　그의 눈빛이 깊게 가라앉았다.

　『놈들은 아주 가까운 곳에 있다는 것.』

　브론테스는 이를 악물었다.

　『배반자가 있는 게 분명하다네. 그렇지 않다면 이런 일이 발생할 수도 없었어. 그러니…… 조심하게.』

　연우는 고개를 끄덕였다. 그의 말마따나 티탄과 기가스가 나섰다면 절대 호락호락하지 않을 테니까. 아니, 그런 것을 떠나서, 신들의 전쟁에 개입하는 것부터가 필멸자인 그로서는 많은 부담이 될 수밖에 없었다.

『우리들끼리 이런 일을 정리하지 못해 그대와 같은 필멸자의 손을 빌려야만 하는 것이니…… 이 얼마나 못난 꼴이란 말인가.』

브론테스는 그 말만 하고 조용히 소울 컬렉션으로 사라졌다. 그로서는 지금 상황이 영 부끄럽기만 했던 것이다. 게다가 오랫동안 격을 상실하면서 쌓인 피로도 크니, 잠깐이나마 휴식을 취할 생각이기도 했다.

연우는 다시 불의 날개를 활짝 펼치면서 이동을 개시했다. 시간이 지날 때마다 마법 도식을 계속 더하면서 이제는 어엿한 스킬이 되다시피 한 불의 날개는 빠르게 관문들을 지났다.

[일곱 번째 관문, '거해'에 입장했습니다.]
[여덟 번째 관문, '철상'에 입장했습니다.]
……

일곱 번째 관문은 사나운 칼바람이 휘몰아치고, 여덟 번째 관문은 펄펄 끓는 쇠 바닥을 통과해야만 했다.

이때부터는 스테이지가 연우도 도저히 쉽게 생각할 수 없을 만큼 높은 난이도를 지니고 있었다. 하이 랭커들이 수련을 위해 찾는다고 할 만큼 위험천만한 장소였던 것이다.

게다가.

퍼퍼퍼펑—

연우를 붙잡기 위한 적들의 공격도 더욱 노골적으로 변해 갔다. 퀘스트의 경고 문구처럼 티탄과 기가스 쪽에서도 다른 수를 내기 시작한 것이다.

갖가지 기괴한 형체를 가진 괴물들이 나타나기 시작했다.

여섯 번째 관문에서 부딪쳤던 망령 거인과는 비교도 할 수 없을 만큼 강한 몬스터들.

분명히 갖가지 망령으로 구성되어 있으면서도, 이상한 그림자로 연결되어 도무지 상대하기가 버거운 것들이었다.

일부 개체는 아주 작지만 신성을 띠고 있는 것도 있을 정도였다.

'아무리 감옥에 갇혔어도, 신은 신이란 건가⋯⋯.'

그럴수록 연우는 이를 악물었다.

티탄과 기가스는 아주 오래전에 타르타로스에 갇혔어도, 엄연히 올림포스 신들과 다퉜던 강한 신들이었다. 그런 녀석들이 부리는 권속이니만큼, 강하고 상대하기 까다로운 것은 어쩔 수가 없었다.

쿠어어—

그때, 눈앞으로 거대한 그림자 촉수가 휙 하고 날아왔다.

여태 꼬리처럼 길게 연우를 따라다니던 잿빛 안개가 앞

으로 확 뭉치면서 배리어 역할을 했다. 수만 마리로 이뤄진 망령 집단. 네메시스가 강제로 복속시킨 망령 거인의 잔해들이, 이제는 충실한 수족이 되어 있었다.

콰콰쾅!

그림자 촉수는 잿빛 안개를 뚫지 못하고 위로 크게 튕겨 나고 말았다. 그 과정에서 천 마리도 넘는 망령들이 그대로 소멸하고 말았지만, 소울 컬렉션은 자동으로 부족분을 바로 충전시켰다.

그리고 그 과정에서. 어느새 오십여 마리로 부쩍 늘어난 괴이들이 달려가 깊은 어둠으로 연결되는 촉수에 달라붙어 그것을 갉아먹기 시작했다.

샤논과 한령은 칼을 세게 쥐면서 각자가 자랑하는 시그니처 스킬을 터뜨렸다. 화려한 이펙트와 함께 〈볼케이노〉와 〈칼날 소용돌이〉가 작렬해 그림자 촉수를 난도질하면서, 그대로 본체에서 분리되어 허공으로 튀었다.

레베카가 뛰면서 마법이 실린 강전(强箭)을 잇달아 쏘고, 하늘에서는 부가 수정구를 높이 들어 마법을 잇달아 터뜨렸다.

콰르릉, 콰쾅!

네메시스는 어둠이 되어, 니케는 불길이 되어 남은 본체를 모조리 찢어발겼으니.

크아앙!

"카인, 지금!"

성검 줄피카르의 축문 기원을 통해 신성 결계를 형성, 괴물의 발목을 강제로 묶고 있던 크로이츠가 크게 소리를 질렀다.

연우는 고개를 끄덕이면서 몸을 크게 뒤틀었다. 고통에 몸부림치는 녀석을 향해.

이미 네 개의 권능이 잇달아 작동하면서 버프 효과를 최대한으로 실어 둔 상태였다.

[영웅— 불굴]
[악역— 구축]

비그리드가 금방이라도 부서지는 게 아닐까 싶을 정도로 크게 울어 대면서. 휘황찬란한 광채와 함께 그대로 폭발했다.

[불의 파도]
[72선술— 열, 파, 참]

콰르르릉—

여덟 번째 관문을 가득 뒤덮던 열기 따위는 아무것도 아니라 여겨질 정도로 높은 고열이 작렬하면서, 괴물은 그대로 장작 신세가 되어 크게 불타올랐다.

불길을 끄기 위해서 이리저리 몸을 뒤틀었다. 그럴 때마다 관문이 금방이라도 부서질 것처럼 크게 요동쳤지만, 불길은 오히려 더 크게 타올랐다.

성화.

니케가 녹아든 화마는 괴물을 한번 물고 절대 놓치지 않았다. 게다가 그 속에는 그동안 연우가 담았던 갖가지 힘도 섞여 있었다. 오러, 불의 파도, 용의 마력, 신력, 마기, 72선술, 그리고 잔독혈까지.

원래대로라면 절대 뒤섞일 수 없는 갖가지 성질들이었지만, 연우가 이뤄 가고 있는 마신룡체의 특성과, '마력의 축복을 받은' 이라는 칭호 효과 덕분에 아무런 문제가 없었다.

결국 괴물은 더 이상 버티지 못하고 쓰러졌다.

쿵—

얼마나 거대한 몸집을 자랑하는지, 단순히 쓰러진 것인데도 불구하고 관문 전체가 크게 들썩일 정도였다.

"헉, 헉헉……."

연우는 비그리드를 내리면서 크게 숨을 헐떡였다. 몸이

열병에 걸린 것처럼 뜨거웠다. 마력회로에 과부하가 걸리면서 생긴 현상이었다. 체력도 급속도로 메말라 갔다.

그때, 괴물의 사체에서 불길이 위로 치솟더니, 곧 새의 형상을 갖추면서 연우에게로 날아왔다.

『나, 잘했어?』

"그래. 수고했다."

『헤헤. 역시 니케는 강해! 강하다고!』

니케는 연우의 팔뚝 위에 올라타면서 날개를 반으로 접어 올려 볼록한 알통을 보였다.

연우는 귀엽기만 한 니케의 머리를 쓰다듬다가, 곧 들리는 네메시스의 목소리에 고개를 그쪽으로 돌렸다.

『……주인.』

"왜?"

네메시스의 목소리는 우려로 가득 차 있었다.

『방금 전, 그 괴물 어땠나?』

"강했어."

『단지 그뿐인가?』

"아마 속성 차가 아니었다면 잡기 힘들었겠지."

『맞다. 원래대로라면 주인으로서는 절대 잡을 수 없었을 녀석이다. 설사 우리가 힘을 합쳤다고 하더라도.』

네메시스의 무거운 목소리가 이어졌다.

『놈의 이름은 메두사라고 하지. 그리고 그런 괴물이……
타르타로스에는 숱하게 널려 있다. 그런 곳으로 꼭 지금 가
야 할 필요가 있나? 전 주인도 이 이상은 가지 못했다는 것
을 알고 있지 않나.』

연우는 무겁게 고개를 끄덕였다.

아무래도 우리의 한계는 여기까지인 모양이었다. 여덟
번째 관문부터 하나둘씩 나타나기 시작하는 괴물들은 우리
의 정신을 피폐해지게 만들었다.

가뜩이나 통과해야 하는 관문의 난이도만 해도 힘든데,
여기다 미친 괴물들까지 나서니.

결국 우리는 다음을 기약하면서 히든 스테이지를 떠나야
만 했다. 한편으로는 아쉬운 마음도 들었다.

열 개의 관문 너머에 있다는 타르타로스. 거기에 들어가
지는 못하더라도 입구는 구경해 보고 싶었는데.

하계에서 몇 안 되는 신들의 장소라는 곳에.

『칠흑왕의 힘을 얻어야겠다는 주인의 생각은 알고 있
다. 브론테스 등을 모아 회중시계를 고쳐야겠다는 다짐
도. 하지만 지금은 위험해. 조금 더 힘을 쌓은 뒤에 오더라
도…….』

네메시스는 어떻게든 연우를 말려 보고자 했다. 타르타로스는 필멸자가 절대 접근할 수 없는 장소다. 그런 곳에 아무런 준비도 없이 도전하겠다고?

그 역시 연우처럼 힘을 갖길 갈망하고, 회중시계를 고치고 싶은 마음이 굴뚝같았다. 하지만 지금은 아니었다. 신들에 비하면 연우가 약해도 너무 약했다. 최소한 50층은 넘은 뒤에 도전해야 하는 장소였다. 이곳은.

동생은 아르티야라는 팀을 등에 업고도 여덟 번째 관문에서 뜻을 접었다. 하물며 팀이라고 할 만한 전력도 갖추지 않은 연우는 어떻게 해야 할까. 거기에다가 티탄과 기가스가 연우를 발견한 지금은?

심지어 피로를 모르던 샤논과 한령도 벌써부터 지쳐 가고 있었다.

하지만.

"아니. 간다."

연우는 고개를 가로저었다. 모처럼 잡은 기회였다. 그토록 보고 싶었던 동생과 관련된 단서를 찾을 수 있을지도 모르는 기회였다. 아니, 어쩌면 재회를 할 수 있을지도 모른다.

다음으로 미뤘다가, 만약에 일이 생겨 놓치게 된다면? 게다가 한번 미루기 시작하면 계속 미뤄질 수 있었다. 그러고 싶지 않았다. 놓치고 싶지 않았다.

그리고.

연우는 동생을 만나서 하고 싶은 말이 있었다. 그때까지
는 절대 멈출 수가 없었다.

'반드시.'

연우는 바토리의 흡혈검으로 메두사를 비롯한 여러 괴물
들의 힘을 모조리 빨아들인 뒤, 다시 이동했다.

네메시스는 그런 연우를 안타까움에 찬 시선으로 바라봐
야만 했다.

연우의 눈이 활활 타올랐다.

'만나야 해. 반드시.'

Stage 42.
명계의 왕

[열 번째 관문, '흑암'에 입장했습니다.]

마지막 관문까지 오는 길은 아주 험난했다. 특히 아홉 번째 관문부터 마주치기 시작한 미노타우로스와 네메아의 사자 등은 연우 일행을 전멸 직전으로 몰아넣었을 정도였다.

최전선에서 싸우던 샤논과 한령은 소멸 직전까지 갔다가, 수복을 반복해야만 했으니.

「하아…… 하아…… 이런 빌어먹을 악덕 사장 같으니.」

「이렇게 미친 듯이 싸운 것도 참 오랜만인 듯합니다.」

샤논과 한령은 이미 정신적으로 많이 피폐해 보였다. 이

론상, 망령만 계속 공급된다면 휴식 없이 영원히 싸울 수 있을 그들이었지만.

자아가 있고, 아직 인간으로서의 정체성이 강한 이상 전투를 지속하면서 쌓이는 정신적인 피로까지 사라지게 할 수는 없었다.

그만큼 계속 쏟아지는 티탄과 기가스 권속들과의 싸움은 힘들었다.

관문은 관문대로. 권속은 권속대로. 신경 써야 할 게 한두 가지가 아니었던 것이다.

하지만 그런데도 연우는 묵묵히 앞으로 전진했다.

여기에 네메시스만 이따금 위험하니 돌아가자고 의견을 낼 뿐. 연우의 다른 권속들은 아무런 말도 하지 않고, 잠자코 연우의 의견을 따라 움직였다.

연결 고리를 통해 전해지는 연우의 간절한 마음을 알기 때문이었다.

어떻게든 동생에 대한 단서를 찾아내겠다는 마음.

칠흑왕의 힘을 얻겠다는 다짐.

그 모든 것들이 절실해도 너무 절실했다.

그건 언제 무너져도 이상하지 않을 만큼 스스로를 혹독하게 몰아붙이던 연우가, 지금까지 아무런 내색 없이 꾸준히 자신의 길을 걸을 수 있게 해 준 원동력이기도 했다.

그런 주인의 바람을, 권속들은 들어주고 싶었다. 설사 실패로 돌아간다 하더라도.

『…….』

결국 네메시스도 권속들의 바람을 알고 더 이상 만류하지 않았다. 사실 힘과 단서에 대한 갈망은 그도 연우만큼이나 절실했으니까.

전 주인에 대한 그리움은 이따금 꿈속에도 나올 만큼 사무칠 정도였다.

"바라옵건대, 성령의 축복을 내리시어, 이곳에 내려앉은 어둠에 빛을 내려 주시옵고……."

크로이츠는 성검 줄피카르를 꽂고, 축문 기도를 외우면서 결계를 발동 중이었다.

〈성광 결계〉. 악의에 찬 적들의 접근을 불허하고, 저주 등을 비껴가게 해 주는 결계 주문이었다.

다만, 결계를 이동시킬 수 없고, 유지를 위해서는 계속 기도문을 외워야 한다는 단점이 있었지만.

이것이 있는 동안에는 그래도 조금이나마 마음 놓고 휴식을 취할 수가 있었다.

크로이츠는 그동안 묵묵히 연우 일행의 옆을 지키면서 자기 몫을 다하고 있었다. 궁금할 것이 많을 텐데도 불구하고, 약속대로 아무것도 묻지 않았다. 연우도 그의 진심을 알고, 조금씩 동료로서 존중 하고 있는 중이었다.

"……통과는 절대 허락할 수 없다는 건가."

연우는 성광 결계 아래로, 분지를 따라 짙게 깔린 어둠을 바라봤다.

열 번째 관문, 흑암은 어둠이 안개처럼 넘실대는 분지 지역을 통과해서 목적지까지 다다라야만 하는 수행 과제를 띠고 있다.

사실 그 정도는 연우에게 크게 어려울 게 없었다.

어둠 때문에 시야가 가려진다고 해도, 20층에서 의념을 깨달은 그로서는 어렵지 않게 통과할 자신이 있었던 것이다.

하지만 문제는 역시나 넘실대는 어둠 사이로 보이는 괴물들이었다.

티탄과 기가스의 권속들. 히드라부터 네메아의 사자까지, 여태껏 연우 일행을 계속 괴롭히던 괴물들이 곳곳에 득실대고 있었다. 머릿수만 대충 헤아려 봐도 수십 마리에 달할 것 같았다.

포악성은 두말할 것도 없다. 덩치도 십여 미터에 달하고, 세기는 일행들이 전부 달라붙어야 겨우 쓰러뜨릴 수 있을까 말까 한 괴물들이 저토록 많은 곳을 통과하라는 건, 호랑이 굴에 제 발로 뛰어들라는 것과 똑같았다.

그나마 다행이라면. 케토가 건네준 타닌 피어와 부의 인페르노 사이트가 괴물들을 제어하는 데 큰 도움이 된다는 점이랄까.

만약에 이런 것도 없었더라면. 위험해도 진즉에 위험했을 것이다.

'그나저나.'

연우는 시선을 돌렸다.

'여기서 이런 시선들을 계속 겪어야 하나?'

연우는 여기에 오고 난 뒤부터 추가로 붙은 시선들에 몸서리가 쳐졌다.

여태껏 그가 노출되었던 신과 악마들의 시선은 '위'에서부터 내려온다는 느낌이었다.

하지만 타르타로스에 가까워질수록 달라붙는 시선들은 '아래'에서 비롯되고 있었다. 그것도 하나같이 불길하고, 잔혹한 느낌이 드는 것들이었다.

티탄과 기가스. 그들의 시선이 분명했다. 퀘스트창의 내용이 맞았던 것이다.

'이제는 헤르메스나 아테나들 외에는 위쪽의 시선도 거의 느껴지질 않고.'

당연한 말이지만, 타르타로스의 기운이 강해질수록. 천계의 시선은 거의 약해져 가고 있었다. 권능을 매개로 채널

링이 직접적으로 연결된 이들을 제외하면, 연우를 제대로
관찰할 수 있는 신과 악마는 거의 없다시피 했다.

　　[아가레스가 당신을 볼 수 없어 답답해하는 다른
신과 악마들에게 비웃음을 던집니다.]
　　[아가레스가 머리를 맞대어 타르타로스에 대해
의논을 나누는 다른 신과 악마들을 찾아가 직접적으
로 놀립니다.]
　　[신의 사회, '올림포스'가 아가레스를 무시합니
다.]
　　[신의 사회, '아스가르드'가 아가레스의 방문에
귀찮아합니다.]
　　……

　　아가레스는 여전히 제멋대로 날뛰고 있는 중인 듯했지
만. 귀찮아서 그냥 메시지창을 아래로 내려 버렸다.
　　그렇게 가만히 마력회로를 돌리면서 재생에 집중하고 있
을 무렵.
　　여태 수정구를 가만히 쓰다듬고 있던 부가 천천히 고개
를 들었다. 떨그럭. 턱관절이 부딪치는 소리가 났다.
　　"뭔가 찾았나?"

「이곳에. 있는. 망령들. 을. 전부. 심문해 본. 결과.」

연우는 각 관문을 지나면서 곳곳에 흩어진 망령들을 죄다 쓸어 온 상태였다. 그렇지 않았다면 권속들은 진즉에 전부 소멸하고 말았을 것이다.

「다른. 키클롭스들은. 통과. 한 것으로. 보입. 니다.」

"그렇단 말이지?"

연우는 엉덩이를 털면서 천천히 자리에서 일어났다. 부는 그동안 다른 키클롭스 사도들의 행방을 쫓고 있었다. 그리고 방금 전에 그들이 관문을 모두 통과해서 타르타로스로 넘어갔다는 것을 확인할 수 있었다.

그렇다면. 더 이상 시간을 지체할 필요가 없었다.

"다시, 움직입니까?"

크로이츠는 연우의 기척을 읽고, 기도문을 멈추면서 땅이 꺼져라 한숨을 내쉬었다. 또 움직여야 한다는 사실에 그의 눈 밑이 꺼멓게 죽고 말았다.

*   *   *

크르르—

성광 결계를 나온 순간, 모든 괴물들의 시선이 조금씩 이쪽으로 몰리기 시작했다.

이미 관문을 지나고 있던 다른 플레이어들은 잡아먹혀 녀석들의 배 속에 들어가 있는 상태.

만족을 모르는 허기진 배는 다음 먹잇감을 애타게 찾고 있었다.

연우는 권속들을 모두 거둬들인 상태였다. 저렇게 많은 괴물들을 상대하는 건 불가능하다. 그렇다면 목적지까지 최대한 빠르게 이동하면서 피해야만 했다.

"뛰어."

팟—

일행은 전력을 다해 일직선으로 내달리기 시작했다.

연우의 머리 위로, 부의 인페르노 사이트가 활짝 열리면서 엄호를 시작했다.

쾅쾅쾅!

                    *   *   *

[히든 스테이지, '열 개의 관문'을 모두 통과하였습니다.]

[믿을 수 없는 업적을 달성했습니다. 칭호, '열 개의 시련을 견딘 자'가 생성되었습니다.]

[추가 공적치가 제공됩니다.]

[공적치를 20,000만큼 획득했습니다.]
[추가 공적치를 30,000만큼 획득했습니다.]

[두 번째 히든 스테이지에 도전하시겠습니까?]

『정말, 플레이어가 되어 여기까지 올 줄이야.』

키클롭스 브론테스는 자신의 눈앞에 거대하게 서 있는 청동문을 보면서 감회에 찬 목소리로 중얼거렸다.

죽어서도 다다르고 싶었던 타르타로스의 입구에 드디어 도착하게 된 것이다.

연우는 손을 뻗어 청동문을 가만히 쓰다듬었다. 이곳의 문도 올림포스 보고나, 포세이돈의 신전에서 봤던 철문과 비슷한 양식을 띠고 있었다. 갖가지 성화가 멋들어지게 그려진 웅장한 문.

다만, 이번에 그려진 성화는 이전에 보던 것보다 훨씬 세세한 내용들로 가득했다.

제우스가 던진 벼락을 맞고, 하얀 구름 위에서 검은 무저갱으로 떨어지는 티탄과 기가스들이 보였다.

특히 그 중심에 놓인 것이 유독 눈에 띄었다. 아래로 추락하는 와중에도 눈을 크게 뜨며 제우스와 포세이돈, 하데스 형제에게서 시선을 거두지 않는 자.

‘크로노스.’

시간과 죽음의 신이자, 티탄의 왕이었던 그의 표정은 유독 다른 신들에 비해 현실적으로 표현되어 있었다.

어떻게 보면 크게 분개하는 것처럼 보이기도, 또 어떻게 보면 아들들의 배신에 깊은 슬픔을 느끼는 것처럼 보이기도 했다.

올림포스의 신들은 티타노마키아와 기간토마키아로 대변되는 큰 두 번의 전쟁을 거치면서, 자신들에게 대적했던 티탄과 기가스를 타르타로스에다 처박았다.

아마도 이 너머에는 짙은 어둠과 함께 크로노스를 비롯한 녀석들이 득실대고 있겠지.

필멸자로서는 절대 접근조차 할 수 없다는 신격들이 가득한 감옥.

성역을 제외하고 하계에서 신과 악마들이 마음대로 다닐 수 있는 몇 안 되는 장소이기도 하기에, 긴장이 되는 건 어쩔 수가 없었다.

그리고 그건 크로이츠도 마찬가지였다.

열 번째 관문은 정말 다른 관문들의 난이도를 전부 합쳐도 부족할 정도로, 지독했던 곳이었다. 그래도 이렇게 통과를 하고 나니 스스로가 대견하게 여겨질 정도였다.

이전의 시도에서는 몇 번이고 번번이 실패를 겪어야만

했으니까. 역시 사람은 기력을 한계까지 쥐어짜다 보면 불가능한 게 없어지는 걸까. 왠지 연대장이 했던 말이 떠올라 자기도 모르게 쓴웃음이 번졌다.

연우는 용마안으로 청동문을 이리저리 살피다가, 브론테스를 돌아봤다.

"그런데 이 너머로는 어떻게 넘어가야 하는 겁니까?"

아무리 손으로 매만져 봐도 청동문은 꿈쩍도 않았다. 페르세포네의 퀘스트를 받았으니 저절로 열리지 않을까 하는 생각도 했지만, 그럴 기미는 전혀 보이지 않는 듯했다.

하긴 올림포스 신들이 죄수들을 가두기 위해 만든 문일 텐데, 그렇게 쉽게 열릴 리가 없겠지. 만약 그랬다면 진즉에 티탄과 기가스가 문을 박차고 나왔을 터였다.

『샛길이 있다. 하데스 님만 알고 있는. 정확하게는 그분과 그분의 허락을 받은 자들만이 통과할 수 있는 곳이지.』

"어딘지 알 수 있겠습니까?"

『잠시만 기다려라.』

브론테스는 눈을 감더니 갑자기 알 수 없는 주문을 외기 시작했다.

팟!

그를 따라 빛무리가 번졌다. 브론테스가 앞으로 손을 내밀자, 민들레 홀씨 같은 것이 둥둥 떠다녔다. 새하얀 광채

위로 잿빛이 감도는 홀씨였다.

『다행히 아직도 되는군.』

"이것이 무엇입니까?"

『명계(冥界)의 정령이다. 따지자면, 하데스 님의 힘을 빌려 그분이 있는 곳까지 인도하는 안내책이지. 원래 우리 형제들에게 주셨던 것인데…… 시간이 지났어도 소환이 가능하군. 언젠가 이 몸이 돌아올 것이라고 믿고 계셨던가.』

브론테스는 감격에 젖은 얼굴로 하나밖에 없는 눈을 질끈 감았다. 눈가에 눈물이 고여 있었다.

그러다 다시 눈을 뜨며 말했다.

『이렇게 있지 말고 어서 따라가세. 언제 사라질지 모르니.』

연우와 크로이츠는 정령을 따라 옆으로 쭉 걷기 시작했다. 청동문은 끝도 없이 길게 이어지고 있었다. 어둠과 적막만이 내려앉은 곳. 연우는 청동문에 그려진 성화만 계속 주시했다. 그려진 성화들이 다 달랐다.

그러다 정령은 도중에 한 지점에서 멈췄다. 그리고 팟 하고 사라지더니 청동문을 따라 자그마한 붉은 포탈을 열었다.

연우와 크로이츠는 서로 말없이 눈을 마주쳤다. 그리고 고개를 끄덕이면서 포탈을 건넜다.

빛이 가신 뒤, 연우는 어둠이 짙게 깔린 하늘 아래 어느 거대한 산등성이 위에 홀로 서 있었다.

그 순간.

　[두 번째 히든 스테이지, '타르타로스'에 입장했
습니다.]
　[경고! 이곳은 올림포스의 죄수들인 티탄과 기가
스가 갇혀 있는 감옥으로, 관리국의 특별 관리 지정
장소입니다. 플레이어에게는 접근이 어려운 스테이
지이니 빠른 탈출을 권고합니다.]
　[불길한 시선이 비춥니다.]
　[불길한 저주가 다가옵니다.]

　[서든 퀘스트(페르세포네의 오랜 소망)이 갱신되
었습니다.]
　[퀘스트창을 확인하세요.]

화아악—
연우는 어떻게 말로 표현할 수 없는 오싹한 느낌을 받아
야만 했다.
그래도 청동문 밖에서는 어느 정도 제어되던 티탄과 기
가스의 시선이, 이제는 아예 대놓고 노골적으로 변하고 있
었다.

시선 속에 담긴 감정도 일부 느낄 수 있었다.

호기심, 놀라움, 그리움, 질시. 통일성 없는 갖가지 시선들이었지만, 그 밑에 깔린 공통점이 있었다.

불신(不信).

대체 이들은 무엇을 보았기에, 연우에게 불신을 느끼는 걸까?

'설마?'

연우는 순간 시선들이 정확하게 향하는 곳이 자신이 아닌, 그가 착용하고 있는 칠흑왕의 절망과 비탄이라는 사실을 뒤늦게 깨달을 수 있었다.

「……어째서. 이곳에.」
「……그분의 흔적이. 왜.」

아스라이, 먼 곳에서부터 그런 목소리가 들렸다. 아주 작은 메아리처럼.

그리고.

연우는 지금 자신이 서 있는 곳이, 산등성이가 아니라 사실은 엄청나게 큰 거신(巨神)의 머리 위라는 사실을 뒤늦게 깨달을 수 있었다.

수십 미터는 될 것 같은 거대한 검은 눈동자가, 그를 응시하고 있었다.

연우는 자기도 모르게 본능적으로 불의 날개를 활짝 펼쳐 하늘 위로 높게 솟구쳤다.

권능들도 잇달아 따라오면서 망령 집단이 꽈배기처럼 꼬여 연우를 둘러쌌다.

하지만.

"……뭐지?"

분명 금방이라도 움직일 것 같던 거신은 아무런 행동도 하지 않았다.

연우는 그제야 자신을 응시하고 있던 눈동자에 초점이 잡혀 있지 않다는 사실을 뒤늦게 깨달을 수 있었다. 생명의 기운도 느껴지지 않았다.

그가 디디고 있던 거신은 이미 죽은 사체였던 것이다.

'무슨 이런 크기가…….'

사체는 분명히 길게 누워 있었다. 그런데도 산등성이라고 착각할 만큼 높은 높이였고, 길이도 수 킬로미터는 되는 것 같았다.

눈동자는 해와 달을 보는 것처럼 요란하게 빛났고, 살가죽이나 팔다리에 나 있는 털은 숲처럼 여겨질 정도였다.

연우가 알기로, 거인족도 저렇게 크지는 않았다.

거대한 신장을 가진 개체라고 해 봐야 20미터 내외일까?

가장 큰 거인이었던 마지막 거인왕이 30미터였던 것을 떠올
려 본다면, 저것은 거인이라고 하기에도 두려울 정도였다.

'티탄의 시체인가? 그렇다면 타르타로스에는 전부 저런
것들밖에 없나?'

티탄과 기가스에 대한 소문은 탑에도 그리 알려져 있지
않았다.

애당초 열 개의 관문을 통과할 수 있는 플레이어도 그리
많지 않을뿐더러, 청동문을 건너는 사람은 더더욱 없기 때
문이었다.

동생도 다음에 타르타로스로 넘어가 봐야겠다고 다짐만
했을 뿐. 실제로 가 본 적은 없으니. 티탄과 기가스가 저런
듣도 보도 못한 모양새를 하고 있다고 해도 이상하지 않은
셈이었다. 어찌 되었건 간에, 저들은 상식적으로 이해할 수
없는 '신'이었으니까.

연우는 거신의 사체를 좀 더 자세히 살펴볼 요량으로, 더
높은 상공으로 날아올랐다. 포탈을 건너면서 행적을 놓친
크로이츠를 찾으려는 목적도 있었다.

'커도 너무 큰데. 위쪽도 찜찜하고.'

연우는 상공으로 오를수록 혀를 찼다. 위로 올라가도 제
대로 올라가고 있는 게 맞나 싶을 정도로 보이는 건 온통
짙은 어둠뿐. 그가 겨우 시야를 확보할 수 있었던 것도, 주

변을 둥둥 떠다니는 성화와 또렷한 감각 덕분이었다.

타르타로스는 '무저갱'이라는 설명 그대로 온통 어둠밖에 보이지 않았다.

그래도 어느 정도 높아졌다 싶은 지점에서, 의념을 한껏 방출하려는데.

쿵—

쿵!

갑자기 지축이 요란하게 울리는 소리가 났다. 그리고 전해지는 어마어마한 압박감.

"……!"

연우는 의념을 뿌리려다 말고 재빨리 안쪽으로 거둬들였다. 가슴이 방망이질을 치기 시작했다. 여기서 의념을 드러냈다가는 위험해진다는 본능적인 경종이 머릿속에 울렸다.

대신에 기척을 최대한으로 죽이면서 몸을 다른 방향으로 돌렸다. 다시 한번 세상이 위아래로 요동쳤다.

어둠을 가르면서 무언가가 이곳으로 다가오고 있었다. 그것이 가까워질수록, 연우는 더더욱 깊은 오싹함을 느껴야만 했다. 23층에서 직접적으로 마주쳤던 아가레스와 비교해도 절대 뒤지지 않을 존재감이 덩어리로 몰려오고 있었다.

　[아테나가 고요한 눈빛으로 당신과 같은 대상을 바라봅니다.]

　[헤르메스가 침묵에 잠긴 채 당신과 같은 대상을 지켜봅니다.]

　[아가레스가 혀를 찹니다.]

　[혼돈이 침묵합니다.]

　연우를 단말(端末)로 삼는 신과 악마들의 시선조차 고요해졌다. 평소에는 메시지를 드러내지 않던 혼돈조차도. 그만큼 대상이 주는 압박감이 대단하다는 뜻이었다.

　쿵…….

　연우는 마른침을 삼켰다. 어느덧 거신이 그의 근처까지 다가왔다.

　아래에 널브러져 있는 거신의 사체보다는 작았지만, 그래도 어마어마한 몸집을 자랑하고 있었다. 신장은 대략 1킬로미터 내외. 연우쯤은 날파리 정도로 보일 크기였다.

『이, 어디쯤이었을…… 텐데…….』

　녀석은 무언가를 찾는 듯 주변을 두리번거렸다. 덩치가 큰만큼 움직임은 느릿한지, 고개를 돌리는 속도가 많이 느렸다.

하지만 그럴 때마다 대기가 잔잔하게 떨려 나가고, 두꺼운 피부를 따라 뿜어지는 열기가 대단해서 숨이 저절로 막혔다.

연우는 녀석이 찾는 대상이 자신이라는 사실을 알 수 있었다. 눈빛이 어딘지 모르게 낯이 익었다. 관문을 통과하는 내내 자신을 주시하던 여러 개의 시선 중 하나였다.

아마 그가 여기에 나타난 것을 알고 직접 모습을 드러낸 것이리라.

하지만 녀석은 한참 동안 주변을 살피기만 할 뿐, 정작 연우는 찾아내지 못했다.

그에 비하면 아주 미약한 존재감 때문이리라. 더구나 연우는 최대한 기척을 숨기고 있었다. 의념을 다룬 뒤부터 존재감을 숨기는 건 그에게 쉬운 일이었다.

하지만 그렇다고 해서 마냥 편한 건 아니었다.

여기서 조금이라도 움직이는 순간, 녀석은 자신을 즉각 발견할 가능성이 크다. 그러나 계속 여기에만 있을 수는 없다. 자신을 살피는 눈길이 많은 이상 결국 녀석이 그를 찾아내는 건 시간문제였다.

'어떻게 하지? 먼저 쳐야 하나?'

연우는 허리춤에 걸어 놓은 비그리드 쪽으로 손을 가져갔다가 놓기를 반복했다.

자신의 공격이 아무런 타격도 주지 못할 거란 건 아주 잘 알고 있었다. 하지만 그래도 시간을 벌 정도는 될 거라고 자부했다.

이대로 있다가 그냥 당할 바에는. 차라리 공격을 하고 도망치는 게 낫지 않을까 하는 생각이 들었던 것이다.

결국 연우는 마른침을 삼키면서 용마안을 활짝 열었다. 결들이 조금씩 보였다. 하지만 크기에 비해 일반 사물을 보는 것처럼 결들이 뭉쳐 있는 곳이 거의 없었다.

완전무결(完全無缺)에 가까워질수록, 존재의 격도 큰 법이다. 역시 신이라 그런 걸까. 도저히 빈틈을 찾기가 쉽지 않았다.

그래도 용마안에 잔뜩 마력을 불어 넣으니 오른쪽 가슴팍 부근을 따라 결이 주로 뭉쳐 있는 것이 발견되었다.

연우는 비그리드를 꽉 쥐었다. 기회는 단 한 번. 그 안에 모든 권능을 발현하고 집중해서, 타격을 입혀야만 했다. 그렇지 않으면 모든 게 끝장이었다.

긴장감으로 두 눈이 붉게 달아올랐다. 그때, 녀석이 시선을 반대 방향으로 돌리는 게 느껴졌다. 연우의 눈이 커졌다.

'지금……!'

바로 그때.

『이 멍청한 놈이!』

별안간 갑자기 연우의 귓가로 어기전성이 울렸다. 그리고 급류에 휩쓸리는 듯한 느낌과 함께 몸이 바닥으로 확 쏠렸다.

쐐액—

거신이 연우가 있던 쪽으로 고개를 돌린 것도 바로 그 무렵이었다. 그는 일대를 두리번거리더니 턱을 작게 떨었다.

『잘못…… 느꼈는가…….』

거신은 눈을 가늘게 좁히다가, 곧 다시 걸음을 옮겼다.

『이곳이…… 아닌가 보군……. 그새…… 도망쳤나?』

결국 거신은 연우가 없다고 판단하고, 다시 시선을 돌리며 움직이기 시작했다.

쿵, 쿠웅—

"……."

"……."

연우가 몸을 일으킨 것은 거신의 발소리가 아스라이 작아질 무렵이었다. 워낙에 엄청난 크기를 자랑하기 때문에 발소리가 사라지는 데도 한참 시간이 흘러야만 했다.

"티탄을 공격하려고 해? 그것도 페르세스를? 이런 시건 방진 놈이."

그리고. 연우를 구해 낸 구출자도 더 이상 위험이 없다고 판단하고 인상을 팍 찡그렸다.

"네놈 때문에 얼마나 일이 복잡하게 될 뻔했는지 아는 거냐?"

"……."

연우는 가만히 침묵을 지켰다. 자신을 구출해 낸 자들은 열 명으로 이뤄진 무리였다.

남색으로 빛나는 청동 갑주와 장창, 그리고 타워 실드를 착용한 병사들. 그들이 풍기는 기세는 하나같이 뛰어났다.

특히 지휘관으로 보이는 자에게서는 영험한 신기까지 감돌았다.

'디스 플루토.'

디스 플루토는 하데스를 따라 명계를 지키고, 타르타로스의 청동문을 부수려는 티탄과 기가스를 제어한다는 명계의 군사들이었다.

비록 겉보기엔 평범한 병사처럼 보일지라도, 그들 개개인은 하급 신격에 버금가는 높은 격을 지니고 있는 전사들이었다.

연우는 이들의 도움으로 자신이 살아났다는 사실을 알
수 있었다. 특히 지휘관이 언급한 페르세스는 티탄 중에서
도 파괴를 상징한다는 자. 만약 부딪쳤다면 큰일이 벌어졌
을 게 분명했다.

"그래도 이렇게 무사하니 다행이오. 어디 다른 다친 곳
은 없으시오?"

그때, 디스 플루토 뒤에서 크로이츠가 다가와 연우를 살
폈다. 연우가 고개를 끄덕이자, 크로이츠는 안도에 찬 한숨
을 내쉬었다. 보아하니 그는 연우보다 더 먼저 이들에게 발
견되어 구조된 것 같았다.

지휘관은 거신 페르세스가 사라진 것을 재차 확인하고,
다시 연우를 돌아봤다. 갑주를 쓰고 있어 얼굴 생김새를 알
아볼 수가 없었지만, 눈빛만큼은 강렬했다.

"여하튼 네가 어떻게 왕께서 키클롭스 브론테스에게 건
네셨던 정령의 인도를 받아 왔는지는 모르겠으나, 그와 어
떤 연관이 있는 건 맞겠지?"

"그렇습니다."

연우는 고개를 끄덕였다.

"왕께서 그대를 무사히 데려오라고 내게 명령하시었다.
하지만 이곳은 티탄의 영역. 저들에게 걸리면 끝장이니, 날
조심해서 따라와라."

순간, 연우의 눈이 살짝 커졌다.

"왕이라면, 하데스를 말하는 것입니까?"

실종되었다고 알려진 하데스가 그래도 여전히 타르타로스에 남아 있었던 모양이었다.

지휘관의 낯이 살짝 일그러졌다.

"함부로 그분의 존함을 입에 담지 마라, 플레이어. 그분께서 탑에서 손을 떼신 지 오래라 하나, 너희들에게 함부로 불릴 분이 아니실……."

"페르세포네의 전언을 가져왔습니다. 하데스를 만나게 해 주십시오."

"……페르세포네 님께서?"

지휘관은 화를 내려다 말고 도중에 말을 멈춰야 했다. 왕비의 전언을 가져온 전령이라. 그렇다면 최대한 정중하게 그를 대해야만 했다.

뭔가 탐탁지 않은 눈빛이었지만, 그래도 어쩔 수 없는 일. 지휘관은 퉁명스럽게 몸을 돌렸다.

"여하튼. 따라와라."

다행히 일이 순조롭게 풀리는 것 같았다.

연우는 크로이츠와 함께 지휘관과 디스 플루토를 따르기 시작했다.

＊　　　＊　　　＊

지휘관은 자신을 '레이'라고 밝혔다. 24개 군단으로 나뉘진 디스 플루토 중 19번째 군단 예하에 소속된 부장.

동생의 일기장을 통해 웬만한 신과 악마의 계보를 꿰고 있는 연우였지만, 전혀 들어 보지 못한 이름이었다.

'하긴. 알려진 건 보통 신과 악마의 각 사회를 이끄는 주요 대신들이 대부분이니.'

당연한 말이지만, 올림포스나 아스가르드, 르 인페르날 등은 '사회'라고 지칭될 정도로 아주 많은 인력을 보유하고 있었다.

소속 신들뿐만 아니라, 각 신들이 데리고 있는 제신(諸神)이며, 휘하의 사병들까지. 어마어마한 규모를 자랑하는 것이다.

하지만 그들의 이름은 알려지지 않거나, 알려지더라도 유명하지 않은 경우가 대부분이었다. 그만큼 하계의 플레이어들에게 인식이 박힐 정도가 아니기 때문이었다.

레이도 그런 존재 중 한 명이었다. 하지만 그 역시 천계에 소속된 만큼 어엿한 신격을 가진 존재. 연우로서는 어떻게 닿을 수 없을 만큼 까마득한 존재였다.

하지만.

'스승님에 비해서 높다고 할 수 있을까?'

신격을 지녔다는 것은 이미 초월성을 획득했다는 뜻. 필멸자로서는 누구나 바라 마지않을 경지에 올랐단 뜻인데. 플레이어 중 올포원을 제외하면 아무도 얻지 못했다는 힘을 가지고 있는데도 불구하고, 레이는 무왕과 비교했을 때 '높다' 는 생각을 가지기가 힘들었다.

물론, 레이가 아직 제대로 된 신격을 해방하지 않아서 그럴 수도 있을 테지만.

제대로 된 힘을 보이지 않은 건 무왕도 마찬가지였다. 심지어 여름여왕과 싸울 때에도 전력을 다하지 않았으니.

'대체 신격의 기준이 뭐지? 단순히 경지만 높아진다고 얻을 수 있는 게 아닌가?'

연우의 눈이 깊어졌다.

'그것도 아니면 뭔가가 가로막기라도 하고 있나?'

그렇게 생각하고 있는데.

"뭘 그렇게 쳐다보지?"

레이는 선두에서 묵묵히 길을 열다 말고 자신을 빤히 쳐다보고 있는 시선을 느끼고, 연우를 돌아보았다.

"아닙니다. 아무것도."

연우는 담담하게 고개를 가로저었다.

레이는 가볍게 코웃음을 치면서 앞을 봤다.

“미리 말해 두지만. 나는 너희 플레이어들을 탐탁지 않게 여긴다.”

연우의 눈이 살짝 커졌다.

“이유를 여쭈어도 되겠습니까?”

“이유? 이유야 많지. 우리들에게는 신념과 평생이 담긴 전장인 이곳이, 그대들에게는 놀이터 내지 개인 수련장 정도로만 여겨지지 않는가.”

“……”

연우는 입을 꾹 다물었다. 이따금 열 개의 관문을 넘어 타르타로스로 넘어오는 플레이어들을 말하는 것 같았다.

자신의 기량을 더 한껏 높이기 위해 위험을 마다하지 않고 도전하는 자들.

하지만 그런 건 어디까지나 플레이어들의 시선일 뿐. 정작 그곳을 터전으로 삼는 이들에게는 어떻게 비칠까?

“이곳을 만만하게 보는 자들은 너희들밖에 없지. 천계의 올림포스도 그렇게 볼 수 없는 곳이 이곳이거늘. 그런 주제에 약하기도 터무니없이 약해 툭하면 죽어 나가고, 어느 정도 기술을 가르쳐주고 쓸 만해졌다 싶으면 밖으로 도망치는 놈들이니. 그러니 마음에 들 수 있을까?”

“……”

“게다가 지금은 병력 하나가 아쉬운 상황. 그런데도 너

하나 때문에 이렇게 병력을 열이나 차출해서 이런 위험한 곳까지 왔다. 그래도 페르세포네 님의 전령이자, 키클롭스 브론테스의 행방을 알고 있다 하니 별다른 말을 하지 않는 것인 줄 알아라.”

그것은 경고였다. 함부로 날뛰다가 뒈지지 말라는. 주제를 알고 자중하라는 의미이기도 했다.

누가 본다면 텃세라고도 할 수 있을 테지만.

연우는 레이의 말투에서 씁쓸함과 조급함을 느낄 수 있었다.

‘그만큼 전황이 좋지 않다는 뜻인가?’

연우의 눈이 깊게 가라앉을 무렵.

『멈춰!』

갑자기 레이가 걸음을 멈추더니 손을 뻗으며 일행들에게 어기전성을 날렸다. 무슨 일인가 싶은 순간.

쾅!

갑자기 그들이 딛고 있던 지면이 폭발하면서 거신이 불쑥 튀어나왔다.

『찾았구나……!』

방금 전, 연우를 찾으려 했던 티탄 페르세스였다. 녀석은 흉악하게 웃으면서 연우 등이 있는 곳으로 우악스럽게 손을 뻗었다.

"도망쳐!"

콰콰쾅—

레이가 다급하게 소리를 지르면서 창을 앞으로 뻗었다. 신력이 한껏 개방되면서 화려한 이펙트가 터졌다. 희뿌연 연기가 휘몰아쳤다.

그사이, 디스 플루토는 연우와 크로이츠를 잡아 다른 곳으로 인도하고자 했다. 레이가 시간을 끌어 주는 동안 이곳을 빠져나가려는 것이다.

하지만.

퍼억—

티탄 페르세스는 하데스와도 어느 정도 자웅을 겨룰 수 있을 정도의 인물. 레이 같은 하급 신격이 막을 수 있는 존재가 아니었다. 레이는 얼마 버티지 못하고 그대로 피떡이 되어 사라지고 말았다.

『어딜 가려…… 하느냐……!』

거신은 거기서 그치지 않고 목표인 연우를 잡기 위해 팔을 크게 휘둘렀다.

강풍이 휘몰아치면서 모래바람이 해일처럼 덮쳐 왔다. 디스 플루토가 다급하게 연우 앞을 가로막았다. 그들의 얼굴에는 결사 항전의 의지가 단단히 맺혔다.

연우도 이를 악물고 권능들을 개방시켰다. 아니, 시키고자 했다. 하지만 뭔가에 가로막힌 것처럼 채널링이 막혔다.

[아테나와의 채널링이 약합니다. '여신의 성흔'이 불발됩니다.]

[케토와의 채널링이 약해졌습니다. '해왕석'이 실패했습니다.]

[아가레스와의 채널링이 약합니다. '흉신악살'이 불발됩니다.]

[아가레스가 크게 화를 냅니다!]

성공한 권능은 용체 각성뿐. 연우는 어쩔 수 없다는 생각에 이를 악물면서 용의 근력을 최대로 끌어 올려 거신에 대항하고자 했다. 72선술과 불의 파도라면 어느 정도 버틸 수 있지 않을까, 하는 막연한 기대를 하면서.

어느덧 녀석의 거대한 그림자가 머리 위를 크게 덮쳐 오고 있었다.

그 순간.

콰르릉!

갑자기 어둠만 자욱하게 깔렸던 하늘에 푸른빛이 맺히더니, 그대로 벼락이 되어 거신의 안면을 가르고 지나갔다.

쿠어엉—

거신이 비명을 지르면서 뒤로 허겁지겁 물러섰다. 두 손이 제 얼굴을 붙잡고 있었다. 갈라진 얼굴의 상처에서 피가 폭포수처럼 쏟아지고 있었다.

그리고 그 앞에.

칠흑빛이 감도는 청동 갑옷을 입은 신이 나타나 검을 휘두르기 시작했다.

짙은 어둠이 불꽃처럼 이글거리면서 그를 보호하듯이 감싸 안았다가, 거미줄처럼 사방으로 뻗쳐 나갔다.

거신에 비하면 터무니없이 작은 크기였지만, 풍기는 위세만큼은 거신을 압도하고 있었다. 검을 휘두를 때마다, 포세이돈보다도 더 격렬한 힘이 휘몰아쳤다.

연우는 그가 누군지 단번에 알 수 있었다.

제우스를 비롯한 6형제 중 맏이로 태어났으나, 동생들을 위해 스스로 올림포스의 권좌를 버리고 지하의 명계로 내려간 대신.

'하데스!'

명계의 왕이 강림한 것이다.

『하데스…… 하데스……! 네가 감히……!』

콰콰쾅—

하데스는 거칠게 검을 휘둘렀다. 허공에다 몇 번 휘두르는 것이 전부였지만, 그럴 때마다 하늘이 갈라지는 게 아닐까 싶을 정도로 어마어마한 힘이 휘몰아쳤다.

단단히 압축된 어둠이 벼락처럼 뭉쳐져 떨어지고, 거기서 파생되는 열풍은 폭풍이 되어 거신을 마구잡이로 난도질했다.

피가 튀었다. 한쪽 팔이 강제로 뜯기면서 위로 치솟았다. 여태껏 압도적인 위압감을 뿜어내던 거신은 더 큰 위압감 앞에 한없이 밀려나면서 정신을 차리질 못했다.

연우는 그 모습을 멍하니 바라보고 있었다.

'결이…… 없어.'

완전무결. 헤르메스나 아테나에게서도 조금씩 보이던 결이, 하데스에게서는 찾아볼 수가 없었다. 저것이 진짜 '대신'이라 할 수 있는 존재의 힘인 걸까.

게다가 검을 휘두를 때마다 휘몰아치는 기세는 타르타로스를 몇 번이고 뒤흔들어 놓고 있어서, 단순히 마주하고 있

는 것만으로도 정신이 짜부라질 것 같았다. 역시나 냉혈 특
성이 아니었다면 버티지 못했을 것이다.

신(神).

연우는 그 단어가 주는 의미가 무엇인지, 하데스를 보고
나서야 정확하게 알 수 있었다. 모든 섭리와 법칙이, 하데
스를 중심으로 유동하고 있었다.

[헤르메스에게서 메시지가 도착했습니다.]
[메시지: 숙부님의 저런 모습, 오랜만이군. 700년
만이던가?]
[헤르메스에게서 메시지가 도착했습니다.]
[메시지: 나뿐만 아니라, 아레스나 헤라클레스도
처음에 저 모습을 보고 완전히 뻑이 갔었지. 특히 아
테나 누이가 가장 열성 신도였었는데 말이야.]

[아테나에게서 메시지가 도착했습니다.]
[메시지: 조용히 해 줄래?]

전쟁과 지혜의 여신, 아테나도 감회에 젖게 만드는 존재.
하데스는 그가 왜 올림포스 신들의 '맏이'인지를 확실하게
보여 주고 있었다.

"감히? 감히라고?"

하데스는 어떻게든 그를 붙잡고자 손을 뻗고, 그림자도 움직여 대는 거신의 공격을 여유롭게 피해 내면서 코웃음을 쳤다.

"페르세스, 네가 드디어 미쳤구나. 최근에 크로노스의 시정(屍精)을 먹으면서 비정상적으로 덩치를 불리더니 간덩이도 같이 부은 것이냐? 네가 진짜 크로노스라도 된 줄 아는 모양이지?"

검을 꽉 쥐었다.

우웅, 웅—

팔을 따라 전해진 어둠이 그의 검을 새카맣게 물들였다.

"아무래도 그 헛바람부터 빼 줘야겠구나."

촤아악!

하데스는 그대로 검을 아래로 내리쳤다. 검은 칼날이 오른쪽 어깨에서부터 사타구니까지, 사선을 그리며 떨어졌다.

크어어어—

거신의 몸뚱어리가 어둠으로 활활 불타올랐다. 그리고 상처를 따라 무언가가 꾸역꾸역 쏟아지기 시작했다.

시커먼 연기가 새어 나올 때마다, 비정상적으로 컸던 덩치도 조금씩 작아졌다. 마치 바람이 빠지는 풍선처럼.

『안 돼……! 안 된다……!』

거신은 새어 나가는 연기를 어떻게든 붙잡기 위해서 발버둥 쳤다. 신력을 끌어 올려서 상처를 재생시켜 보려 했지만, 하데스는 그럴 틈도 내어 주지 않겠다는 듯 쉴 새 없이 검을 휘둘러 댔다.

검광이 번쩍일 때마다 새어 나가는 검은 연기의 양도 많아졌다. 어느새 주변 일대를 가득 메울 정도였다.

'뭐지, 저건?'

연우는 검은 연기를 가만히 쳐다봤다. 정황상 저것이 티탄을 비정상적으로 커지게 만든 힘이며, 타르타로스의 이상 현상을 일으킨 원인이란 건 알 수 있었다.

그런데.

'왜 낯이 익은 거지?'

연우의 낯이 살짝 굳어질 무렵.

부르르—

갑자기 칠흑왕의 절망과 비탄이 깨질 듯이 거세게 울어 댔다.

연우가 왜 그러나 확인하려는데.

콰아앙!

하데스가 전력을 다해 마지막 일격을 내리쳤다. 그러자

거신의 머리통이 잘리면서 허공으로 튀었다. 그만한 크기가 하늘로 떠오르니 일견 무서운 심정까지 들 정도였다.

파스스—

그러다 거신의 머리통과 몸뚱이가 작은 입자로 쪼개져 부스러졌다. 폭포수처럼 쏟아지던 핏물도 확 하고 사라졌다.

녀석이 있던 자리에는 검은 구슬 같은 것이 남아 있었다.

"쥐새끼 같군. 그새 또 도망쳤나?"

하데스는 가볍게 코웃음을 치더니 손가락을 가볍게 튕겨 검은 구슬을 완전히 부숴 버리고, 연우가 있는 곳으로 몸을 돌렸다.

"……!"

아주 먼 거리인데도 불구하고, 눈이 마주쳤다 싶을 때 즈음.

팟—

하데스는 어느새 연우의 바로 눈앞에 도착해 있었다. 멀리서 보던 것보다, 그는 훨씬 더 시니컬한 인상이었다.

연우는 흠칫 놀라 뒤로 물러서면서 비그리드 쪽으로 손을 가져가려 했지만, 몸이 빳빳하게 굳어 움직일 수가 없었다.

별다른 기세를 풀어내지 않았는데도 불구하고, 영혼이 꽉 쥐어진 느낌이었다.

포세이돈을 비롯한 여러 신들을 마주쳤었다지만, 그래도

연우는 그럴 때마다 특성을 이용해서 어느 정도 자유를 되찾을 수 있었다.

하지만 하데스는 전혀 그렇지 않았다.

특성은 작동하질 않았다. 몸이 움직여지질 않았다. 일말의 자유도 허락할 수 없다는 듯. 하데스는 여태껏 만났던 신이나 악마보다도 월등한 위치에 놓여 있는 것 같았다.

하지만.

'마음에 들지 않아.'

연우는 인상을 팍 찡그렸다. 이렇게 다른 누군가에게 제압된다는 것은 정말이지 불쾌한 일이었다. 그래서 시차 괴리를 발동, 한껏 느려진 세상 속에서 마력회로를 돌려 세포를 빠르게 깨웠다.

그러다 하데스가 입을 열었을 때, 시간도 제자리를 되찾으면서 연우도 자유를 찾을 수 있었다. 당당하게 두 눈을 마주할 수 있게 된 것이다.

[헤르메스가 만족한 듯이 크게 고개를 끄덕입니다.]
[아테나가 따스한 시선으로 당신을 바라봅니다.]
[아가레스가 낄낄 웃습니다.]
[혼돈이 침묵합니다.]

순간, 하데스의 눈가에 이채가 어렸다.

"그리운 얼굴들이 많군. 조카들의 총애를 듬뿍 받는 아이였나? 아가레스라. 저 마왕도 오랜만이고. 거기다……."

하데스는 말꼬리를 살짝 흐리면서 연우를 위아래로 살폈다. 순간, 연우는 자신의 모든 것이 낱낱이 파헤쳐지는 듯한 기분을 받았다. 속내까지 보이는 듯한 느낌.

그러다 하데스의 시선이 잠시 검은 팔찌와 족쇄에 멈췄다. 칠흑왕의 절망과 비탄이 거기에 호응하듯이 울렸다. 그런데 느낌이 평소와 많이 달랐다. 마치, 분노를 느끼는 것처럼 거칠게 떨리고 있었다.

"'그'의 유산들까지?"

하데스는 한쪽 입술 끝을 비틀었다. 어떻게 보면 비웃음 같기도, 또 어떻게 보면 쓴웃음처럼 보이기도 했다.

"단순히 페르세포네의 전언만 가져온 줄로 알았더니, 생각보다 재미난 아이였구나."

하데스는 헛웃음을 흘렸다.

"저기에 온 인간은 꽤 재미난 장난감을 들고 있고."

성검 줄피카르를 들며 숨을 고르고 있는 크로이츠도 슬쩍 돌아봤다. 푹 눌러쓴 투구 아래로 크로이츠의 눈가가 잘게 떨리고 있었다.

그러다 하데스는 어느새 바닥에 부복해 있는 디스 플루

토를 보며 소리쳤다.

"신전으로 복귀한다!"

＊　　＊　　＊

[서든 퀘스트(페르세포네의 오랜 소망)을 무사히 달성하였습니다. 추가 공적치가 제공됩니다.]

[공적치를 10,000만큼 획득했습니다.]

[추가 공적치를 15,000만큼 획득했습니다.]

[보상으로 '생령의 반지(페르세포네의 신물)', '봄의 축복(페르세포네의 가호)', '판명부(페르세포네의 권능)'를 획득했습니다.]

페르세포네가 건넨 퀘스트는 하데스를 만나 그의 생사를 확인할 것.

하데스를 만났으니, 그에 대한 소식도 자연스레 페르세포네에게로 전달되었을 것이다. 덕분에 퀘스트를 달성했다는 메시지가 떠올랐다.

활짝 열린 연우의 손바닥 위로 빛에 싸인 반지가 내려앉았다. 들꽃을 둥글게 엮어 만든 것 같은 꽃반지. 페르세포네의 신물, 생령의 반지였다.

연우는 보상을 확인했다.

　[생령(生靈)의 반지]
　분류: 반지
　등급: 신물
　설명: 봄과 씨앗, 명계의 여신인 페르세포네가 자신을 대신해 남편 하데스를 찾아 준 은인에게 보답한 선물.
　항상 생생한 생명의 기운이 감돌기 때문에 착용하는 것만으로도, 피로를 풀어 주고 활력을 불어넣는 효능을 지닌다.
　또한, 사용자의 영혼에 여러 효과를 낳기도 한다.
　* 영혼 아생
　인간이 품은 강한 사념은 영혼을 다양한 색으로 물들일 수 있다. 이런 색들을 정화하여 정신을 맑게 하고, 외부로부터의 좋지 않은 자극을 해소해 준다.
　육체에 쌓이는 피로도를 최소 20%에서 최대 40%까지 낮춰 주는 효과를 지닌다.
　* 영혼 생장
　생사가 결정되어 있는 필멸자에게 영혼은 원래 손을 대기 힘든 금단의 영역이다. 이러한 영혼에 꾸준

한 자극을 주어 조금씩 의미를 깨닫게 해 주는 효과
를 지닌다.

　영력(靈力)과 영압(靈壓)에 대한 사용 권한을 부여
한다.

연우는 생령의 반지를 착용한 순간, 여태껏 알게 모르게
육체에 계속 주어지던 압박감이 사라지는 것을 느낄 수 있
었다.

타르타로스는 신을 가두기 위한 감옥. 당연히 환경적으
로 일개 필멸자들이 함부로 돌아다니기에 많이 힘든 장소
일 수밖에 없었다.

크로이츠는 이것을 성검 줄피카르가 주는 성력으로 해소
하면서 비교적 자유롭게 다니는 중이었다.

하지만 연우는 달랐다.

칠흑왕의 절망과 비탄을 갖고 있다지만, 타르타로스를
해결해 주는 권한을 지닌 것도 아니었으니. 오히려 용·
마·신의 여러 인자들을 보유하면서 받는 압박이 컸다.

하지만 생령의 반지는 영혼을 자극하고, 활력을 불어넣
어 주면서 육체가 받는 압박을 해소하는 효과를 낳았다. 쉽
게 말해, 타르타로스를 자유롭게 오고 갈 수 있는 권한을
준 것이다.

또한, 다른 충계에 가더라도 피로도를 낮추는 효과를 지닌 만큼, 페르세포네가 많은 배려를 해 준 것임을 알 수 있었다. 여신의 답례로 부족하지 않은, 뛰어난 보상이었다.

하지만.

['봄의 축복(페르세포네의 가호)'과 '판명부(페르세포네의 권능)'에 대한 권한이 부족합니다. 열람을 위해서는 새로운 조건을 충족해야 합니다.]

다른 생령의 반지와 함께 주어진 두 보상은 스킬창에 이름만 떠올랐을 뿐, '접근 불가'라는 단어가 적혀 있었다.

관문으로 들어가기 전에, 페르세포네가 했던 말이 있었다.

─사실 퀘스트창에는 3개의 보상이 주어질 거라고 적혀 있겠지만, 아마 ### 님이 남편을 만난 뒤에도 자유롭게 쓸 수 있는 건 생령의 반지, 하나밖에 되지 않을 거예요.

─이유가 무엇입니까?

─생령의 반지는 제 신력을 담아 드리는 선물이니, 충분히 효과를 발휘할 수 있어요. 하지만 다른

두 개는 다르답니다. 타르타로스가 가진 환경 차이
때문이에요.

페르세포네의 설명은 간단했다.

타르타로스는 사실 외부와 일절 단절된 공간. 천계인 98
층에서도 유일하게 접근할 수가 없는 곳이라고 했다. 그 때
문에 올림포스에서도 그동안 하데스가 실종되고도 손을 쓸
수 없었던 것이었다.

그런데 '봄의 축복'과 '판명부'는 페르세포네와 채널링이
직접적으로 연결되어야만 가능한 것. 하지만 외부와 단절이
되어 있으니 페르세포네의 힘을 빌려올 수가 없는 것이다.

'용체 각성 외에 내가 가진 다른 권능들이 자꾸 불발된
것도 그 때문이겠지.'

아테나, 아가레스, 혼돈과 채널링이 이어져 있어도, 권능
이 실패로 돌아갔던 것 역시 같은 이유에서였다.

─그럼 다른 두 보상을 제대로 해방하기 위해서
는 어떻게 해야 합니까?

─하데스로부터 권한을 인정받아야 할 거예요.
타르타로스는 그의 성역이나 다름없으니까.

결국 하데스의 인정을 받든가, 아니면 타르타로스에서
빠져나와 다른 층계로 이동해야 한다는 뜻일 것이다.
그때.
띠링—

[연계 퀘스트가 생성되었습니다.]

다시 한번 더 메시지가 떠올랐다.
연우는 퀘스트를 확인했다.

[연계 퀘스트 / 페르세포네의 간절한 소망]
내용: 당신은 페르세포네의 간절한 부탁을 받아
하데스를 찾는 데 성공했습니다.
하지만 하데스가 처한 상황은 그리 녹록지 않습니
다. 티탄, 기가스와의 전쟁이 오랫동안 길어지면서
타르타로스는 많은 곳이 망가진 폐허가 되고 말았습
니다.
이곳에서 하데스를 도와, 그로부터 인정을 받고
그가 무사히 원래의 신전으로 되돌아올 수 있게 도
우십시오.
그래야만 페르세포네로부터 얻은 가호(봄의 축복)

와 권능(판명부)에 접근할 권한을 얻을 수 있습니다.

　　달성 조건: 하데스의 인정, 하데스의 귀환
　　제한 시간: 무제한
　　보상:
　　1. 가호(봄의 축복) 사용 자격
　　2. 권능(판명부) 사용 자격

연우는 가볍게 혀를 찼다.

'역시 순순히 주지는 않는군.'

페르세포네는 하데스가 뭔가 심상치 않은 일에 휘말렸을 것이라 짐작하고, 연계 퀘스트를 숨겨 두었다. 가호와 권능이 탐난다면 하데스를 도울 수 있도록.

하데스를 찾기만 하면 모든 보상을 줄 것처럼 해 놓고, 슬쩍 마지막 조건을 고친 것이다.

연우는 가볍게 코웃음을 쳤다.

사실 페르세포네의 가호와 권능이 탐나긴 했지만, 그렇게 애타게 매달릴 정도는 아니었다. 지금은 비록 연결이 끊어졌지만, 여전히 권능의 목록에는 그와 가계약이라도 맺기를 바라는 신과 악마들이 무수히 많았으니.

그중에는 페르세포네가 제시한 것과 기능이 비슷하거나,

더 뛰어난 것들도 많을 터였다.

하지만. 연우는 여기에 대해 별달리 화를 내지 않았다. 남편에 대한 걱정이 얼마나 심하면 이렇게 수를 썼을까.

신에게 있어 플레이어의 손길은 큰 도움이 되지 않을 텐데도 불구하고. 아마 고양이 손이라도 빌리고 싶은 심정이 아니었을까?

그런 간절한 마음을 누구보다 잘 알기에, 굳이 따지고 싶지는 않았다.

'그리고 어차피 나도 여기에 남아 있어야 하고.'

아직 다른 두 키클롭스 형제들의 행방을 찾지 못한 이상, 연우는 계속 타르타로스에 남아 하데스를 도와야만 하는 입장이었다. 그래야 회중시계의 봉인을 풀 수 있을 테니까.

하지만.

'쉽지는 않겠는데.'

연우는 하데스와 디스 플루토를 따르는 내내 보았던 폐허들을 보면서 가볍게 혀를 찼다.

원래 타르타로스가 생명이 나지 않는 공간이며, 어둠만 내려앉는 곳이라지만. 그래도 곳곳에 널브러진 것들이 여러 거신의 사체며 전투의 흔적들이었다.

특히 하데스의 영역으로 보이는 주둔지들은 대개가 부서지거나, 사람이 머물고 있어도 제대로 개보수가 이뤄지지 않은 것들이 대부분이었다.

그때.

저 멀리, 하데스의 신전이 보였다.

하지만 올림포스의 3대 주신 중 한 명의 신전이라고 하기엔. 너무나 지나칠 정도로 황폐화되어 있는 곳이었다.

그런 연우의 눈빛을 읽은 걸까.

"아무것도 묻지 않는군. 궁금할 게 많을 텐데 말이야."

하데스는 그런 연우를 보면서 가볍게 웃었다. 시니컬한 웃음소리. 오는 내내 느꼈던 것이지만, 그는 상당히 냉소적인 성격이었다.

연우는 하데스의 눈을 마주쳤다.

깊은 두 눈. 무슨 생각을 하는지 짐작하기 힘든 눈이었다.

여태껏 연우가 마주쳤던 신과 악마들은 하나같이 자신들의 감정에 솔직했다.

그들이 가진 신명과 신위가 그들의 행동을 점지하기 때문이었다. 그래서 대개 웃고 있거나, 화를 내거나. 아니면 알 수 없는 미소를 짓거나. 그런 패턴을 보였다.

하지만 하데스는 입가에 냉소를 짓고 있어도 눈빛은 달랐다. 깊어도 너무 깊었다. 보는 것만으로도 영혼이 빨려들어갈 것 같은 기분. 마치 타르타로스를 담은 것처럼 보였다.

연우는 아주 잠깐 하데스가 왜 이런 질문을 던지는 걸까 하고 고민했다.

그런데.

"질문은. 잘 고르는 게 좋을 것이다."

"……?"

"나는 정당한 거래를 세상에서 제일 중요시한다. 신뢰? 배려? 그런 것 따위가 무슨 소용인가. 전부 부질없는 짓이지. 주면 주는 만큼. 오면 오는 만큼. 서로가 원하는 만큼 거래를 주고받으면 되는 일이다. 나 역시 너에게 묻고 싶은 것이 있으니, 거래를 하자는 것이다."

연우는 고개를 끄덕였다. 하데스가 어떤 신념을 지니고 있는지, 어떤 성격인지 대강 짐작이 갔다.

"제가 처음 나타났던 곳에 있던 거인, 무엇입니까?"

크기만 장장 수 킬로미터에 달하던 거신의 사체. 페르세스도 엄청난 몸집을 자랑했다지만, 그래도 사체에 비하면 턱없이 작았다. 그건 산맥이라고 해도 될 정도였다.

"역시 거기부터 묻는군."

하데스는 피식 바람 빠지는 소리를 내더니 한쪽 입꼬리를 말아 올렸다.

"크로노스다."

연우는 눈을 크게 뜨면서 하데스를 돌아봤다.

“크로노스를 알고 있나?”

“티탄의 왕이 아닙니까?”

“그렇다. 그리고 나와 포세이돈, 그리고 제우스가 함께 몰아낸 우리들의 아버지이기도 하지. 아들을 잡아먹으려 했던 못된 아버지.”

올림포스 신화는 신들의 왕, 크로노스가 자신의 자식들을 잡아먹는 데서부터 시작된다. 자식 중 한 명이 자신의 자리를 찬탈할 것이라는 예언을 듣고, 자식이 태어나는 족족 집어삼켰던 것이다.

하지만 아내인 레아는 이런 참상을 더 이상 보지 못해 막내인 제우스를 빼돌렸고, 제우스는 외딴곳에서 무럭무럭 자라나 결국 크로노스의 지위에 도전하게 된다.

이때, 크로노스가 삼켰던 자식들이 다시 토해지면서 제우스의 든든한 아군이 되니. 그들이 바로 하데스, 포세이돈, 헤스티아, 헤라, 데메테르였다. 그리고 기나긴 전쟁 끝에, 제우스 형제는 크로노스와 그를 따르는 추종자인 티탄을 타르타로스에 가두는 데 성공하게 된다.

즉, 크로노스는 올림포스 신화에 있어서 시초이자, 가장 큰 악역이라 할 수 있는 존재인 것이다.

그런데.

‘그런 존재가 죽었다고?’

초월성과 불멸성을 함께 안고 있다는 신이 죽을 수도 있을까?

그리고 한편으로는.

'칠흑왕이 크로노스가 아니었나?'

여태껏 신들은 칠흑왕을 이름으로 부르지 않았다. '그'라고 지칭할 뿐. 헤르메스는 그것을 두고 '스틱스의 맹약'에 얽매여 있기 때문이라고 했다.

하지만 하데스는 크로노스를 이름으로 부르는 중이었다.

연우는 내심 칠흑왕의 절망과 비탄이 포세이돈이나 하데스를 만났을 때 거칠게 떨리는 것을 보고, 칠흑왕이 크로노스라는 쪽으로 가닥을 잡아 나가고 있던 중이었다.

하지만 이렇게 되어서야, 그의 예상은 틀렸을지도 몰랐다.

"저런 존재가 죽을 수 있나, 그런 얼굴이로군."

"그…… 렇습니다."

"그럴 수밖에 없지. 우리가 그에게서 '시간'을 약탈했으니까."

"……?"

"그가 가진 모든 것을 빼앗았단 뜻이다. 완전한 신이 되기 위해서는 불멸성을 얻어야 했고, 불멸성은 그가 가진 시간을 필요로 했지. 시간을 다룰 수 있어야만 진짜 신이라

할 수 있지 않겠나? 그런데 그렇게 했더니 저렇게 가 버리더군. '죽음'을 맞은 거지."

시간과 죽음의 신. 그런 자에게서 시간을 가져가니 죽음만 고스란히 남았단 뜻일까.

"그리고 난 덕분에 그 죽음을 일부 받을 수 있었고……하여간 그렇게 되었다."

하데스는 다른 말을 하기 싫다는 듯 크게 손사래를 쳤다. 하지만 연우는 놓치지 않았다. 아주 잠깐 하데스는 그를 위아래로 빠르게 살피고 있었다. 무언가를 캐내려는 것처럼.

'내게서? 무엇을?'

하지만 하데스는 연우에게서 별다른 것을 알아낼 수 없을 것으로 여겼는지, 다시 말을 이었다.

"그럼 이제 내가 묻지."

"예."

"페르세포네에게서 다른 말을 들은 건 없나?"

연우는 잠깐 페르세포네의 성역을 떠날 때를 떠올렸다.

"부군의 행방만 알아봐 달라는 것이 제가 맡은 임무의 전부였습니다."

"그런가? 그렇군……."

하데스는 살짝 씁쓸하게 웃었다. 만난 뒤로 내내 냉소적인 표정만 짓던 그에게서 처음 본 감정적인 모습이었다.

연우는 어딘지 모르게 그가 많이 외로워 보인다고 생각
했다.

"그럼 다음 질문을 해라."

"방금 전, 그 질문이 끝이십니까?"

"그런데?"

무슨 문제라도 있나? 하데스는 그렇게 말하는 것처럼 보
였다.

연우는 침음을 삼켰다. 방금 전 자신의 입으로 정당한 거
래를 중시한다고 했었는데. 페르세포네의 전언이 그만한
무게를 지녔단 뜻이었을까?

"아닙니다."

"쓸데없는 말이 길군. 빨리 질문을 이어 나가라."

"그럼…… 전황은, 많이 힘드십니까?"

두 번째 질문. 연우는 이미 전장을 봤지만, 그래도 하데
스의 시각을 듣고 싶었다.

"전황? 후후. 전황이라."

그런데 하데스가 갑자기 피식 실웃음을 흘리기 시작했다.

"그래. 전황이라 할 만한 게 남아 있다면 말이지."

실웃음은 곧 비웃음이 되었다. 정확하게는 자신에 대한
비웃음이었다.

"타르타로스는 이미 망가지기 일보 직전이다."

하데스의 설명은 그렇게 시작되었다.

수백 년 전, 처음 타르타로스의 이상 현상을 발견하고 찾아왔을 때. 이미 그때부터 상황은 많이 좋지 않았다고 했다.

"처음 보았던 티탄 페르세스, 너무 비정상적으로 크다고 생각이 들지 않았나? 아무리 신이라 하지만, 그만한 크기와 영력을 가지려면 웬만해서는 안 될 테지."

연우는 하늘에 다다를 만큼 높게 치솟아 있던 거신을 떠올리고, 무겁게 고개를 끄덕였다.

"크로노스의 신력을 흡수했기 때문이다."

크로노스가 죽었다고 해서 그의 신력까지 사라진 것은 아니다. 복수를 부르짖던 티탄과 기가스는 크로노스의 유산을 다루는 법을 터득하고자 노력했고, 결국 그 힘을 흡수하는 법을 터득했다. 비정상적인 크기는 그 때문에 생긴 부작용일 뿐.

'그럼 그때 봤던 검은 연기가 크로노스의 신력이었던 건가?'

하데스가 거신을 몰아붙이자, 상처를 따라 새어 나오던 연기들이 떠올랐다.

"옛 왕의 신력으로 똘똘 무장한 죄수들은 도무지 상대하기가 쉽지 않았다. 그리고 영토를 계속 빼앗기고 빼앗기다, 이제는 결국 이곳 하나만 남게 되었지."

　죄수들에게 감옥이 점거당한 간수라니, 참 우스운 꼴이지. 하데스는 그렇게 중얼거렸다.

　'그래서……'

　연우는 패색이 완연해진 디스 플루토의 면면을 떠올렸다. 하나같이 지친 얼굴들. 이제 곧 타르타로스가 티탄과 기가스들에게 점령당할 거라고 짐작하는 패잔병들이었다.

　'그럼. 타르타로스가 티탄과 기가스에게 점거당하면 어떻게 되는 거지?'

　연우가 그런 의문을 가질 무렵.

　이번에는 하데스의 질문 차례가 되었다.

　"그렇다면 인간. 너는 이곳에 온 이유가 무엇이냐?"

　연우는 잠시 걸음을 멈추고, 하데스를 빤히 응시하면서 대답했다.

　"퀴네에를 얻고자 왔습니다."

＊　　＊　　＊

　하데스의 신전은 페르세포네의 성역과는 이미지가 많이 달랐다.

　페르세포네의 성역은 갖가지 꽃과 들판이 어우러진 아름다운 동산이었지만, 하데스의 신전은 '죽음의 신'이라는 이미지가 더할 나위 어울릴 정도로 새카맣고 어두운 이미지가 물씬 풍겼다.

하데스는 시종들이 건네는 수건으로 얼굴을 대충 닦고, 자신의 옥좌에 털썩 앉았다. 화려한 치장이 된 옥좌였지만, 곳곳에 그을림이 많이 남아 주인의 피로를 대신 말해 주는 듯했다.

"퀴네에를 얻고자 한다고?"

"예. 그렇습니다."

하데스가 다시 웃었다. 어이가 없다는 웃음이었다.

"웃기는군. 넌 그것이 무엇을 의미하는지 알고나 있는 것이냐?"

연우는 하데스를 빤히 쳐다봤다.

"나의 모든 것을 잇겠다는 뜻이다. 나의 화신이 되어, 나를 따르는 신도들을 가장 앞에서 이끄는 사도가 된다는 뜻이지. 그런데 과연 네가 그렇게 할 수 있을까?"

하데스는 눈을 가늘게 좁혔다.

"내가 오늘 처음 본 너를 받아들일 수 없듯이, 너 역시 보아하니 누군가를 모실 생각은 추호도 없어 보이는군. 아닌가?"

연우는 아무 말도 하지 않았다. 가만히 하데스를 바라볼 뿐. 평소의 그였다면 다른 방법을 찾아보려 했겠지만.

하데스는 거절을 이야기하고 있는데도, 뭔가 미묘하게 분위기가 달랐다.

"재미없는 놈이로군. 별다른 반응도 보이질 않는구나."

그는 옥좌의 팔걸이에다 팔을 얹고, 턱을 괴면서 연우를 오만하게 내려다봤다.

"퀴네에를 원한다고 했지? 그렇다면 결론부터 말해 주마. 불가하다. 주기 싫어서가 아니라, 퀴네에가 없기 때문이다."

연우의 눈이 크게 떠졌다.

"그 말씀은."

"부서졌단 뜻이지. 오래전, 기가스의 왕인 티폰과 싸웠을 때……. 만약 퀴네에가 아직도 남아 있었다면. 글쎄. 우리가 이렇게 속수무책으로 당했을까 싶긴 하군."

아스트라페가 벼락을 떨어뜨리며 제우스를 상징하고, 트라이아나가 해일을 일으키며 포세이돈을 의미하듯이.

퀴네에는 짙은 어둠을 풀어내면서 적들을 천천히 죽음으로 몰아넣는다. 때로는 소유주의 기척을 죽이면서 소리 소문 없이 적의 목숨을 거둬 가는 사신의 손길이 되기도 했으니.

현재 퀴네에 대신으로 검을 한 자루 쓰고 있다지만, 그것으로는 신력을 제대로 풀어낼 수 없는 게 현실이었다.

그래서 하데스는 언제나 자신의 곁에 신물이 없는 것이 아쉽게 느껴졌다. 크로노스를 쓰러뜨리던 시절, 키클롭스 삼 형제가 원한을 갚아 달라며 진상하였던 그 투구만 있었더라면. 오늘날 전황이 이렇게 되지는 않았을 텐데.

"아니. 키클롭스가 모두 모이기만 했었어도……."

연우는 눈을 살짝 크게 떴다.

"그게 무슨 말씀이십니까?"

"나에게 퀴네에를 주었던 키클롭스 삼 형제가 모두 모였으면, 퀴네에를 다시 제련할 수 있었을 거란 뜻이다."

"……!"

"하지만 한 명밖에 없는 이상, 그런 일은 꿈에도 꾸지 못할 일이지."

우웅, 웅—

칠흑왕의 절망이 파르르 떨렸다. 연우를 통해 말을 듣고 있던 브론테스가 크게 소리를 지르고 있었다.

연우는 팔찌를 손으로 누르면서 물었다.

"한 명밖에 없다니요? 스테로페스와 아르게스는 무사히 이곳에 도착한 것이 아닙니까?"

이번에 놀란 쪽은 하데스였다.

"그대가 그걸 어떻게 알고 있는 거지? 하지만 말한 그대로다. 첫째인 브론테스는 내게 명령을 받아 오던 중에 실종

되었고, 둘째인 스테로페스는 티탄의 습격을 받아 주둔지
에서 전사하였지. 지금은 막내인 아르게스만이 남아 우리
들을 돕고 있지만…… 그 혼자서는 한계가 있는 것이 사실
이다. 퀴네에는 그들 형제들이 머리를 맞대어 같이 만든 물
건이었으니. 실력도 옛날 같지 않지.”

우우우웅—

검은 팔찌가 미친 듯이 떨리기 시작했다. 둘째 동생마저
죽었다는 사실에, 브론테스가 울고 있었다.

하지만.

‘잘만 이용한다면.’

연우는 어쩌면 일이 생각보다 수월하게 풀릴지도 모르겠
다는 생각이 들었다.

“하데스. 그렇다면 키클롭스 삼 형제만 다시 모인다면
퀴네에를 복구할 수 있다는 말씀이십니까? 그리고 전황도
당신께 유리하게 돌릴 수 있고요.”

하데스는 연우의 생각을 알 수 없어 살짝 미간을 찌푸렸다.

“그렇다. 전황을 완전히 뒤집을 수는 없겠지만. 최소한
지금보다 낫게 할 수 있는 방법은 있다. 되도록 쓰고 싶지
는 않았지만. 그런데 대체 무슨 소리를 하는…….”

“그렇다면. 그 일을 해결한다면, 전쟁을 끝낸 뒤에 보답
으로 퀴네에를 제게 주실 수 있으시겠습니까?”

"대체 무슨 소리를 하는 거냐?"

"확언만 해 주십시오. 사도가 되지 않더라도, 퀴네에를 주실 수 있으십니까?"

하데스의 낯이 잔뜩 일그러졌다.

"좋다. 원한다면 주마. 얼마든지! 나, 하데스의 이름을 걸고! 하지만 그 약속을 지키지 못한다면 결코 좋은 꼴을 겪지 못할 것……."

"신명을 걸어 말씀하셨습니다. 그렇다면 지금 아르게스를 이곳으로 오게 해 주십시오. 죽은 둘째의 유품을 가지고."

"……?"

하데스는 감히 자신의 말꼬리를 자른 연우를 불쾌감 어린 시선으로 바라봤지만, 떳떳한 연우의 눈빛을 보고 뭔가 있다는 것을 짐작했다.

대체 무슨 짓을 하려는 걸까? 그로서는 연우의 속내를 도저히 짐작할 수가 없었다. 칠흑왕의 권능을 빌려 뭔가를 하려 한다는 것은 짐작할 수 있었지만, 노림수가 읽히지 않았던 것이다.

그 역시 죽음의 신이라고는 하나, 그건 어디까지나 죽은 자들에 대한 형벌을 의미하는 것일 뿐. 그 외에 그들을 두고 다른 뭔가를 한다는 건 도무지 생각하기 힘들었다.

하지만 밑져야 본전이었고, 만약 연우가 자신을 능멸한 것이라면 그때 가서 벌을 주어도 무방한 일.

그래서 하데스는 박수를 쳐서 시종을 불러 키클롭스 아르게스를 데려오게 했다. 둘째 스테로페스의 유품을 들고서.

그리고 가만히 연우를 지켜보았다. '그'의 물건을 가지고 있는 플레이어. 하데스는 포세이돈처럼 일방적으로 화를 낼 생각은 없었다.

그는 당시의 일을 과오이자 실수라 여기고 있었으니까. 하지만 그는 그때로 돌아간다고 해도 생각을 바꿀 생각이 전혀 없었다.

그날의 일이 있었기에, 오늘날의 자신이 있을 수 있었으니. 자신이 가진 모든 권능이 '그'로부터 비롯된 것이지 않은가. 오늘날의 티탄과 기가스가 그러하듯이.

그때, 문이 열리면서 단안기형의 키클롭스가 천천히 들어와 하데스에게 고개를 숙였다. 다른 디스 플루토처럼 오랜 전쟁으로 피폐해진 얼굴. 양손에는 낡은 모루가 들려 있었다.

"부르셨습니까?"

"아르게스. 저기 저 플레이어 앞에다 유품을 내려놓아라."

“예.”

아르게스는 별다른 반문도 없이 조용히 연우 앞에서 서서 들고 있던 모루를 조심히 내려놓았다.

“지금부터 형제분들을 만나게 해 드리겠습니다.”

“무슨……?”

연우는 아르게스의 생기 없는 눈을 보면서 말한 뒤 모루 쪽으로 손을 뻗었다. 아르게스가 화들짝 놀라며 반문하려는데.

화아악!

갑자기 빛무리가 번지더니 아르게스 앞으로 영혼이 나타났다. 순간, 아르게스의 하나밖에 없는 눈이 저절로 커졌다. 그토록 꿈에서도 보고 싶었던 얼굴이 바로 눈앞에 있었다.

『막내야…….』

“혀, 형님?”

『왜 이리 수척해진 것이냐? 대체 왜 이렇게 된 것이야?』

“저, 저, 정말 형님이십니까?”

『200년 만에…… 드디어 형제들이 한자리에 모일 수 있겠구나.』

아르게스의 눈이 저절로 커졌다.

그때.

[‘사자 소환’이 발동되었습니다.]

[누구를 소환하시겠습니까?]

“스테로페스.”

빛무리에 감긴 모루가 시린 빛을 토해 냈다.

『여긴……?』

눈을 뜬 스테로페스는 자신이 있는 곳이 어딘지를 이해하지 못했다.

한없이 어두운 어떤 굴레 속을 정처 없이 떠돌고 있다는 느낌만 간간이 받고 있었을 뿐. 별다른 의식 없이 지냈던 그로서는 갑자기 찾아온 자아가 영 낯설게만 느껴졌다.

그리고.

“말도 안 되는……!”

하데스는 처음으로 충격받은 얼굴을 하며 자리에서 벌떡 일어났다.

영혼을 저런 식으로 다룬다는 것은 그의 상식상 도저히 있을 수가 없는 일이었다.

그는 죽음의 신이었지만, 죽은 자를 다스리는 신이 아니었다. 특히 영혼을 마음대로 다룬다는 것은 섭리와 법칙을 거스르는 일. 신은 순리를 구성하는 존재였지, 거스르는 존재가 아니었다. 그런데도 이런 것을 해냈다는 것은.

“하.”

하데스는 허탈한 듯이 옥좌에 다시 털썩 주저앉으면서 한숨을 내쉬었다. 살짝 찌푸려진 미간 사이로 갖가지 갈등이 묻어 나왔다.

동시에 아주 잠깐이지만, 그의 눈가를 따라 수많은 감정이 스쳐 지나갔다. 질투. 혹은 시기. 욕심도 잠깐 감돌았다.

[헤르메스가 자신의 숙부를 보며 쓰게 웃습니다.]

[아테나가 고요한 눈빛으로 자신의 숙부를 바라봅니다.]

“……그딴 눈으로 보지 마라. 나를 포세이돈, 그 돌대가리와 비교하는 건 내게 있어 모욕이나 다름없으니까.”

하데스는 연우와의 채널링을 통해 조카들이 자신을 조용히 지켜보고 있단 사실을 알고 있었다. 그것이 연우에게 어떤 해코지를 하려 할 경우에 대비한 경계에 찬 시선이라는 것도.

하지만 그는 가볍게 코웃음을 쳤다. 그는 지난 일에 대해 실수이자 과오라고 인정할지언정, 후회는 하지 않는 사람이었다.

그리고 ‘그’의 힘을 다른 누군가가 잇는다고 해도 그것

을 말릴 생각이 없었다. 이미 '그'는 이 세상에 없는 존재
가 아닌가. 굳이 과거에 얽매일 필요는 전혀 없었다.

그리고 헤르메스 세대의 아이들이 '그'를 어떻게 생각
하고 있는지도 잘 알기에. 굳이 저 눈빛들에 대해 불쾌함을
느끼거나 하지도 않았다.

도리어 제 성에 풀리지 않으면 죄다 부숴 놓고 마는 단순
무식한 포세이돈과 비슷한 취급을 당하는 것이, 그로서는
불쾌하기만 할 따름이었다.

[헤르메스가 자신의 숙부를 보면서 알 수 없는 미
소를 짓습니다.]

[아테나가 자신의 숙부에게 가만히 고개를 끄덕
입니다.]

"여하튼."

하데스는 눈을 가늘게 좁혔다.

"'그'의 힘을 이렇게나 쓰고 있단 말이지? 대단하군."

칠흑왕의 힘은 섭리를 거스른다. 그것만으로도 이미 신
이 펼칠 수 있는 기적의 이상을 달리는 셈이었다. 대신(大
神)을 훨씬 넘어선 태초신(太初神), 혹은 개념신(槪念神)의
힘. 그렇게 평가해도 되지 않을까.

하데스는 고요한 눈빛으로 연우를 지켜봤다.

한편.

연우는 키클롭스 삼 형제와의 대화에 집중하느라, 하데스와 조카들 사이의 대화를 듣지 못하고 있었다.

『둘째야……!』

『형, 님……?』

브론테스가 재빨리 달려가 스테로페스를 와락 끌어안았다. 스테로페스는 흐리멍덩한 얼굴로 중얼거리다, 곧 점차 초점이 잡히면서 놀란 얼굴이 되었다.

『형님!』

『그래! 둘째야. 어째서, 어째서 너까지 이런 꼴이 된 것이냐! 어째서 너까지……!』

『형님……!』

"아아!"

『막내까지!』

삼 형제는 서로 부둥켜안으면서 눈물을 터뜨렸다.

200년 전에 헤어진 이후로, 다시는 만나지 못할 것이라 생각했던 차에 이루어진 해후였기에. 그들은 제자리에 앉아 한참 동안 눈물만 펑펑 쏟아 냈다. 브론테스와 스테로페스는 죽은 영혼이라 흘릴 눈물도 없었지만, 슬픔만은 강하게 느껴졌다.

"스테로페스."

그때, 연우가 나섰다. 그도 마음 한구석이 강하게 울리고 있었다.

죽은 형제들의 해후. 저 모습이야말로 자신이 간절히 바라던 소망이 아닌가. 저 자리에 자신과 동생이 있었으면 하는 바람이 강했다. 그리고 그것이 얼마 남지 않았다고 생각했다.

그래서 그들의 해후를 방해하는 것에 미안한 마음이 들었지만. 그래도 우선 처리해야 할 것이 있었다.

스테로페스는 고개를 돌렸다. 그는 자신을 이곳으로 부른 연우를 단번에 알아봤다. 눈빛이 깊게 가라앉았다.

『나를 부른 인간이, 너로군.』

"그렇습니다."

『섭리를 거스르고, 새롭게 섭리를 만드는 힘이라니……너는 '그'의 후예로구나.』

스테로페스는 삼 형제 중에서 신학을 통달한 자. 그래서 따로 현자라 불리기도 해서, 그가 하는 말은 하나같이 알아듣기가 어려울 정도로 아리송했다.

『하지만 이것도 숙운일지니. 이렇게 형제를 만나게 된 것도 인과율이 내린 명이 아니겠는가. 그래. 나를 이곳으로 부른 이유가 무엇인가?』

“이미 느끼셨겠지만, 스테로페스께서 이곳에 머물 수 있는 시간은 그리 길지 않습니다. 그러니 짧게 말씀드리겠습니다.”

연우는 타르타로스가 처한 입장에 대해서 짧게 요약해 설명하기 시작했다.

궁지에 몰린 디스 플루토가 역전을 꾀하기 위해서는 퀴네에를 필요로 한다는 이야기. 그리고 그러기 위해서는 키클롭스 삼 형제가 한자리에 모여야만 가능하다는 내용이었다.

스테로페스는 정좌를 한 채로 한참 동안 연우의 설명을 듣다가, 잠시 가만히 눈을 감고 생각을 정리했다. 그러다 천천히 눈을 뜨며 말했다.

『……그 말인즉, 내가 이곳에 체류를 할 필요가 있단 뜻이로군.』

“그렇습니다.”

『그리고 그러기 위해서는 내가 너에게 종속이 되어야 한다는 뜻이고.』

연우는 고개를 끄덕였다.

스테로페스의 얼굴에 잠시 갈등이 어렸다. 신격이나 되어 한낱 인간에게 얽매인다는 것은 도저히 있을 수가 없는 일이었다.

특히 연우가 계승한 칠흑왕은 그들 형제에게도 철천지원수였다. 그런데도 따라야 한다는 것이 영 못마땅했던 것이다.

『둘째야.』

그때, 맏이인 브론테스가 갈등 중인 스테로페스의 어깨를 짚었다.

『지난 일은 지난 일일 뿐이다. 그리고 저 아이는 그 사람이 아니지. 이미 죽은 몸이 되어 왜 굳이 과거에 얽매이려 하는 것이냐.』

『형님.』

『그리고.』

말허리를 끊은 브론테스의 눈빛이 깊게 가라앉았다.

『나는 우리 형제들이 이제 다시는 떨어지지 않았으면 한다.』

옆에 있던 아르게스가 힘차게 고개를 끄덕였다. 수척했던 그의 얼굴에는 강한 의지가 어려 있었다. 두 형님들을 더 이상 잃고 싶지 않다는 의지였다.

그들은 태어났을 때부터 생김새가 이상하다는 이유만으로, 줄곧 갖가지 학대와 구박을 받으면서 살아야만 했다. 세상으로부터 버림을 받은 것이다. 그래서 그들에게는 아주 어린 시절부터 형제가 세상의 전부였다. 더 이상 떨어진다는 것은 도저히 있을 수가 없었다.

결국 스테로페스는 두 형제의 설득을 받아들여야만 했다. 심유해진 눈빛으로 연우를 바라봤다.

『좋다, 인간. 입발림 소리에 넘어가는 것이긴 하지만, 너의 종속을 받아들이도록 하겠다.』

연우는 고개를 끄덕였다. 하지만 스테로페스는 너무 좋아하지 말라는 듯, 못을 박았다.

『단, 조건이 있다. 난 사람 좋은 형님과는 달라. 스틱스 강에 맹세하건대, 만약 주인이 될 네가 이 조건들을 무시하려 한다면, 나는 스스로 영혼을 소멸시켜서라도 거부할 것이다.』

"말씀하십시오."

『종속된 순간, 난 너의 말을 따를 것이다. 하지만 그건 어디까지나 퀴네에를 비롯해, 정의와 질서를 위한 것에만 해당할 뿐. 만약 네 사리사욕을 채우려 한다면…….』

"그럴 일은 없을 겁니다."

연우는 단호하게 말했다.

『…….』

스테로페스는 연우를 가만히 노려봤다. 하지만 단단한 눈매는 도저히 속내를 짐작하기가 힘들었다.

『……알았다. 계약을 시작하도록 하지.』

결국 스테로페스는 고개를 끄덕였다.

　연우는 천천히 그에게로 손을 뻗었다. 스테로페스는 사리
사욕에 자신을 쓸 생각은 절대 하지 말라고 몇 번씩이나 신
신당부를 했지만. 사실 그런 건 연우가 알 바가 아니었다.

　이들은 전혀 짐작도 하지 못하고 있었다.

　소울 컬렉션이 주는 제약은, 그들의 의지 따위로는 절대
꺾을 수 없다는 사실을.

　‘한번 종속 관계가 맺어지면 끝이지.’

　컬렉션 한쪽 구석에서 ‘또 한 명 낚였구만. 파닥파닥.’ 이
라고 중얼거리는 샤논의 혼잣말이 들리는 듯했지만.

　연우는 의도적으로 무시했다.

＊　　　＊　　　＊

　계약이 끝난 뒤.

　『한낱 망자의 신분에서 괴이라. 신격에 비하면 한참 모
자란 몸이지만. 그래도 이것도 나쁘진 않겠지.』

　스테로페스는 자신의 몸 상태를 확인해 보고 작게 중얼
거렸다. 아르게스는 영혼의 상태로나마 두 형들이 이곳에
있다는 사실에 너무나 감격에 찬 얼굴이었다.

　그리고.

[뛰어난 신격을 권속으로 종속시키는 데 성공했습니다. 믿을 수 없는 업적을 이뤘습니다. 추가 공적치가 제공됩니다.]
[공적치를 10,000만큼 획득했습니다.]
[추가 공적치를 15,000만큼 획득했습니다.]

[서브 퀘스트(어둠의 투구)가 생성되었습니다.]

연우는 연계 퀘스트, 페르세포네의 간절한 소망에 딸린 항목으로 분류된 새로운 퀘스트를 확인하고 있었다.

[서브 퀘스트 / 흑암의 투구]
내용: 기가스의 왕, 티폰은 오랜 연구 끝에 죽은 크로노스의 신력인 시정(屍精)을 채취할 수 있는 방법을 터득하는 데 성공해, 티탄과 기가스의 전력을 대폭 증가시켰습니다.
거신이 된 티탄은 점차 타르타로스의 하늘을, 기가스는 권속들을 양산하면서 대지를 조금씩 약탈해 타르타로스를 지배하에 두기 시작했습니다.
이로 인해 지난 수백 년간, 하데스와 디스 플루토는 패퇴를 거듭하며 마지막 주둔지인 '명왕의 신전'

까지 내몰리고 말았습니다.

그리고 명왕의 신전마저도 적들에 둘러싸여 언제 점령당할지 모르는 위기감에 잠겨 있던 중, 당신이 나타났습니다.

당신이 흩어졌던 키클롭스 삼 형제를 모으는 데 성공하면서, 이제 디스 플루토는 전력을 증강시킬 방법을 모색할 수 있게 되었습니다.

가장 우선적으로, 하데스의 전력을 되찾아야만 합니다.

키클롭스 삼 형제를 도와 신물, '퀴네에'를 제작하세요. 신물을 완성시킨다면 하데스로부터 깊은 찬사를 받을 수 있게 될 것입니다.

달성 조건:

1. '퀴네에'의 구성 재료 모으기

― 아포디스의 비늘(30/45)

― 카트란 액(液)(0/5)

― 침묵하는 소라(12/300)

……

2. '퀴네에' 제작

― 제련 0%

— 정련 0%

— 단조 0%

— 접철 0%

……

전체 공정률 0%

보상:

1. 하데스의 호감도 +150

2. 칭호 ‘명장(名匠)’ 획득

3. 신물 ‘퀴네에’의 사용 권한

‘역시 떴어.’

퀴네에는 신물 중에서도 ‘대’ 자가 붙을 수밖에 없는 물건. 당연히 제작을 시도하는 것 자체만으로도 대단한 공적치와 기여도가 제공될 수밖에 없었다.

특히 연우는 ‘명장’이라는 칭호에 집중했다.

탑에서도 헤노바와 브라함, 빅토리아 등, 단 다섯 명만이 얻을 수 있었던 칭호. 이것을 얻을 수 있다면.

‘회중시계를 볼 수 있는 권한도 더 높아지겠지.’

탑에서 제공하는 칭호는 절대 낮은 의미를 지닌 것이 아니다. 한 분야에서 업(業)을 이룬 자들에게만 주어지는 것.

당연히 장인으로서 가능해지는 권한도 높아질 터였다.

다만, 걸리는 점이 있었다.

'비축된 재료가 턱없이 부족한데.'

연우는 내심 불길한 생각이 들었다. 하데스를 돌아보니, 그가 묘한 시선으로 보고 있었다. 자조로 가득했던 입가의 미소는 어느새 냉소로 변해 있었다.

"퀴네에를 제작하기 전에 한 가지 문제점이 있다."

순간, 아르게스는 하데스가 무슨 말을 하려는지 깨달았는지, 수척해진 얼굴이 되었다. 연우는 대충 그것이 무엇을 뜻하는지 짐작하고 속으로 혀를 찼다.

"퀴네에는 신물이니만큼 뛰어나고, 귀중한 재료들을 아주 많이 필요로 한다. 하지만 너도 알고 있다시피, 현재 우리들은 군량이며 병참이며 모든 게 부족하다. 그런 재료들은 당연히 있을 리가 없을 터. 있다 하여도 내어 주기가 힘든 상황이다."

연우는 알겠다는 듯이 고개를 끄덕였다. 확실히 모든 물자가 부족한 상황에서, 아무리 퀴네에를 제작하는 일이라고 해도 당장의 전투에 쓰일 자원까지 끌어 쓸 수는 없는 노릇이었다.

결국 그 말은.

"제가 직접 재료를 공수해야겠군요."

하데스는 냉소를 짓는 낯 그대로 고개를 끄덕였다.

"그러하다."

누가 본다면 부탁하는 입장에서 오만하게 군다고 할 수도 있을 모습이었지만.

연우는 지구에서 숱하게 보았던 모습이었다. 오랜 전쟁으로 피로를 겪을 대로 겪어, 정신이 극한까지 마모된 자들. 그래서 반쯤 자포자기가 되어 늘 비관적인 어조와 냉소를 입에 달고 살지만, 그러고도 마지막 남은 끈을 놓치지 못하고 있는 자들이 있었다.

하데스가 딱 그런 모습이었다. 퀴네에가 만들어진다면 좋을 일이다. 하지만 되지 않는다고 해도 실망하지 않을 것처럼 보였다.

"말해 두지만, 우리에게 허락된 시간은 그리 많지 않다. 티탄과 기가스는 언제라도 덤빌 준비를 하고 있고, 크로노스의 시정은 거의 바닥을 보여 가고 있지. 그 안에 어떻게든."

"하겠습니다."

연우의 눈이 빛났다.

"아니. 해야죠."

하데스의 한쪽 입꼬리가 크게 말려 올라갔다. 여태껏 보였던 냉소와는 또 다른 일면. 투지를 불사르는 전사의 모습이 담겨 있었다. 크로노스와 일전을 치를 때의 모습이 저러하지 않았을까.

"좋다. 건승을 기원하지. 칠흑왕의 후예여."

그리고.

팟―

시커먼 빛무리가 터지면서, 연우를 둘러싼 세상이 바뀌었다.

　[하데스의 권한으로 히든 스테이지, '타르타로스'의 시련이 일시 중단되었습니다.]
　[칭호 '하데스의 대리인'을 획득했습니다.]

　[31층으로 이동합니다.]

Stage 43.
붕우 안서

"오늘은 말이다. 세샤를 두고 마을에서 난리가 났었단
다."

브라함은 아난타가 앉아 있는 침대 옆 의자에 앉으며 가
볍게 웃음을 터뜨렸다.

언제나 이 시각이면 그는 딸의 옆에 가만히 앉아 이런저
런 이야기를 건네곤 했다. 오랫동안 함께 하지 못했으니,
이제라도 계속 옆에 있어 주려는 것이다.

"꼬마 아이 셋이서 서로 세샤의 남자 친구가 되겠다며
주먹 다툼을 했다나. 하하. 누굴 닮아 그렇게 인기가 많은
건지."

브라함은 과일을 깎아 쟁반에 놓으며 슬쩍 딸을 훔쳐봤다. 아난타는 이지가 사라진 눈으로 멍하니 창밖을 보고 있었다.

순간, 브라함의 얼굴에 슬픈 기색이 어렸지만. 그는 곧 내색하지 않고 담담하게 말을 이어 나갔다.

"보통 그런 일이 있으면 부모가 서로 뜯어말릴 법도 한데. 여기 부모들은 도리어 꼭 이기라면서 뒤에서 응원을 하더구나. 1년을 넘게 가까이했지만 참 신기한 구석이 많은 친구들이 틀림없어. 하여간 그렇게 한바탕 소란이 있었는데. 그 뒤에 벌어진 일이 참 가관이었어."

브라함은 마침 다 깎은 과일을 포크로 찍어 아난타의 손에 쥐여 줬다.

툭.

하지만 포크는 힘없이 기울어 이불에 떨어졌다. 역시 이번에도 안 되는구나. 그렇게 생각하면서 다른 과일을 딸의 입가에 가져다줬다.

아난타는 그제야 입을 벌려 과일을 아주 조금씩 먹기 시작했다. 하지만 너무 느렸다. 제대로 삼킬 수나 있을까 싶었다.

"글쎄. 한 명이 겨우 이겨서 세샤에게 고백을 했는데, 세샤가 그걸 걷어차지 뭐냐. 못생겼다고. 다른 두 명에게도 똑같이 그러더구나. 그래서 그 자리에서 셋 다 울고불고…… 난리도 아니었단다. 싸움에 지고 나서도 울지 않던 아이들이었는데. 그것참. 사랑이 대단하긴 대단해 그렇지? 우리 세샤도 참 당차고. 널 닮아서 인기가 많은 게 아닐까 싶더구나. 아, 이러면 주책이 되려나?"

세샤 이야기를 하는데도 불구하고. 아난타는 여전히 멍하니 창밖을 응시할 뿐이었다. 그렇게나 세샤를 사랑하고 아껴 놓고서. 아무런 말도 하지 못한다. 인형을 보는 것 같았다.

그런 모습이, 브라함의 가슴을 타들어 가게 만들었다.

브라함은 손을 뻗어 아난타를 꼭 끌어안았다.

힘없이 기울어지는 가녀린 몸. 언제나 자신을 향해 소리를 지르던, 반항기 가득한 딸의 모습은 더 이상 볼 수 없었다.

차라리 그때로 돌아간다면 좋으련만. 이럴 때는 심장이 뛰지 않는 자신의 육체가 원망스럽기만 했다.

딸을 이토록 괴롭게 만드는 것이 무엇일까. 속내를 조금이라도 털어놓아 준다면 좋으련만.

결국 한때 신이었다는 사실도, 정작 이럴 때는 아무런 도움이 안 되는 것이다. 이것이 그가 신좌를 경멸하던 이유이기도 했다.

　무능한 아버지가 된 것 같아 브라함은 그저 미안하고 또 미안했다.

　그러다 브라함은 연우가 우연찮게 구했다던 화과자를 떠올렸다. 희석한 넥타르가 조금 섞여 있다고 했었지. 천계에 있던 시절에 꽤 맛있게 먹었던 걸로 기억했다. 페르세포네가 주로 지인들에게 나눠 주는 선물이라고 했었지.

　"커피와 잘 어울릴지 모르겠구나."

　브라함은 그렇게 생각하면서. 딸에게 새롭게 먹일 메뉴를 정리하기 시작했다.

　그가 당장 해 줄 수 있는 건 이런 게 전부였다.

＊　　＊　　＊

　"어? 어어! 히잉. 여긴 안 되는데."

　세샤는 데구루루 구르는 공을 따라 화원으로 들어섰다. 벽에다 찬다는 게 실수로 옆으로 튕겨 나고 말았다.

　고운 얼굴이 저절로 울상이 되었다.

　여기는 할아버지가 특별히 아끼는 꽃밭. 평소에는 다정다감한 브라함이었지만, 여기에 발을 들일 때만은 호되게 야단을 치곤 했다. 그럴 때의 브라함은 너무 무서웠다.

　그런데 또 근처에서 놀다가 실수를 하고 말았으니. 이러다가 또 혼날 거 같은데. 브라함이 보기 전에 빨리 공을 빼와야겠다고 생각하면서 세샤는 주변을 두리번거렸다.

하지만 공은 대체 어디로 간 건지, 꽃 사이에 파묻혀서 잘 보이지가 않았다. 결국 세샤는 공을 찾아서 꽃밭 깊숙한 곳까지 들어가야만 했다.

안 되는데. 이럼 안 되는데. 그럴 때마다 꽃들도 계속 다쳐서 세샤의 눈가에도 그만큼 눈물이 그렁그렁 맺혔다.

그러다 세샤는 문득 창문을 발견할 수 있었다. 처음 여기에 올 때까지만 해도 자신의 머리 위에 있던 창문은 어느새 키가 무럭무럭 자라면서 눈높이에 위치하게 되어, 안쪽을 몰래 훔쳐볼 수 있었다.

이 방에는…… 엄마가 있었지. 이야기를 나누고 싶어서 매일 아침마다 인사하러 찾아가고, 밤이 되면 동화책을 읽어 달라며 무릎을 베고 누워 보는 엄마. 하지만 엄마는 아직도 세샤를 보면서 웃어 주지 않고 있었다.

브라함은 그걸 두고, 엄마가 깊은 꿈을 꾸고 있어서 아직 세샤를 만나지 못하는 것이라고 했다.

꿈이 긴 만큼, 돌아왔을 때에는 못다 해 준 만큼 세샤를 사랑해줄 것이라고. 그러니 세샤도 울지 말고, 엄마가 눈을 떴을 때 기뻐할 수 있도록 의젓하게 자라야 한다고 신신당부를 했었다.

하지만 세샤도 이제 더 이상 어린아이가 아니었기에. 엄마가 깊은 꿈을 꾸고 있는 게 아니라, 많이 아프다는 것을 알고 있었다.

그래도 세샤는 브라함의 말대로 엄마가 눈을 떴을 때, 슬퍼하지 않고 웃을 수 있도록. 친구도 열심히 사귀고, 공부도 꾸준히 하고 있었다.

언젠가 엄마를 치료할 약을 내가 만들고 말 거야. 세샤의 작은 가슴에서는 그런 꿈이 무럭무럭 자라나고 있는 중이었다.

'엄마는 뭐 하고 계시려나?'

세샤는 여기까지 왔으니 엄마가 뭘 하시나 문득 궁금해졌다. 그래서 뒤꿈치만 살짝 들어, 창문 위로 빼꼼 얼굴을 내밀었다.

엄마는 평소처럼 벽에 등을 기대어 멍한 시선으로 앞을 바라보고 있었다.

초췌한 인상이었지만, 그래도 예쁜 얼굴. 세샤는 엄마를 볼 때마다 참 아름답다는 생각을 많이 했다. 자신도 크면 저렇게 예뻐지고 싶다는 생각도.

브라함은 분명 세샤가 엄마 어린 시절과 똑같이 생겼다고 했었다. 세샤는 그 말을 굳게 믿고 있는 중이었다.

'엄마, 힘내요!'

세샤는 엄마를 보면서 파이팅 넘치는 자세로 앙증맞은
주먹을 불끈 쥐어 보였다.

그때.

"세샤! 내가 화원으로 들어가지 말라고 몇 번이나 말했
었잖느냐!"

뒤쪽에서 브라함의 호통 소리가 들렸다. 세샤는 화들짝
놀라면서 브라함을 피해 후다닥 도망치기 시작했다. 다행
히 근처에 공이 있었다.

그렇게 한바탕 조손지간의 소란스러운 광경이 지나간
뒤.

움찔.

아난타의 오른쪽 검지가 아주 작게 떨렸지만. 그 모습은
아직 아무도 발견할 수 없었다.

＊　　　＊　　　＊

[이곳은 34층, '거울의 관'입니다.]
[34층의 시련을 시작합니다.]

[시련: 아주 오랜 옛날부터 수많은 문명인들은 거
울을 통해 자신의 치장을 확인했습니다. 거울은 때

로 거대한 세상을 담는 신물로서 각광을 받아 왔습
니다.

　좌우의 상(像)만 다른, 또 다른 세계로의 통로로
여겨졌던 것입니다. 그래서 때로 거울은 진짜를 잡
아먹는 악마의 물건이라 여겨지기도 했습니다.

　이곳에 그런 거울이 수백 수천 개가 놓여 있습니
다. 각 거울은 서로가 서로를 비추면서 훨씬 더 많은
상을 빚어내어 무엇이 진짜이고, 무엇이 가짜인지를
알아보기 힘들게 만들고 있습니다.

　그리고 지금 그것들이 비추는 대상은 바로 당신입
니다.

　이곳에서 '진짜'를 찾아, 무사히 시련을 통과하세
요.]

31층에서부터 33층까지 빠르게 돌파한 연우를 맞이한
것은. 보기만 해도 어지러워질 정도로 무수하게 놓인 거울
들이었다.

세상이 온통 거울투성이었다.

바닥에도, 허공에도, 상공에도. 고개를 돌릴 때마다 자신
과 똑같은 모습을 한 상들이 비치고, 그 상들은 다시 또 다
른 거울에 비쳐 그 안쪽에 더 많은 상들을 만들어 냈으니.

연우는 헤아릴 수도 없을 만큼 많은 도플갱어들 사이에 갇혀 있는 듯한 느낌을 받아야만 했다.

길을 제대로 분간할 수도 없어서, 차라리 눈을 감고 의념을 퍼뜨리는 게 낫다 싶어질 정도였다.

'역시 어지럽기만 하군.'

이 층계에서는 섣불리 돌아다니면 위험해질 수 있다는 것을 잘 알았기 때문에, 연우는 바닥에 가만히 주저앉았다.

'크로이츠도 이 근방 어딘가에 있겠지.'

의념을 퍼뜨려 행방을 찾아볼까 싶었지만, 곧 관두었다. 어차피 따라오는 건 그였지, 자신이 아니었으니까.

아마 35층으로 먼저 갔을 수도 있었다. 어차피 이곳을 오래전에 통과했으니. 그로서는 굳이 어지럽기만 한 이번 층계보다는, 위쪽에 먼저 가서 기다리고 있는 것이 훨씬 나을 터였다.

연우도 이곳에 오랫동안 머물 생각은 없었다. 지금도 시간은 촉박하게 흘러가고 있다.

그래도. 우선 스테이지 미션을 수행하기 전에 확인할 것이 있었다.

"아트란."

지면이 살짝 흔들린다 싶더니, 포탈이 열리며 아트란이 경망스럽게 폴짝 뛰면서 나타났다.

"부르셨습니까, 사랑하는 호객…… 아니, 고객님!"

아트란은 입꼬리가 귓가에 걸려 있었다. 간만에 대박을 건져 즐거워 죽겠다는 투였다. 그만큼 연우가 그에게 부탁한 물건들은 하나같이 가치가 높은 것들이었다. 시중에서 웃돈을 주고도 쉽게 구하지 못할 물건들.

'퀴네에의 재료들.'

연우가 입을 열었다.

"확보한 물건들은?"

"우선 이렇습니다, 고객님. 한번 확인해 보시죠."

연우는 재빨리 퀘스트창을 띄웠다.

['퀴네에'의 구성 재료]
· 아포디스의 비늘(45/45)
· 카트란 액(液) (5/5)
……

· 마도전핵(魔道轉核) (1/2)
· 잠시드의 잔술 (2/5)
· 아다만틴 노바 (0/1)

『허……! 말도 안 되는.』
『그 짧은 사이에 이만큼이나 구해 왔다고?』

어느덧 연우의 옆에 나타난 키클롭스 브론테스는 이미 확보된 목록을 보고 입을 쩍 벌렸다. 삼 형제 중에서 가장 이성적인 성격이라는 스테로페스의 눈도 잘게 떨리고 있었다.

그만큼 퀴네에를 만들기 위한 재료들은 분명 확보가 어려운 것들이었다. 하데스도 너무 부족해서 어떻게 할 수 없는 물자라고 했던 것들.

그런데 단 며칠 사이에 아트란은 보란 듯이 거의 대부분을 구해 오고 말았다.

하지만 바이 더 테이블이 가진 저력을 알고 있는 연우로서는 별달리 놀란 눈치가 아니었다. 오히려 이게 당연하다는 투였다.

"마도전핵 1개, 잠시드의 잔술 3개, 아다만틴 노바가 부족한데? 그 외에 개수가 부족한 것들도 있고."

"다른 것들이야 시간만 더 주어진다면 추가로 확보가 가능합니다요. 하지만 마지막 세 개는 사실 이만큼 확보한 것만으로도 대단하다는 거, 고객님이 더 잘 아시지 않습니까?"

연우는 가볍게 혀를 찼다. 사실 그도 억지를 썼다는 것을 알고 있었으니까. 목록에 있는 다른 재료들은 사실 따지고 보면 퀴네에의 모양을 만들거나, 기능을 보조하는 역할밖에 되지 않는다.

하지만 가장 중심 재료가 되는 마지막 3개는 다른 것들과 차원이 달랐다.

마도전핵, 잠시드의 잔술, 아다만틴 노바.

사실 이것들은 이만큼 확보한 것만으로도 대단하다고 할 수 있을 만큼, 하계에서는 구하기 힘든 것들이었다.

'특히 잠시드의 잔술이나 아다만틴 노바는 거의 신물 급에 해당하는 것들이니.'

신물 급에 해당하는 물건이 합쳐서 일곱 개나 넘게 들어간다. 그만큼 퀴네에가 가진 값어치는 상상을 초월했다.

'이미 여기까지 구한 것만으로도 바이 더 테이블에 빚을 상당히 져 버린 상태가 되고 말았고.'

이미 여름여왕의 재보들은 대부분 외우주를 정비하면서 소모된 상태. 바이 더 테이블과 후원이라는 명목으로 계약을 맺었다지만, 그래도 연우는 그것을 빚이라고 생각하고 있었다. 그런데 그 양이 단번에 수십 배로 덩치를 불리고 말았으니.

중간에서 마진을 남기는 아트란으로서는 이미 연우가 돈덩이로 보일 지경이었다.

"그럼 나머지는 내가 직접 구해야 하나?"

"저희도 일단 최선을 다해 물건을 갖고 계신 소유주분들을 수소문해 보고 있고, 거래가 성사될 수 있도록 최선을 다해 보겠습니다. 그래도 다행히 아다만틴 노바의 행방은 찾을 수 있어서 한창 가격을 흥정 중이니, 곧 좋은 결과를 받아 보실 수 있을 듯합니다.”

“아다만틴 노바를?”

연우가 살짝 놀란 눈이 되었다. 키클롭스 브론테스와 스테로페스도 마찬가지였다.

『하계에 아직도 그것을 보유하고 있는 사람이 있었던가?』

『놀라울 일이로군.』

아다만틴 노바는 전설적인 재료 중 하나인 아다만티움을 여러 마법적인 장치를 통해 극한으로 압축시켜 자체적으로 열을 내도록 만든 신비 광석으로, 그 모습이 마치 빛나는 별을 보는 것 같다고 해서 붙여진 이름이었다.

아다만티움보다 다루기가 훨씬 까다롭고, 구하기도 힘들다고 알려져 있어 거의 최상급의 광석으로 분류된다. 때문에 신들도 아주 극소수만이 구해서 신물로 만들었을 정도였는데.

그것을 가진 사람이 있다고?

“세간에는 알려지지 않은 분이라. 이름을 공개하지 못하는 것은 양해를 부탁드립니다.”

연우는 고개를 끄덕이면서 가볍게 혀를 찼다.

‘역시 탑이 넓긴 넓어.’

헤아릴 수도 없이 많은 플레이어들이 도전하는 탑. 그 속에는 정체를 숨기고자 하는 은거 고수들도 숱한 법이었다.

“그래도 다행히 부족한 마도전핵은 이번 층계에서 구하실 수 있으니 다행입니다.”

아트란의 말에 연우가 피식 웃음을 흘렸다. 냉소적인 웃음이었다.

“이참에 내 실력을 확인해 보려고 하나를 빼돌려 둔 건 아니고?”

“하, 하하! 서, 설마요. 그럴 리가 있겠습니까?”

아트란은 슬쩍 뒤로 한 발자국 물러섰다. 어디 빠져나갈 곳이 없나 퇴로를 확인하면서.

연우는 가볍게 코웃음을 쳤다. 어차피 바이 더 테이블의 저런 태도도 당연하다면 당연한 거였다.

후원하는 입장에서 대상이 제대로 성장도 하지 않는다면 괜한 헛돈만 날린 셈이니까. 그리고 연우도 공적치를 필요로 하는 이상, 이번 층계를 그냥 통과할 생각은 추호도 없었다.

“아 참, 그리고 타르타로스에 가 계시는 동안, 카인 님 앞으로 편지가 한 통 도착했었더군요.”

그래도 연우가 어떻게 나올지 몰라 영 두렵기만 한 아트란으로서는, 눈동자를 데구루루 굴리던 중에 그의 관심을 돌릴 수 있을 만한 사실을 떠올리고 가볍게 박수를 쳤다.

"편지?"

바이 더 테이블을 통해서?

"예. 저희도 처음에 깜짝 놀랐습니다만, 송신자께서도 저희와 거래를 하시는 분의 아드님이시더군요."

"누군데?"

"철사자의 아드님이십니다. 지금은 종적을 감춘 지 오래되었습니다만, 한때 혈검으로 유명하셨지요."

"칸?"

연우가 살짝 눈을 크게 떴다. 칸이 갑자기 편지를 보냈다고? 뭔가 싶어 확인을 하려는데.

"다만, 이 편지는 이번 시련이 끝난 뒤에 드리는 게 좋을 듯…… 하군요. 워낙에 보는 눈이 많아서."

아트란은 품속에 손을 넣다 말고 다시 뒷걸음질을 쳤다. 주변을 빠르게 훑었다. 크로이츠처럼, 그도 이 34층이 불편하기만 했다.

거울의 숲 사이사이로.

연우와 똑같은 모습을 한 다른 연우들이 하나둘씩 나타나기 시작했다.

여러 명의 연우들. 아트란의 눈에는 핵폭탄이 아른거리는 것처럼 보였다.

"······저도 어느 분이 진짜인지는 알아야 편지를 드릴 수 있고 말이지요."

아트란은 그 말만 하고 다시 포탈 안쪽으로 훌쩍 뛰어들어 사라졌다. 아무래도 곧 어떤 일들이 터질지 짐작하고 줄행랑을 친 것이겠지.

연우는 고개를 돌려 이곳을 보고 있는 또 다른 '자신'들을 보았다.

"뭐지, 이건?"

"설마 했는데. 꽤 많군."

"귀찮아지겠는데."

그것들은 하나같이 연우의 모습과 목소리로 중얼거렸다. 그리고 대부분은 아무 말도 없이 가만히 상황을 지켜보고 있는 중이었다. 위기 상황에 놓이게 되면 말이 없어지고, 대신에 생각이 깊어지는 연우와 똑같은 반응이었다.

34층의 스테이지 주제를 한 마디로 표현하면 '극기(克己)'가 아닐까? 여러 명의 자신들로부터 진짜인 '나'를 찾는 것. 그것이 가장 중요했으니까.

거울은 '나'를 비출 수 있는 유일한 도구이다. 그리고 그 거울 너머에 있는 또 다른 '나'가 진짜인 나를 잡아먹고, 대신 행세를 할지도 모른다는 막연한 상상은 누구나 한 번쯤 가질 수 있었다.

저들의 눈에는 자신이 진짜이고, '나'가 가짜일 테니까.

34층은 바로 그런 점에 착안해 만들어진 곳이었다.

헤아릴 수도 없이 많은 거울을 가져다 놓고, 무수히 비치는 상들에게 자유로운 통행을 허락한다. 그렇게 되면 수없이 복제된 '나'가 돌아다닐 수 있게 되는 것이다.

34층의 스테이지에서는 이런 복잡한 상황 속에서, 진짜를 찾는 것이 주목적이었다.

물론, 복제품들은 자신들이 저마다 진짜라고 주장하며, 실제로 진짜처럼 사고하고 말을 한다.

이런 상황에서 진짜를 가리는 방법은 몇 가지 되지 않는다.

하나가 남을 때까지 서로가 죽고 죽이거나, 이성적으로 대화를 나누거나.

물론, 전자의 경우에는 진짜가 죽을 가능성이 높다. 그리고 그때는 다른 복제품들도 함께 사라지는 결과를 맞고 만다.

그래서 대부분 이성적으로 대화를 시도하려 하고, 저마다 자신이 진짜라는 것을 주장하곤 한다. 쉽지는 않지만, 복제품들이 납득하는 순간 스테이지는 종료된다.

동생이 택한 방식도 후자였다.

워낙에 논리 정연한 녀석이니, 복제품들과 계속 이성적 대화를 나누면서 합의를 보고 차례대로 굴복을 받을 수 있었다.

그래서 동생은 아주 단시간에 스테이지를 통과했다.

'반면에 비에라 듄은 정신 조작으로 가짜를 제압하고, 발데비히와 베이럭은 한 명이 남을 때까지 생사투(生死鬪)를 벌였다고 했었지.'

생사투. 최후의 일인이 남을 때까지 서로 죽고 죽이는 접전을 벌였다는 뜻이었다.

발데비히는 거인족의 후예답게 전사라면 힘으로 자신을 증명할 수 있어야 한다는 논리로 싸웠고, 베이럭은 또 다른 자신들이 독을 함께 푼다면 기존 한계를 빠르게 돌파할 수 있지 않을까 하는 기대감에 싸움을 벌였다.

아르티야의 다른 멤버들도 비슷비슷했으니, 이 스테이지 자체를 돌파할 수 있는 방법은 결국 두 가지밖엔 없는 셈이었다.

하지만 연우 '들' 은 생사투도, 설득도 시도하지 않았다.

[시차 괴리]

전부 저마다 한없이 느려진 세계 속에서, 빠르게 상황을 파악하려 하기 시작했다.

그들이 가장 먼저 던진 질문은 하나.

'나는 가짜인가?'

각 연우는 외부로 방출했던 의념을 일부만 놔두고, 대부분 안쪽으로 돌리기 시작했다. 관조를 통해, 스스로를 살피면서 자신이 복제품인지, 아니면 진짜인지를 판별하려 시도한 것이다.

다행히 연우에게는 쉽게 판별할 만한 근거가 있었다.

채널링.

연우는 여럿일지 모르나, 그와 연결된 신은 전 우주를 통틀어 단일 개체인 존재.

헤르메스, 아테나, 아가레스, 케토, 혼돈, 그리고 나아가 페르세포네와 하데스까지. 연우를 중심으로 천계와 타르타로스, 각지로 연결되는 채널링은 이미 복잡하게 꼬여 있어 웹(web)이라고 불러도 될 정도였다.

당연히 연결이 불안정한 것들은 가짜일 수밖에 없었다.

그리고 자신의 채널링이 약하다고 판단한 연우들은.

푸확—

한 치의 망설임도 없이, 스스로 마력회로를 역류시켜 현자의 돌을 부쉈다. 입가를 따라 핏물이 잔뜩 쏟아지면서 그들은 흐릿한 잔상을 남기고 사라졌다.

자결을 선택한 것이다.

죽은 연우들은 일절 미련을 두지 않았다. 사라질 때까지 억울한 모습도 보이지 않았다.

판단은 최대한 냉정하고, 신속하게. 아프리카에서부터 줄곧 갖고 있던 신념은 지금이라고 해서 다르지 않았다. 스스로의 목숨을 도구처럼 여기는 것이다.

퀴네에를 제작해 칠흑왕의 형틀을 완성하는 것. 동생 영혼의 행방을 찾는 것. 이 두 가지 목표를 위해서라면, 절대 안일한 태도를 보여서는 안 되었다.

「……미쳤어.」

「으음.」

그리고 샤논과 한령은 그런 연우를 보면서 침음을 삼켰다. 그들도 오래전에 34층을 통과했었다지만, 스스로 판단해서 자결을 하는 플레이어는 단 한 번도 본 적이 없었다.

그만한 층계까지 오른 플레이어라면 누구나 스스로에 대한 자부심이 뛰어나서, 냉정한 판단을 내리기가 힘든 법이었으니까. 아니, 저건 냉정한 정도를 넘어서, 비인간적으로 보일 정도였다.

세상 어느 누가 저렇게 쉽게 자결을 선택할 수 있을까. 삶에 미련이 남지 않아 극단적인 선택을 내리는 사람이라 할지라도, 마지막에는 조금이라도 발버둥을 치기 마련이었다.

하지만 연우는 눈썹 하나 까딱하지 않았고. 그렇게 순식간에 절반에 달하는 인원이 사라졌다.

그리고 다음 질문이 이어졌다.

'인자를 제대로 보유하고 있는가?'

용, 신, 마의 인자는 초월성을 띠는 만큼 유일성을 갖춘다. 아무리 데이터에 기반한다고 해도 한계가 있을 수밖에 없었다. 가장 먼저 용의 인자가 부족한 자가 쓰러졌다. 그다음에는 마의 인자가, 또 그다음에는 신의 인자가 약하다 싶은 이들이 피를 뿌렸다.

살아남은 인원 중 다시 절반이 무너졌다.

그렇게 연우는 차례차례 자신이 갖춘 정보들을 바탕으로 부족분이 있는 자들을 연거푸 걸러 냈다.

그러자 어느새 육체적으로 똑같은 바탕을 가진 자들만이 남았다. 어디에 내놓아도 진짜 연우라 할 수 있을 자들. 완전한 독식자의 육체를 가진 자들이었다. 이 이상 접근할 방법은 없었다.

그렇다면.

'다음 질문은 내재적 접근으로.'

연우는 관조를 더 깊게 파고들었다. 육체에서 정신으로. 그리고 영력을 따라 무의식의 세계로.

‘나는 진짜인가?’

용종의 사고력을 답습하기 시작한 만큼, 연우의 사고는 이미 인간의 범주로 따라잡기 힘들 만큼 아주 깊었다.

자신들의 사고가 제대로 이어지고 있는지. 잘못되거나, 결여된 부분은 없는지.

스스로에 대해 의심을 두지 않고 확신을 가지고 있던 연우는. 재빨리 마장대검을 뽑아 경동맥을 끊었다.

푸우우—

피분수가 요란하게 일어나면서 그의 몸은 바닥에 그대로 쓰러졌다.

「……스스로에게 의문을 품지 않는다는 건, 앞으로도 자만에 빠질 수 있는 결여품이기 때문인가.」

어쩌면 그런 성격은 진짜라고 해도 필요 없다고 여겼는지도 모른다. 끊임없는 의심과 부단한 노력. 그것이야말로 지금 연우를 있게 만든 원동력이었으니까. 자만심은 절대 있을 수 없었다.

그다음에는.

‘옆에 있는 나를 의심했는가?’

이에 해당하는 연우들은 자신의 심장에다 마장대검을 꽂았다. 다시 절반이 사라졌다.

퍼억—

「이번에는 자신에 대해 제대로 판별하지 못해서……?」

또 그다음에는 스스로에게 의심만 품고 있는 자들이.

촤아악!

아주 잠깐이라도 딴생각이 들었던 자들이.

푸화악—

집중이 조금이라도 흐트러져 시차 괴리가 흔들렸던 자들도.

연우는 몇 번씩이고 자신을 의심했고, 질문을 던지면서, 확신을 하고 정답을 찾았다. 마장대검의 날카로운 칼날은 언제나 그들의 목덜미에 닿아 있었다. 조금이라도 답변이 늦거나 머뭇거린다면 주저 없이 찔러 넣기 위해서.

그렇게 질문을 던질 때마다 남은 인원의 절반 정도가 줄줄이 죽어 나갔고.

바닥은 어느새 수도 없이 많은 연우들이 흘린 피로 흥건하게 적셔져, 붉은 웅덩이가 만들어질 정도였다.

찬란하게 빛나던 거울의 숲이 어느샌가 붉은빛으로 물들었다.

그 광경을 지켜보고 있던 수많은 샤논과 한령은 질린 나머지 더 이상 아무 말도 하지 못했다. 레베카는 고개를 돌리고, 네메시스는 니케의 눈을 가리면서 착잡한 표정이 되었다.

『언제까지 저래야만 할까.』

이제는 그래도 어느 정도 인간적인 면모를 찾아가고 있는 중이라고 생각했었는데. 여전히 연우에게는 비인간적인 모습이 많이 남아 있었다. 목표를 위해 제 삶을 가차 없이 깎을 줄 아는 사람. 불에 뛰어드는 나방. 네메시스의 눈에 연우는 그렇게 비쳤다.

그렇게 여러 번의 질문 끝에, 남은 연우는 단 두 명뿐.

두 연우는 동시에 눈을 떴다. 가면을 쓴 두 눈을 따라 기괴한 광망이 흘렀다. 동작 하나하나, 눈을 깜빡이는 것 하나하나 똑같았다. 마치 둘 사이에 거울을 가져다 댄 것처럼.

두 사람은 아주 잠깐 21층에서 동생의 환영과 마주쳤을 때를 떠올렸다. 그때도 이처럼 거울을 보듯 똑같은 모습을 했었는데. 이상하게도 받는 감정은 전혀 달랐다.

그때가 그리움이었다면, 지금은.

'짜증 나.'

두 사람은 각자 스스로가 진짜라고 여기고 있었다. 이 이상 질문을 던지는 건 무의미했다. 어차피 내리는 결론이나 생각도 똑같을 테니까.

그렇다면 남은 방법은 단 하나.

팟—

두 연우는 자리에서 움푹 꺼지면서 동시에 서로에게 달려들었다.

쾅!

*　　　*　　　*

촤아악—

결국 패배한 연우의 머리통이 분리되어 떨어졌다. 둘 사이에 이렇다 할 대화는 없었다. 이긴 연우도, 진 연우도. 이게 마치 아주 당연하다는 듯한 태도였다.

휘이이!

죽은 연우는 피를 한가득 뿌려 대다 곧 빛이 되어 사라졌다. 그 위로 포탈이 열리면서 다시 아트란이 나타났다. 그의 얼굴엔 질린 표정이 역력했다.

발목이 푹 잠길 정도로 쌓인 핏물들. 대체 얼마나 많은 연우가 여기서 죽어 나간 것일까. 그리고 그것들이 대개 자결의 결과라는 것을 알기에, 속이 메슥거리기만 했다. 언제나 느끼는 점이지만, 때때로 연우는 너무 인간처럼 보이지 않을 때가 많았다.

'정말 인두겁을 쓴 괴물, 뭐 그런 거 아냐? 어떤 문명에는 기계가 사람 대신처럼 활동하는 곳도 있다더만. 으으.'

아트란이 그렇게 생각하거나 말거나. 연우는 눈앞에 떠오르는 메시지를 확인했다.

[모든 시련이 종료되었습니다.]

[누구도 쉽게 이루지 못할 업적을 이뤄 냈습니다.
추가 공적치가 제공됩니다.]
……

[위대한 기록을 달성했습니다. 명예의 전당에 이름을 올리시겠습니까?]

[등록을 거부하셨습니다.]
[하지만 공개되지 않아도 당신의 업적은 탑에 깊게 새겨져 원할 시에 언제든 등록 여부를 전환하실 수 있습니다.]

역시나 이번에도 1위에 랭크되었다. 10층을 제외하면 전 스테이지에 걸쳐 1위를 달성한 셈이었다.
그리고.
마지막 연우가 죽고 사라진 자리에는 이상한 검은색 유

리 파편 같은 것이 남아 있었다. 크기가 그렇게 크지 않아서 자세히 보지 않으면 별것 아닌 것으로 치부하기 쉬웠다. 실제로 내용을 확인해 보아도.

　[상(像)의 조각]
　분류: 잡화
　등급: D
　설명: 34층에 나타난 상(像)들이 부서지면서 남은 흔적. 유리 조각 혹은 거울 파편으로 보인다. 마력을 일부 품고 있지만, 별다른 특징을 보이지 않는다.

그냥 잡템으로 치부하기 쉬웠다.
하지만.
"떠올라라."
연우는 의념을 넓게 퍼뜨려 핏물에 잠겨 있던 다른 상의 조각들에 일일이 감응을 시도, 공명(共鳴)이 일어나자 손을 가볍게 위로 올렸다.
다행히 상의 조각에는 모두 연우와 똑같은 성질을 가진 마력이 담겨 있어 찾아내기가 쉬웠다.
휘리릭—
상의 조각들은 돌개바람을 그리면서 하나로 합쳐졌다.

찰칵, 찰칵. 맞물리는 소리와 함께 검은 구슬이 만들어져 연우의 손바닥 위로 조심히 떨어졌다.

[마도전핵]
분류: 잡화, 재료
등급: S
설명: 수백 개로 갈라진 상의 조각들이 하나로 합쳐진 상태. 해당 플레이어의 데이터가 담겨 있어 아티팩트로 만들 시, 소유주가 데이터의 주인과 동일 인물일 경우에는 뛰어난 감응력을 가진 아티팩트가 만들어진다.
반면에 소유주와 데이터의 주인이 다를 시, 리딩과 해킹을 통해 무작위로 데이터 속의 스킬 혹은 상태를 한 가지 지정받을 수 있다.

마도전핵은 비교적 잘 알려져 있어 이제는 히든 피스라고 하기에도 조금 낯간지러운 수준의 히든 피스였다.
그런데도 시중에 나온 양이 극소수인 것은 플레이어가 첫 번째 시련에 한해서만 얻을 수 있으며, 그마저도 부서진 상의 조각들을 하나도 빠짐없이 전부 모아야만 탄생한다는 까다로운 조건이 있기 때문이었다.

그리고 소유주의 데이터가 담겨 있는 이상, 시중에 내어놓으면 자신의 약점을 대놓고 보여 주는 꼴이나 마찬가지이기 때문에 보통 새로운 아티팩트를 만드는 재료로 쓰이곤 했다.

자신의 데이터를 바탕으로 만들어진 신기의 아티팩트. 당연히 뛰어난 감응력과 숙련도를 바탕으로 원래 아티팩트가 가진 능력치 이상을 뽑아낼 수 있으니, 누구나 바랄 수밖에 없었다.

동생도 여기서 얻은 마도전핵을 바탕으로 드래곤 슬레이어를 개조해서, S등급에서 EX등급으로 강화시키는 데 성공했으니.

드래곤 슬레이어가 아직도 플레이어들 사이에서 계속 회자되는 것은, 그만큼 신물에 필적할 정도로 뛰어난 무구였기 때문이었다.

연우도 마음 같아서는 이 마도전핵을 마장대검을 강화시키는 데 쓰고 싶었지만. 이미 비그리드도 드래곤 슬레이어에 못지않은 데다, 우선 퀴네에를 만드는 데 써야 했기에 아공간에다 던져뒀다.

['마도전핵(2/2)'을 전부 모으는 데 성공했습니다.]

‘이제 남은 건, 잠시드의 잔술 3개와 아다만틴 노바뿐인가.’

아다만틴 노바는 바이 더 테이블이 곧 구할 수 있다고 하니 걱정 없었고, 결국 남은 건 잠시드의 잔술밖에 없었다.

하지만 문제는.

‘잠시드가 70층에 있는 존재라는 점인데.’

정확하게 말하자면 잠시드는 오랫동안 70층을 다스리다가 눈을 감은 군주였다. 별칭은 만인황(萬人皇). 아주 탐욕스럽고 잔인한 성정으로, 탑에 남긴 여파가 커서 천 년이 넘게 지난 지금까지도 널리 회자되는 인물이기도 했다.

그런 그는 이따금 심심풀이로 술을 빚는 것을 좋아했고, 그럴 때마다 비밀리에 시중에 나오는 한 줌밖에 안 되는 적은 양의 술은 아주 비싼 값에 거래되었다.

연우도 마셔 본 적은 없었지만, 애주가들 사이에서는 뛰어난 영약으로도 취급을 받는다고 했다.

‘그런 것이 어떻게 퀴네에를 만드는 재료가 되는지는 알 수 없는 노릇이지만.’

중요한 것은 그래도 구해야만 한다는 점이었다.

물론, 하기에 따라서는 70층에서 구할 수도 있을지도 모른다.

하지만 아무리 지금부터 연우가 빠르게 달린다고 해도, 주어진 시간 안에 70층에 다다르는 것은 말도 안 되는 짓이었다.

설사 된다고 해도, 각 층계마다 필요한 공적치나 히든 피스도 제대로 얻지 못한 채 통과를 해야만 하니, 안 하느니만 못한 행동이 될 수 있었다. 8대 클랜의 경계를 사는 건 덤일 테고.

결국 따로 방법을 찾아야 하는 것이다.

'아니. 아예 방법이 없는 것도 아니야.'

연우는 이런 진귀한 물품들을 즐겨 보관하는 자를 아주 잘 알고 있었다. 오래전에 죽은 잠시드만큼이나 탐욕스럽고 사치스러운 자가 현재 탑에 있지 않던가. 그리고 다행히 그는 연우에게 좋은 인상을 품고 있었다.

'식탐황제.'

23층의 악마의 숲 때나, 발푸르기스의 밤 공방전 때 초대를 받은 뒤로, 줄곧 이런저런 핑계를 대면서 미루기만 했던 혈국 방문을 해야 할 시기인 모양이었다.

*　　*　　*

'이제는 크게 놀랍지도 않군.'

　드높은 상공에서. 크로이츠는 연우가 복제품과 벌인 싸움의 흔적들을 바라봤다. 투구 아래의 두 눈이 깊게 가라앉아 있었다.

　위층으로 가지 않았을까 하는 연우의 예상과 다르게, 크로이츠는 비룡을 소환해 하늘에 있었던 것이다. 복제품들이 나타나지 않게 하고, 연우를 면밀히 관찰하기 위해서였다.

　그리고 느낀 소감은 '역시'였다.

　터져 나간 거울들. 그리고 바닥을 적시는 핏물들. 특히 두 명이 남을 때까지 줄줄이 자결을 시도하던 모습은 소름이 끼치기까지 했다. 그러면서 한편으로는 납득이 갔다. 여태 그가 지켜본 연우는 이따금 같은 사람이 맞나 싶을 정도였으니까.

　'적으로 만나면 절대 안 돼.'

　하지만 타르타로스의 일이 급한 이때. 연우를 어떻게 연대장이 있는 곳으로 안내해야 할지는 그로서도 아직 미지수였다.

＊　　＊　　＊

　　잘 지내고 있냐, 친구?

아트란에게서 받은 편지. 칸이 보냈다는 편지는 그렇게 서두를 시작하고 있었다.

연우는 어이가 없어서 자기도 모르게 피식 웃고 말았다. 역시 칸답다고 해야 할까. 그동안 그렇게 행방을 찾으려고 애써도 코빼기도 보이지 않더니, 고작 하는 말이 저게 전부라니.

편지는 아주 길었고, 첫 부분은 대부분 안부를 묻는 내용이었다. 자신이 겪은 일에 대해서는 그 뒤에 조금씩 나오기 시작했다.

……사실 그 날 그렇게 되고 난 뒤에 나도 정신 없이 보내야 했어. 마군 놈들과 거래를 한 게 있었거든.

연우는 미미하게 인상을 굳혔다. 눈빛이 또렷하게 빛났다. 마군과의 거래. 그것이 주는 의미는 적지 않았다.

'빅토리아도 정신을 차렸을 때에는 추적자와 칸이 사라진 뒤였다고 했었지.'

칸은 무슨 거래를 했었는지에 대해서는 자세하게 적어놓지 않았다.

하지만 그렇게 크게 걱정할 필요는 없다는 것과 자신은

잘 지내고 있다는 내용이 전부였다.

　여하튼. 간만에 밖에 나와서 빌어먹을 아버지를 만나러 갔었는데. 네가 그렇게 곳곳에 날 수소문하고 다녔었다면서? 그래서 소식 듣고 여길 통해서 편지 보낸다.
　그런데 들어 보니 너도 여기와 거래를 하고 있다더라? 역시. 나야 빽이 있으니 그렇다 치더라도. 넌 참 난놈이야. 그렇지?

연우는 편지에서 시선을 들어 아트란을 바라봤다. 아무 말도 하지 않았지만, 아트란은 무슨 말을 하려는지 안다는 듯 고개를 절레절레 흔들었다.

"아시지 않습니까? 고객님에 대한 정보는 저희도 극비로 취급하고 있다는 것. 다만, 대상에 따라 정보 등급 제한이 풀리긴 합니다. 칸 님은 로얄 등급이시고, 카인 님과 거래를 하고 있다는 정도는 밝혀도 무방했던지라, 말씀드렸었던 것뿐. 칸 님의 행방에 대해서는 비밀입니다. 사실 잘 알지도 못하고요."

칸도 바보가 아니고서야, 몸을 숨기고 있는 마당에 바이더 테이블과 접촉할 때 쉽게 거취를 드러내진 않았겠지.

　　묻고 싶은 게 많겠지만, 여기까지. 네가 나에게
숨기고 있었던 게 많았던 것처럼. 나도 그런 것이
라고 알아줘.
　　하지만 난 잘 지내고 있으니까 너무 걱정 말고.
빅토리아에게도 안부 좀 전해 줘. 나도 이쪽의 일
이 정리되는 대로 찾아갈 테니까. 알겠지? 그럼
그동안 잘 지내.

결국 칸의 편지는 그렇게 끝을 맺고 있었다.

현재 그가 어디서 뭘 하고 있는지. 마군과는 대체 어떤
거래를 하고 있는지. 그와는 별도로 도일에 대한 소식은 왜
알 수 없는지. 둘 사이에는 또 무슨 일이 있었던 건지.

연우는 편지를 접으면서 가볍게 한숨을 내쉬었다.

이게 정말 잘 지내고 있어서 보낸 건지, 아니면 자신이
여기저기를 들쑤시고 다니니 어떤 부담감을 안게 되어 진
정시키기 위해서 보낸 장치인 건지. 어떤 건지 도저히 알
수는 없었지만.

'그래도 어디서 어떻게 잘 지내고 있다 하니 다행이야.'

그리고 한 가지 더 얻은 점이 있다면.

'칸, 철사자의 아들이었구나.'

발푸르기스의 밤 공방전 때에도 지나가듯이 본 적이 있었던 거대 용병 집단, 철사자단. 그곳의 주인이 칸의 아버지였을 줄이야. 여기에 대해서는 연우도 여태 놓치고 있던 부분이었다.

딱히 비밀은 아니었던 내용이었지만, 연우도 칸의 신상 내력까지 자세하게 캔 건 아니었기에 뒤늦게 안 것이다.

'무슨 일이 생기면 철사자를 통해서 찾으면 되겠지.'

연우는 그렇게 생각을 하면서, 어딘가에 있을 칸의 무사를 기원했다.

그리고 도일은 무엇을 하고 있을지, 걱정이 되었다.

*　　*　　*

"아아아악! 살려 줘! 제발! 제…… 발!"

"으흐흐. 켄타우로스. 언제 한번 먹어 보고 싶었던 별난 간식이지. 간이 그렇게 맛있다는데 어떤 맛일까요?"

인간의 상체에, 말의 하체를 갖고 있는 반인반수. 켄타우로스는 32층의 네이티브로 분류되는 존재였다. 하지만 개체 수가 너무 적고, 폐쇄적인 성향을 지니고 있어 쉽게 접촉이 힘들다는 자들. 그래도 타고난 용력이 있어, 세상에 나설 때에는 크게 이름을 떨치곤 했다.

나타한도 그런 존재였다. 사춘기 시절, 너무 좁은 종족 사회가 싫어서 밖으로 나왔고, 레드 드래곤에 들어가 승승장구를 하면서 81개의 눈까지 오르는 데 성공했다.

'붉은 눈의 사수'라는 별칭은 탑에서도 모르는 사람이 거의 없을 정도로 유명했으니. 이따금 고향에 돌아갈 때면 자신을 우러러보는 옛 친구들이나 어른들의 시선 덕분에 어깨에 힘이 들어갈 때가 한두 번이 아니었다.

하지만 어머니만은 유독 그에게 달리 말했었다. 이제 그만하면 안 되겠냐고. 돈도 많이 벌었으니, 자유로워지라고. 이 이상은 위험해질 것이라고. 켄타우로스는 퀴퀴한 전장이 아니라, 드넓은 들판을 뛰어다닐 때가 행복한 법이라고.

그러나 나타한은 그럴 때면 사춘기 시절로 돌아가 어머니가 무엇을 아시냐며 윽박지르기만 했다. 고리타분한 잔소리가 듣기 싫었다. 자신은 잘하고 있는데. 이만큼 성공했는데, 어머니는 무엇이 그리도 걱정이 많으신 걸까? 그것이 너무 지긋지긋하고, 싫었다.

하지만.

죽음을 눈앞에 둔 이 순간, 나타한의 머릿속을 가득 메우는 것은. 걱정 가득한 눈길로 자신을 바라보던 어머니의 눈빛이었다. 고향은 늘 열려 있으니 언제든 돌아오라던 말씀이 귓가를 왱왱 울렸다.

웃으면서 다가오는 식탐황제의 낯이, 그에게는 악마의 것처럼 보였다.

'어머니, 죄송합니……!'

퍽!

식탐황제의 손길이 나타한의 왼쪽 하복부를 뚫고 들어갔다. 저항 따윈 없었다. 식탐황제가 줄줄 흘려 대던 포식자의 기세가 이미 녀석의 심신을 모두 꺾어 놓은 탓이었다.

식탐황제는 상처를 활짝 열어젖히면서 머리를 밀어 넣었다. 싱싱하게 뛰는 간이 보였다. 질긴 혈관이 걸렸지만, 송곳니로 끊어 내면서 즐겁게 삼켰다. 식탐황제에게는 그마저도 맛난 별미였다.

우걱우걱.

내장이 산 채로 잡아 뜯기는 모습은 보는 이로 하여금 혐오감을 저절로 불러일으켰지만.

두 공작은 아무렇지 않은 얼굴로 주변을 지켰다. 아니, 그들의 얼굴에는 비장함마저 감돌았다.

괴(怪)의 뚜언띠엔 공작과 난(亂)의 모글레이 공작은 나타한의 목숨이 끊어지는 순간을 한 시도 놓치지 않았다.

그동안 다른 두 공작, 력의 아르드바드 공작과 신(神)의 로베라 공작이 봄의 여왕에게 줄줄이 전사하면서, 혈국은 전력에 큰 손실을 겪어야만 했다.

결국 혈국은 화이트 드래곤과 본격적인 전쟁에 돌입했
고, 식탐황제와 두 공작이 가장 먼저 몰두한 것은 봄의 여
왕을 따르는 옛 81개의 눈을 사냥하는 것이었다.

그리고 이것으로 봄의 여왕의 왼팔이라 할 수 있는 나타
한이 죽고 말았으니.

이제 어느 정도 전력상의 피해는 균형점을 찾았다고 봐
도 되었다.

물론, 이 정도로 호락호락하게 끝낼 생각 따윈 없었다.
애당초 그럴 생각이었다면 전쟁을 시작하지도 않았을 테니
까. 식탐황제는 이참에 아예 블랙 드래곤과 손을 잡고, 화
이트 드래곤을 무너뜨릴 생각까지 하고 있었다.

지금 식탐황제가 바라는 것은 딱 하나였다.

'봄의 여왕의 심장을 먹는 것.'

언젠가 용의 고기를 먹고 말겠다는 식탐황제의 욕망은
아직도 사그라지지 않고 있었다. 그리고 오래전에 외뿔부
족을 삼키려다가, 무왕에게 된통 당한 이래 작은 미련도 남
아 있었다.

그런데 봄의 여왕을 먹게 된다면? 그런 욕망과 미련을
한꺼번에 덜 수 있게 된다. 이보다 신나는 먹잇감이 어디
있단 말인가.

우드득, 우득—

"으으음."

식탐황제는 모든 식사를 마친 뒤에 천천히 고개를 들었다. 얼굴부터 입고 있는 옷까지 온통 시뻘겋게 피범벅이 되어 있었다.

그는 뚜언띠엔 공작이 건네는 하얀 손수건으로 우아하게 얼굴을 훔쳐 내고, 씩 웃었다. 아주 맛있게 먹었다는 만족감에 찬 표시였다. 눈가를 따라 불그스름한 기운이 언뜻 맺혔다가 사라졌다.

〈포식〉과 〈소화〉. 식탐황제가 가진 스킬로, 삼키는 것을 전부 마력이나 인자로 치환해 체내에 누적시키는 힘이었다. 바토리의 흡혈검과 함께, 에너지 드레인 계통의 정점에 놓인 스킬이었다.

"보통 켄타우로스는 너무 목장에만 갇혀 있으니 기름기만 가득해서 별로였는데. 확실히 이리저리 뛰어놀던 녀석이라 기름기 없이 탄력 있어서 아주 좋았어."

"즐겁게 음미하셨다니 다행입니다."

"하지만 그래도 용의 고기만 할까. 용육(龍肉)! 용육으로 만든 스테이크가 먹고 싶어! 용혈로 만든 술은 또 얼마나 감미로울 텐가! 언젠간 먹고 말 테다!"

식탐황제는 콧김을 강하게 뿜으면서 눈을 부리부리하게 떴다. 이렇게 맛난 별미를 먹을수록, 용의 고기에 대한 집착은 자꾸 눈덩이처럼 커져만 갔다.

"아무래도 그 기회가 멀지 않으신 듯합니다."

뚜언띠엔 공작이 새로운 손수건을 건네면서 눈을 살짝 밝혔다.

"오. 좋은 소식이라도 있나?"

"블랙 드래곤에서 대대적으로 화이트 드래곤을 침공할 예정이라 합니다. 그린 드래곤도 뒤쪽을 공략할 테니, 저희도 도왔으면 한다는 의사를 내비쳤습니다."

"또 전면전인가. 그것도 그것 나름대로 재미있겠지."

76층은 세 파벌로 나뉜 전(前) 레드 드래곤의 세력 다툼으로 여전히 혼란스러운 상태였다.

덕분에 혈국과 엘로힘을 비롯한 여러 클랜들은 어떻게든 밥상에다 숟가락을 얹기 위해 호시탐탐 기회를 노리는 중이었다.

아래 층계에서 신흥 세력이니 뭐니 하면서 새로운 것들이 계속 자라날 수 있었던 것도, 거대 클랜들의 시선이 온통 위쪽으로 쏠려 있는 탓이었다.

하루에도 몇 번씩 전면전에 버금가는 거대 전투가 벌어지고, 세력들 간의 합종연횡이 번갈아 일어나면서 누가 아군이고 적군인지 알 수 없는 혼란스러운 상황만 계속 벌어지고 있었다.

지금만 하더라도, 혈국이 블랙 드래곤과 손을 잡았다지만 언제 그것이 결렬될지 모르는 일이었다.

하지만. 최소한 식탐황제는 당장 배반할 생각은 추호도 없었다. 아끼는 수하의 복수와 용의 고기에 대한 집착은 이제 광기마저 띠기 시작했으니. 기회가 보인다면, 어떻게든 달려들어야 했다.

"좋아. 괴, 그대는 앞으로 있을 싸움에 집중하도록. 이번에야말로 만찬을 즐길 테니까. 알겠나?"

"명!"

혈국에서 지낭 역할을 하며, 사실상 수상(首相)직을 맡고 있는 뚜언띠엔 공작은 벌써부터 내각에다 지시할 사항들을 떠올리면서 조용히 물러났다.

그리고. 그 자리를 모글레이 공작이 대신 차지했다.

"폐하, 그리고 방금 전에 고대하시던 소식이 도착했나이다."

"소식?"

저번에 주문했던 히드라의 뇌수 면이 도착하기라도 했나? 그렇게 생각하고 돌아보는데.

"우리 혈국의 절친한 벗이었지만, 그동안 일이 너무 정신없이 바쁘다 하여 사과 인사만 전하던 독식자가. 드디어 폐하를 뵙고 싶다고 연통을 보내왔습니다."

"무엇이라? 이이! 그런 것을 왜 이제 말하는 것이야!"

식탐황제의 얼굴에 화색이 돌았다. 볼이 붉게 달아올랐다. 그는 콧김을 마구 뿜으면서 자리에서 벌떡 일어났다.

"뭘 하느냐, 당장 황성으로 돌아갈 준비를 하지 않고! 귀한 손님이 오신다 하지 않으시냐. 그렇다면 그에 걸맞은 차비를 갖춰라! 만찬! 진미로 만찬회장을 갖춰라!"

*　　*　　*

연우는 아트란을 통해서 혈국을 방문하고 싶다는 의사를 전달한 뒤, 간만에 외뿔부족의 마을을 찾았다.

"여기서부터 허락받지 않은 외부인은 출입 금지라 하니, 기다리고 있겠소."

크로이츠는 연우를 전송한 뒤, 성광 결계를 치고 휴식을 취하기 시작했다. 타르타로스에서 나온 이후로 제대로 휴식도 취하지 못했던 것이다.

연우는 금방 다녀오겠다고 한 뒤, 곧바로 브라함을 찾았다.

"남아 있는 용의 피가 있냐고?"

"예."

브라함은 어이가 없다는 듯한 표정으로 바라봤다.

"여름여왕의 용혈을 말하는 것이라면 당연히 거의 다 썼지. 이제 남아 있는 게 얼마 없을 텐데?"

용의 피를 쓸 곳은 아주 많았다. 풍부한 마력을 담고 있는 보물은 흔한 게 아니었으니. 하물며 오랫동안 탑을 지배해 오다시피 한 여름여왕의 피라면 오죽할까.

비그리드를 정화시키는 데 쓰였을 뿐만 아니라, 갖가지 마법 장치와 외우주를 건설하는 데 상당한 양을 소모해야만 했다.

사실 브라함도 그렇게 흥청망청 쓸 생각은 아니었다. 귀중한 보물이니 두고두고 아껴 쓸 생각이었지만.

"자네도 말했었지. 아끼지 말고 가감 없이 쓰라고. 투자하는 데 있어 남기는 게 있어서는 안 된다고."

그런데 남아 있냐고 불쑥 찾아와 물으니 황당할 수밖에. 브라함은 어쩐지 모르게 불심 검문을 당하는 기분이 들어 내심 불쾌한 심정이 들기도 했다.

하지만 연우는 아무래도 좋다는 투였다.

"조금은 남아 있다는 뜻이군요."

"아주 극소량이지만."

"그것이라도 좋습니다. 쓸 곳이 있으시다면 희석해서 주셔도 됩니다. 아니, 사실 거의 다 쓰고 남은 찌꺼기라도 괜찮습니다."

브라함도 그제야 연우가 또 뭔가 일을 꾸민다는 느낌을 받았다. 불쾌함 대신에 흥미로움이 얼굴에 감돌았다.

"어디다 쓰려 그러지?"

"식탐황제에게 주려고 합니다."

"뭐?"

브라함은 살짝 낯을 구겼다. 식탐황제는 세샤를 노리던 손길 중 하나였다. 그런데 녀석에게 뭘 준다고?

하지만 연우는 오해가 생기기 전에 차분하게 자신의 생각을 말했고, 브라함은 조금 어이가 없다는 표정이 되었다. 그러다 피식 웃고 말았다.

"그러니까, 쓰다 남은 용의 피를 내어 주고 잠시드의 잔술을 받아 오겠다고?"

"그렇습니다."

"잠시드의 잔술이 어떤 것인지 아는가? 마니아들 사이에서는 용의 피만큼이나, 아니, 오히려 더 비싸게 거래되는 물품이야."

잠시드의 잔술은 단순한 술이 아니었다. 만인황의 마력이 담겨 있었다. 영약으로서의 가치도 뛰어난 편이었다.

"그런데 제대로 정제된 혈청도 아니고, 쓰다 남은 걸 준다면 당연히 받기 힘들……."

"가치란 상대적인 것 아니겠습니까?"

“그도 그렇군.”

브라함은 용육과 용혈에 대한 식탐황제의 집착을 떠올리고 가볍게 혀를 찼다.

“그럼 잠시만 여기서 기다리게.”

브라함은 자리에서 일어나더니 안쪽에 마련된 실험실로 들어갔다. 그리고 시간이 한참 지난 뒤에 마개로 단단히 봉인된 시약을 가져와 연우에게 던졌다.

연우는 가볍게 받아 내용물을 확인했다. 붉은 피가 기포를 내고 있었다.

“희석시킨 것에다 이것저것을 잡다하게 섞었다. 오히려 피 맛은 제대로 나도록 해 놨으니 그 멍청한 놈은 더 좋아라 하겠지.”

용혈의 성분은 얼마 되지 않아도, 오히려 피 맛을 강하게 내게 만든 거란 뜻이었다. 식탐황제라면 환장할 게 분명했다.

“그리고 이건 용육이다. 혹시 몰라 벗겨 내어 보관하고 있던 것이니 얼마든지 갖고 가.”

브라함은 탁상에다 내용물이 빵빵하게 담긴 주머니를 올렸다. 연우는 조용히 그것을 갈무리했다.

“감사합니다.”

“원래 전부 자네의 물건인데 무엇을. 그보다.”

브라함은 잠깐 말허리를 끊었다가 눈을 빛냈다.

“정우의 영혼을 찾을 수 있을 것 같다는 말, 사실이겠지?”

“확실하지는 않습니다. 하지만 저승이 아닌 어딘가에 억류되어 있는 건 분명한 듯합니다. 그러니…….”

“최대한 빨리 퀴네에를 제작해야 한다, 이거지?”

“예.”

브라함은 무겁게 고개를 끄덕였다.

“하데스, 그 친구는 원래 올림포스에도 잘 나타나질 않아서 만나 본 적이 별로 없긴 했지만. 말은 없어도, 자기가 맡은 일에 대해서는 자긍심과 책임감이 강하던 친구였어. 아마 타르타로스에서의 일도 그 때문에 아직까지, 그리 오랫동안 버티고 있는 것이겠지.”

그러다 브라함은 살짝 눈살을 좁혔다.

“하지만 조금 이상하기도 해. 상황이 그 지경이 될 것 같았으면 진즉에 올림포스에다 전력 지원을 요청했어도 되었을 것을. 왜 여태…….”

이해가 가지 않는다는 투. 아무리 하데스가 책임감이 강하다고 해도, 상황이 이렇게 악화될 때까지 미련하게 있을 자는 아니었다. 뭔가 알기 힘든 내막이라도 있는 걸까.

연우도 일전에 해 봤던 생각이었기에, 동의한다는 듯 고개를 끄덕였다.

"제가 살던 지구에 그런 말이 있습니다. 백인백색(百人百色). 백 명의 사람에게는 백 가지의 사연과 특색이 있다고요. 하데스에게도 그럴 만한 사정이 있겠죠. 신의 행사에 끼어들 필요도 없고 말이죠. 대신에 저는 퀴네에 제작에만 집중할 생각입니다."

"그래도 한때 인과율을 주시했던 나에게 그런 강의라니. 너무하는군그래."

연우와 브라함은 그렇게 가볍게 대화를 나눴다. 그러다 연우는 슬쩍 다른 방 쪽으로 시선을 돌렸다.

활짝 열린 방문 너머, 아난타가 흔들의자에 고요히 앉아 있었다. 여전히 눈동자는 흐리멍덩했다.

"아난타는 여전히 그대롭니까?"

브라함은 쓰게 웃으면서 고개를 끄덕였다. 늘 이지적인 모습을 하고 있는 그도, 딸에 대한 이야기를 할 때면 항상 수척해 보였다.

"잠시 아난타와 이야기를 나눠도 괜찮겠습니까?"

"그렇게 해 주면 나야 고맙지. 아난타도 심심하지 않을 테고."

연우는 말없이 자리에서 일어나 아난타가 있는 방으로 들어갔다.

그녀는 무릎에 담요를 덮고 있었다. 귀여운 곰 무늬가 보였다. 세샤가 자주 쓰던 담요. 아무래도 제 엄마가 추울까 봐 주고 간 모양이었다.

연우는 피식 웃다가 한쪽 무릎을 꿇으면서 아난타와 시선을 맞췄다.

그리고.

찰칵—

가면을 벗으면서. 정우와 똑닮은 얼굴로, 두 눈으로 직접 아난타의 눈동자를 마주했다.

"아난타."

"……."

미동도 없는 모습.

연우는 가볍게 한숨을 내쉬었다. 동생을 열렬히 사랑했던 만큼, 얼굴을 보여 주면 차도가 있지 않을까 하는 생각을 했었지만. 예나 지금이나 눈 한번 깜빡이지 않는 건 똑같은 것 같았다.

그래도 연우는 아난타에게 이런저런 말을 계속 걸었다.

이따금 브라함을 찾을 때면 연우는 이런 식으로 아난타에게 말을 걸곤 했다. 그녀가 아무런 반응을 보이지 않아도, 무의식 어딘가에 있을 정신은 이 목소리를 듣고 있을 테니까.

그리고 언젠가 그녀가 깨어났을 때. 자신의 얼굴을 보면서 여태 쌓인 모든 슬픔들을 털어 내었으면 하는 간절한 바람이 있었다.

아난타가 의식을 되찾길 바라는 마음은 사실 연우가 가장 컸으니까. 동생을 기억하는 사람은 누구나 행복했으면 했다.

그러다 연우는 가면을 다시 얼굴에다 쓰면서 돌아섰다. 브라함이 씁쓸하게 웃으면서 서 있었다.

"고맙군. 언제나, 늘."

"제가 드릴 말씀입니다."

"곧바로 가려고?"

"시간을 지체할 이유는 없으니까요."

"세샤가 자기 안 보고 갔다고 화낼 것 같은데? 저번에도 제대로 인사도 안 하고 가서 단단히 뿔이 났던 거, 달래느라 죽는 줄 알았어."

피식. 가면을 쓴 얼굴 아래로 가벼운 웃음소리가 났다.

"브라함이 잘 설득을 해 주시……."

연우의 말이 끝나기도 전에, 갑자기 복도 끝에서 '우다다' 하는 소리가 나더니 문이 벌컥 열렸다.

"삼초오오온!"

세샤는 짧은 다리를 빠르게 놀리면서 폴짝 뛰어 연우의 품에 달려들었다. 연우는 세샤가 다칠까 재빨리 팔을 뻗어 그녀를 안아야만 했다.

"삼촌! 또 나 두고 가려고 했지?"

세샤는 연우의 행색을 위아래로 살피더니 허리춤에 손을 얹으면서 뺨을 크게 부풀렸다. 불만이 가득한 얼굴. 연우가 가면을 쓰고 있는 것 자체가 곧 떠나려 한다는 의미였다.

"그게……."

연우는 어떻게 변명해야 하나 식은땀을 삐질 흘렸지만.

"저번에도 나 버리고 가 놓고선! 이러기야?"

"세, 세샤야."

"놀다 갈 거지? 응? 아니면……."

세샤는 부푼 뺨을 풀더니 시무룩한 얼굴로 땅을 내려다봤다.

"나랑 있는 게 싫어?"

"……."

연우는 한숨을 내쉬고 말았다. 귀여운 조카가 이러는데 냉정하게 굴 수 있는 사람이 몇이나 될까. 결국 연우는 도로 가면을 벗었다.

"아냐. 그럴 리가. 그럼 뭐 하고 놀까?"

"헤헤헤! 나 저번에 삼촌이 가르쳐 줬던 거 하고 싶어! 땅따먹기! 그게 재미있었어!"

세샤는 언제 그랬냐는 듯이 방긋 웃음을 터뜨렸다. 그리고 땅에 폴짝 내려서서 연우가 아예 도망치지 못하게 한 손을 붙잡고 마당으로 끌고 갔다.

연우는 고개를 절레절레 흔들면서 따라가야만 했다. 외뿔부족의 남자아이들이 세샤라면 껌뻑 죽는다더니. 왜 그런지 알 것 같았다. 저 작은 엉덩이에 여우 꼬리라도 달려 있는 게 아닐까. 그런 면에서는 꼭 제 아빠를 닮은 것 같았다.

브라함은 그런 세샤와 연우의 뒷모습을 보면서 흐뭇하게 웃었다.

"조카 바보가 따로 없구만."

살벌하기만 한 이 탑의 세계에서 얼마 볼 수 없는 훈훈한 광경이었다.

그리고.

아난타의 흐릿한 시선이, 그 모습을 가만히 보고 있었다. 초점이 살짝 흔들렸다가 다시 흩어졌다.

*　　*　　*

크로이츠는 가볍게 혀를 찼다.

'타르타로스, 외뿔부족에 이어서 이제는 혈국? 이곳은

또 언제 인연을 맺어 놓은 걸까?'

연우를 관찰하기만 할 뿐, 절대 간섭하지 않기로 했기에 조용히 따르긴 했지만. 그래도 혈국까지 방문할 줄 몰랐던 그로서는 놀랍기만 할 따름이었다.

그리고 궁금했다. 대체 연우와 혈국이 어떤 관계일지.

'만약 좋은 관계라면, 연대 측에서도 혈국과의 관계에 대해 재검토를 해 봐야 할 테니.'

크로이츠와 환상연대가 내리는 혈국에 대한 평가는 아주 간단했다.

미친놈들.

광신도로 가득 차 무슨 생각을 하는지 알 수 없는 마군보다는 분명 나았다.

그리고 혈국의 인사들 중에서도 합리적인 사람들이 꽤 많았다. 환상연대 내에도 그들과 개인적으로 교류를 나누는 자들이 있을 정도였으니까. 그리고 그런 사람들은 대개 자긍심과 명예욕이 강해, 신념을 지키고자 하는 의지가 강했다.

하지만 그런데도 혈국에 대한 평가가 박한 이유는 아주 간단했다.

'식탐황제, 그 작자가 무슨 생각을 하는지 알 수가 없으니.'

혈국은 '제국'의 형태를 띠고 있는 만큼, 중앙 집권적인 권력 체계를 갖추고 있다. 그리고 구성원들은 그 사실을 아주 당연시하면서, 제국과 황제에 대한 충성심으로 무장했다.

그러니 권력 체계의 꼭대기에 앉은 황제의 성향에 따라 조직의 운영 방향도 결정되어질 수밖에 없는 구조였다.

특히 식탐황제는 역대 혈국의 수장들 중에서도 가장 확고한 정통성과 권력을 지니고 있는 바. 그의 뜻은 곧 혈국의 행사라고 봐도 무방했다.

그런 면에서. 식탐황제는 도무지 신뢰를 할 수가 없는 작자였다.

그는 언제나 충동적이었다.

조직 간에 어떤 협력 사안을 진행 중이어도 그의 변덕으로 결렬되는 경우가 잦았고, 전투를 잘 치르고 있다가도 배가 고프다는 희한한 핑계로 갑자기 자취를 감출 때도 많았다.

그러면서도 가진 힘은 아홉 왕에 꼽힐 정도로 뛰어났으니. 그를 제지할 수 있는 사람도 없었다.

굳이 그를 제어할 수 있는 사람을 꼽으라면 무왕 정도라 말할 수 있을까. 최소한 무왕 앞에서는 친구 운운하면서 꼼짝도 못 했으니까.

쉽게 말해 식탐황제는 어린아이 같았다. 뭔가를 재미있어하다가도 내키지 않으면 돌변하는, 변덕과 심술이 가득한 아이.

'또 그러면서도 이따금 소름 끼치는 모습을 보이기도 하니. 진짜 제대로 미쳤지.'

그런데 그런 곳에 연우가 제 발로 걸어 들어간다고 하니. 걱정이 되면서도 머릿속이 빠르게 돌아갈 수밖에 없었다.

연우에 대한 연대장의 호감은 아주 깊다. 틈만 나면 독식자를 자신들의 품으로 안아야 한다는 말도 했었으니. 그리고 이따금 '나의 자리는 원래 그의 자리다'는 말도 서슴지 않고 내뱉을 정도였다.

즉, 연우가 환상연대에 들어오게 된다면, 높은 직급에 앉혀질 가능성이 높다는 뜻.

당연히 그의 인간관계에 따라, 환상연대의 정책 방향도 어느 정도 결정이 될 테니.

그동안 혈국을 비롯해 8대 클랜과 거리를 두었던 연대의 방향성이 조금 틀어질 수 있을지도 모르는 일이었다. 그러니 연우와 혈국이 어떤 관계인지를 면밀히 살필 생각이었다.

'그러고 보니, 저런 사람을 두고 하는 말이 있지 않았었나?'

크로이츠는 무리에 잘 섞여서 놀고 친구도 많은 자들을
두고 수하들이 했던 말을 떠올렸다.

'성격만 봐서는 아싸인줄 알았는데. 완전 인싸…… 로
군.'

[외우주 '붉은 석양의 땅'에 입장했습니다.]

연우를 따라 포탈에 입장하자 가장 먼저 주홍색 노을이
크로이츠의 눈에 가득 들어왔다.

그리고.

빠-빠-빰, 빠-빰—

뿌우웅!

바닥에 깔린 붉은 융단을 따라 도열한 군악대들이 일제
히 나팔을 불고 북을 두들기기 시작했다.

"받들어, 창!"

처척—

그리고 그 앞에 선 의전 부대가 구호에 따라 창을 높게
들었다. 하나같이 선홍색 갑옷으로 무장한 자들. 투구를 깊
게 눌러쓰고 있어 얼굴 생김새를 알아보기 힘들었지만, 이
따금 새어 나오는 눈빛에선 절도와 기강이 바로잡혀 있다
는 것을 알 수 있었다.

연우는 전혀 생각지도 못한 화려한 환영 행사에 눈을 살짝 크게 떴다. 놀라서가 아니라, 어이가 없어서였다. 대체 이 많은 것들을 언제 다 준비해 놓은 건지.

혈국의 화려한 의전은 원래 황성(皇城)을 찾는 빈객들에 대한 환영도에 따라 등급이 갈리는 것으로 유명했다.

지금 연우에게 보이는 의전은 홍(紅)·백(白)·청(靑)·흑(黑)의 4단계 중에서 첫 번째, 가장 높은 등급인 '홍'이었다.

같은 8대 클랜의 수장이 방문하거나, 아니면 그에 준하는 고위 인사가 찾아왔을 때에나 보이는 것인데.

'그걸 나에게 보인다고?'

그러니 연우가 어이없어하는 것도 당연했다. 이들을 이용하기 위해 그럴듯하게 꾸며 대긴 했었다지만, 자신을 이 정도로 깊게 생각할 줄은 몰랐기 때문이었다.

아니, 그런 점을 떠나서, 아무리 식탐황제가 자신을 호의적으로 본다고 하더라도 조직이 가진 규모가 있으니 그에 걸맞은 모습을 보여야 할 텐데. 그런 것도 전혀 없었다.

물론, 연우로서는 이런 환대가 전혀 나쁜 것이 아니었다. 자신을 호의적으로 봐 준다면 그만큼 더 뜯어내면 될 일이었다.

"오오! 이게 누군가, 나의 친애하는 벗, 독식자가 아니신가!"

그때, 황성의 문이 활짝 열리면서 휘황찬란한 가마가 나왔다. 족히 백여 명은 될 것 같은 노예들이 끙끙대면서 이고 있는 가마.

그 뒤로 뚜언띠엔 공작과 모글레이 공작, 그리고 36명의 후작들이 시종처럼 따라오고 있었다.

화아아—

피비린내가 잔뜩 섞인 살벌한 기세가 휘몰아쳤다.

그리고. 갖가지 보석으로 치장된 의자 위에는 움직이기도 버거워 보일 정도로 뚱뚱한 식탐황제가 어기적대면서 일어나고 있었다.

그는 호탕한 척 크게 웃고 있지만, 몇 겹이나 되는 턱살에서는 피지가 번들거렸다.

누가 보더라도 혐오스러운 모습이었지만.

"처음 뵙겠습니다."

연우는 눈썹 하나 꿈틀대지 않고 고개를 숙였다. 아니, 숙이려 했다.

갑자기 식탐황제가 가마에서 훌쩍 뛰어내렸다. 쿵, 하고 지반이 크게 흔들리고, 뚱뚱한 살결도 출렁였지만. 녀석은 뒤뚱뒤뚱 달려와 연우의 허리를 바로 세웠다.

"으아니, 이게 무슨 짓인가! 절친한 벗 사이에 이런 인사라니. 벗의 체면은 곧 짐의 체면! 날, 아니, 짐을 욕보이기라도 하겠다는 건가?”

식탐황제는 연우의 어깨를 팡팡 두들기면서 그의 손을 맞잡았다.

“하여간 이렇게 있지 마시고, 어서 안으로 들어가세나! 나눌 이야기가 아주 많아. 짐이 그동안 얼마나 목이 빠져라 그대를 기다렸는지 아는가?”

식탐황제는 어느새 바닥에 내려진 가마 위에 연우를 강제로 태우면서 주변을 쓱 훑어봤다. 그는 인상을 와락 일그러뜨리면서 군악대와 의전대를 노려봤다.

“뭣들 하는가! 소중한 손님이 오신 자리이거늘. 어서 기쁘게 환영하지 못할까!”

빠빠빰, 빠빠—

황성으로 걸어가는 식탐황제와 연우의 뒤를 따라, 군악대와 의전대가 크게 음을 연주하면서 힘차게 행진했다.

*   *   *

“으하핫! 별거 없지만 많이 드세나!”

식탐황제는 크게 웃음을 터뜨리면서 웅장한 홀을 가득 채우다시피 한 거대한 식탁에 앉으라고 권했다.

‘이게 별거 아니라고?’

연우는 조금 어이가 없을 지경이었다.

탁상에 놓인 과실주, 꿀에 절인 포도며 드레이크 스테이크 등등, 척 보기에도 귀한 진미들이 화려한 집기들에 올려져 있었다.

곳곳에 놓인 황금 촛대에서는 붉은 불빛이 화려하게 춤을 춰 댔으니. 다 먹지도 못할 만큼 많은 양이었다.

연우가 여기까지 오면서 본 것들은 하나같이 화려하지 않은 게 없었다.

황성의 문에서부터 궐까지 줄지어 선 오등작의 문무백관들은 연우를 보며 공손하게 인사를 하고, 병사들은 보다 화려한 의전으로 거창한 환영식을 치렀다.

그런데 만찬회장은 그보다 훨씬 심했으니. 연우는 아예 식탐황제의 자리와 나란히 마련된 상석에 앉았다. 크로이츠는 한쪽 구석에서 연우의 시종 신분으로 타인의 시선을 받지 않고 묵묵히 식사를 하고 있었다.

식탐황제는 눈짓으로 어서 먹으라며 재촉했다. 반달 모양으로 굽어진 눈동자가 부담스럽기만 했다.

먹으라는데 거절할 수도 없는 노릇. 마침 출출하던 차였기에, 연우도 천천히 가장 눈앞에 있는 스프로 숟가락을 가져갔다.

사실 독이 섞여 있어도 큰 걱정은 없었다. 타르타로스의 관문도 통과한 데다가, 잔독혈 스킬이 웬만한 독성은 물리쳐 주리라 믿었으니.

그리고 한 입을 먹는 순간, 연우의 눈동자가 살짝 커졌다.

'이건?'

식탐황제가 크게 파안대소를 터드렸다.

"파하하! 어떤가? 맛이 기가 막히지 않은가? 우리가 자랑하는 뛰어난 미식가이자 주방장인 뚜언띠엔 공작이 아주 크게 고생을 하였다네. 이리 와서 인사 나누도록 하게."

"감사합니다. 손님께서도 아무쪼록 맛있게 즐기셨으면 합니다."

갈색 피부에 쥐꼬리 수염을 한 뚜언띠엔 공작은 하얀 셰프 옷을 입고 밝게 웃었다.

연우는 자기도 모르게 헛웃음을 흘렸다.

'진짜 미친놈들이군. 영혼상어의 캐비어가 든 스프를 애피타이저로 내놓는다고?'

영혼상어는 68층에서 영계(靈界)와 현실을 수시로 오고간다는 희귀 몬스터였다. 수십 년에 걸쳐 알을 한두 개씩밖에 낳지 않기 때문에 구하기가 아주 힘들었다. 그래서 진미로 분류되기 이전에 구하기 힘든 재료로 유명했다.

하지만 영혼상어의 캐비어가 유명한 진짜 이유는 그 자체로 뛰어난 영력을 품고 있기 때문이었다.

일반 플레이어는 먹는 것만으로도 영력이 차올라, 마력에 대한 컨트롤 실력이 높아질 수 있었다.

그런데 그것을 잘게 부수어, 스프로 만들었다. 게다가 여기에 들어간 듯한 '타라니안 산양의 젖'도 체내의 활력 한계를 증강시켜 주는 영약으로 유명했으니.

이 스프 자체가 어디에 내놓아도 모두가 눈에 불을 켜고 달려들 영약인 셈이었다.

웬만한 중소 규모 클랜의 일 년 치 예산이 이 스프 하나에 담겨 있지 않을까.

게다가 혈국이 자랑하는 최고 주방장, 뚜언띠엔 공작이 직접 만들었다면 영양소 손실도 거의 없을 게 분명했다.

연우는 혹시나 하는 생각에 옆에 있는 과실주를 컵에 따라서 조심히 마셨다. 청량한 맛이 혀를 감미롭게 감돌았다. 순간, 마력회로가 빠르게 돌아가기 시작했다. 한 입만 삼켰는데도 불구하고, 마력량이 소폭 늘어나 있었다.

[마력이 8만큼 상승했습니다.]
[마력이 6만큼 상승했습니다.]

71층의 일부 구역에서만 자란다는 신의 과일, 암브로시아를 섞은 게 분명했다.

용마안을 활짝 열어 다른 음식들도 살폈다.

[봉황계(鳳凰鷄)의 탕]
[트리플 헤드 트롤의 육면]
[황금사과의 꿀젖]
[인어왕 꼬리 고기 스테이크]
[신편귀독주]
……

"……."

연우는 이제 어이가 없어서 헛웃음도 나오지 않을 지경
이었다.

그리고.

크로이츠는 연우를 보면서 무겁게 고개를 끄덕였다.

'이런 대단한 대접을 받을 정도라니. 맞군. 인싸.'

"파하하! 맛있게 먹는 모습을 보니 보는 짐이 다 배가 다
불러지는군."

식탐황제는 차려 놓은 접시를 거의 다 비운 연우를 보며
자신의 배를 두들겼다. 식사를 초대한 입장에서 상대방이
맛있게 먹어 준다면 그보다 기쁜 일이 어디 있을까.

물론, 연우는 여기다 대고.

'거짓말하기는.'

가볍게 코웃음을 쳤지만.

보는 것만으로도 배가 부르다고? 솔직히 그 많던 만찬은 거의 다 식탐황제가 먹어 치우다시피 했다. 이전보다 두 배는 더 부푼 배가 그 증거였다.

물론, 연우도 그에 못지않게 많이 먹긴 했다.

제아무리 식탐황제가 언젠가는 죽여야 할 원수 중 한 명이라고 해도, 굳이 좋은 걸 준다는데 거절할 이유는 없었다.

덕분에 연우는 그동안 생각지도 못했던 영약을 잔뜩 맛볼 수가 있었다.

전설상의 영물인 봉황을 잡아다 끓였다는 탕이며, 한 입 베어 무는 것만으로도 수명이 늘어난다는 황금사과, 체질을 변화시킨다는 인어육, 귀신을 물리친다는 항마력이 가득한 신편귀독주 등등.

덕분에 연우는 한꺼번에 대폭 오른 스탯창을 볼 수 있었다.

"이제 마지막으로 이것도 마셔 보게. 아주 감미로워서 입을 헹구는 데 제격일 테니."

마지막으로 시종들이 가져온 것은 조그마한 잔에 담긴 황금색 술이었다. 아름답게 출렁이는 모습이 꼭 아침 햇살을 머금은 바닷물을 보는 것 같았다.

단순히 식탁에 놓이는 것만으로도 감미로운 향이 홀을 가득 채웠다.

여태 즐겼던 음식들 중에서도 가장 독특해, 연우는 자기도 모르게 용마안으로 음식을 살폈다가 크게 놀라고 말았다.

"이건……?"

식탐황제가 빙긋 실웃음을 흘려 댔다.

"으흐흐. 역시 바로 알아보는구만. 맞네. 이것은."

'잠시드의 잔술!'

"가혹하기로는 흡혈군주와 동격이었다는 군주, 만인황이 담근 술이라네. 나도 귀한 손님이 올 때에만 즐기는 것이지."

"……."

연우는 이제 별달리 할 말도 없었다. 잠시드의 잔술을 입가심용으로 내어놓는다고? 물론, 그의 말마따나 자신을 그만큼 귀한 손님이라고 여겼기에 내놓는 것이겠지만. 이것을 구하기 위해 노력한 연우로서는 허탈해질 정도였다.

"뭐 하는가? 어서 들지 않고. 크! 좋군."

식탐황제는 잔을 입으로 넘기더니 행복한 미소를 띘다. 몇 겹이나 되는 턱살이 파르르 떨렸다.

연우는 술잔을 가만히 보다가 곧 입에다 털어 넣었다. 몸에 활력이 돌면서 여러 인자들이 맹렬하게 회전하려는 게 느껴졌다.

'부.'

「명을. 따르겠. 습니다.」

하지만 연우는 잠시드의 잔술이 체내에 흡수되기 전에 부에게 일러 따로 빼 두도록 지시했다.

['잠시드의 잔술'을 1개 획득했습니다.]
[현재 보유량: 3/5]

다행히 잠시드의 잔술은 따로 분리되어 아공간에 보관되었다는 메시지가 떠올랐다.

연우는 가볍게 한숨을 내쉬면서도 조금 가라앉은 시선으로 식탐황제를 바라봤다. 녀석은 여전히 잠시드의 잔술이 주는 여운에 한껏 취해 몸을 파르르 떨고 있었다. 마치 마약 중독환자가 약에 취한 듯한 모습이었다.

연우는 아주 잠깐 녀석과의 거리를 가늠해 보았다. 활짝 열린 용마안 사이로 곳곳에 빈틈이 보였다. 결들이 이리저리 얽혀 있었다. 허점투성이었다.

만약 여기서 비그리드를 뽑아 기습적으로 달려든다면 어

떨까? 문득 그런 생각이 들었다. 허점이 가득한 데다가, 자신에게 이런 영약도 한가득 내어 줄 정도이니 방심하고 있을 게 분명했다. 한 수 정도라면. 어떻게 되지 않을까.

식탐황제의 용의 고기에 대한 집착은 아주 오래전부터 시작되었다. 동생에 대한 억압을 시작한 것도, 사실 따지고 보면 그런 말도 안 되는 욕망에서 비롯된 것이었으니.

'세샤를 노리기 위해 라오 남작을 보냈던 것도 그 때문이었지.'

여름여왕과 마찬가지로 언젠가는 잡아야 할 자였다. 그러니 저런 태도를 보일 때 그런 충동감이 드는 것도 당연했다.

하지만.

"……."

연우는 천천히 자신의 감정을 다스렸다. 식탐황제가 그리 호락호락하게 당할 인사도 아닐뿐더러, 어떻게 제거한다고 해도 그 뒤가 문제였다.

밖에는 아직 두 공작과 36후작, 108백작을 비롯해 여러 귀족들이 포진해 있었다. 그리고 수만에 달하는 병력들도 주둔 중이었다.

그들을 모두 뿌리치고 달아날 수는 없는 일이었다. 아직은 때가 아니었다.

그리고.

식탐황제는 천천히 눈을 떴다. 연우가 무슨 생각을 하고 있는지 모르는 그로서는 행복에 겨운 눈으로 씩 웃었다.

"이렇게 즐거운 식사를 친애하는 벗과 함께할 수 있어 너무나 즐거우이."

"제가 감사할 따름입니다. 그리고 이건 제가 폐하께 드리는 선물입니다."

연우는 상자를 꺼내 옆에 있던 시종에게 전달했다.

식탐황제는 두툼한 손을 마구 비비면서 입맛을 다셨다.

"아이고. 어떻게 이런 것까지. 신경 쓸 필요 없지만, 그래도 굳이 준다는데 거절하지는 않지."

과연 연우가 가져온 게 무엇일까. 식탐황제는 기대에 찬 얼굴로 상자를 활짝 열었다. 곧 그의 눈이 저절로 휘둥그레졌다. 턱살이 부르르 떨렸다.

"이, 이건……?"

"용육과 용혈입니다. 보시다시피, 여름여왕의 것입니다."

"우오오!"

쾅!

식탐황제는 탁상을 박차면서 벌떡 자리에서 일어났다. 한껏 상기된 그의 뺨은 기대로 가득해져 있었다. 그토록 바라던 용육과 용혈이 눈앞에 있었다. 그것도 최후의 용, 여름여왕의 것이라니!

"뚜언띠엔! 어서! 어서!"

쾅! 쾅!

식탐황제의 계속된 재촉에, 뚜언띠엔 공작은 바쁘게 뛰기 시작했다.

＊　　＊　　＊

"하하하. 오늘은 정말이지 살면서 가장 행복한 날이로다. 이런 날을 언제 또 겪을 수 있을 텐가."

식탐황제는 혓바닥으로 소스까지 삭삭 긁어 먹은 접시를 식탁에다 내려놓으며, 고양감에 젖어 몸을 파르르 떨었다. 뒤룩뒤룩 찐 살들은 행복에 겨워 잔뜩 부푼 상태였다.

연우는 그 모습을 보면서 가볍게 코웃음을 쳤다. 녀석이 저렇게 행복해하는 모습이 꼴 보기 싫은 것도 있지만, 녀석이 섭취한 것들은 사실 따지고 보면 가장 필요 없는 것들이었다.

용육은 갈비뼈에 붙어 있는 것들을 긁어낸 잔여분에 지나지 않았고, 용혈도 혈청을 거의 다 빼내고 남은 찌꺼기였다.

음식물 쓰레기나 다름없는 것들을 먹고 저렇게 만족해하니. 우습기 짝이 없던 것이다.

하물며 평소 영혼상어 캐비어나 봉황계의 탕 같은 귀한 음식들을 배불리 먹는 녀석이었으니. 그가 브라함에게 했던 말마따나 가치란 상대적이라지만, 그래도 웃음이 나오는 건 어쩔 수 없었다.

그때.

식탐황제의 눈가를 따라 불그스름한 광채가 언뜻 맺혔다가 사라졌다. 거대한 배가 징그럽게 꿀렁거렸다. 마치 뱀이 통째로 삼킨 먹이를 소화시키려는 것처럼.

그리고.

우우웅―

'뭐지?'

회중시계가 잘게 떨렸다.

연우는 슬쩍 가슴 속으로 손을 찔러 넣어 회중시계를 살폈다. 동생의 목소리가 들렸을 때와는 느낌이 전혀 다른 종류의 진동이었다.

'마치 칠흑왕의 절망이 비탄과 만났을 때와 비슷한 듯한……'

공명(共鳴)이었다, 이것은.

그렇다면.

'식탐황제에게 회중시계와 비슷한 뭔가가 있나?'

그때, 연우의 머릿속으로 여태 소울 컬렉션 속에서 점잖

게 있던 두 키클롭스의 목소리가 울렸다.

『주인, 저것은.』

『영혼석이로군. 하! 이게 이렇게 흔한 것이었나?』

'뭐?'

연우는 눈을 크게 떴다. 갑자기 왜 여기서 영혼석이 나오는 걸까? 그 순간, 연우는 두 키클롭스와 동화를 이루어 그들의 시야를 공유할 수 있었다.

한껏 나른함에 젖어 있는 식탐황제의 가슴팍을 따라 뭔가가 잔뜩 뭉쳐져 있었다.

식탐황제가 삼킨 용육은 낱낱이 분해되어 가슴팍에 한껏 흡수되었다가, 천천히 신체 곳곳으로 뿌려지는 중이었다.

『종류로 보아하니, '식탐(Gula)'인 듯한데.』

『하지만 영혼석이 가진 한계의 5%도 제대로 사용하지 못하고 있군. 겨우 루시엘의 권능만 빼다 쓰는 정도인가? 흥! 저래서야 말 그대로 돼지 목의 진주 목걸이가 따로 없지 않나!』

키클롭스 브론테스와 스테로페스는 식탐황제에 대한 힐난을 멈추지 않았다.

하지만 연우는 그들의 대화에서 한 가지 힌트를 얻을 수 있었다.

식탐황제와 부딪치다 보면 이상한 점이 한두 가지가 아니었다. 삼키는 것을 자신의 힘으로 만드는 권능, 포식. 그 연원을 추적하기가 도무지 쉽지 않았던 것이다.

하지만 그것이 만약 어딘가에서 힘을 빌려 온 것이라면.

식탐황제를 거꾸러뜨릴 방법도 거기에 있지 않을까?

식탐황제는 삼킨 것의 인자를 낱낱이 분해해 자신의 힘으로 일부 변화시키는 권능을 지니고 있다. 괜히 그동안 용의 고기 타령을 했던 것이 아니었다.

물론, 연우는 식탐황제에게 큰 힘을 건네줄 생각이 없었기에 크게 걱정할 필요가 없는 부위들만 주긴 했지만.

그래도 역시나 식탐황제가 가진 권능은 골치가 아픈 편이었다.

그래서 무왕처럼 압도적인 힘을 자랑하는 플레이어가 아니면, 누구나 그를 상대하는 것을 꺼려 했다.

더 까다로운 문제는 그것이 혈국의 수장들에게 대대로 내려오는 권능이나 혈계 능력이 아니라, 오로지 식탐황제만이 가진 힘이란 점이었다.

'그러고 보니 원래 식탐황제는 선대의 여러 후계들 중에서도 가장 덜떨어지고 아둔한 자로 취급받았다고 했었지. 그러다가 갑자기 급부상을 하였었고.'

모든 제국이 그러하듯, 혈국의 후계 경쟁 구도도 아주 치열했다. 그리고 피비린내가 자욱한 암투에서 유일하게 살아남은 자가 식탐황제였다. 만약 두 키클롭스의 말대로 루시엘의 영혼석에게서 힘을 빌렸던 것이라면 말이 되었다.

그리고 이것이 사실이라면. 시도하기에 따라서 식탐황제를 거꾸러뜨릴 수 있는 파훼법이 생길 수도 있었다.

연우는 날카로운 눈빛을 숨겼다. 적의 약점은 숙지해 둘수록 좋다. 그것이 하물며 우연찮게 알아낸 것이라면, 더더욱.

'식탐황제. 이자를 쓰러뜨리려면 어떻게 해야 할까.'

연우는 어느덧 여름여왕의 다음 타자로 식탐황제를 점찍어 두었다. 물론, 그러기 위해서는 그만큼 빈틈이 생겨야겠지만.

그런 생각을 아는지 모르는지.

식탐황제는 영혼석을 이용한 '소화'를 모두 끝내고, 다시 눈을 게슴츠레하게 떴다. 그리고 짐짓 위엄 가득한 목소리로 말했다.

"짐의 이름으로 약속하지. 앞으로 필요한 것이 있으면 언제든지 기탄없이 말하라. 카인, 그대는 짐과 제국의 영원한 벗으로 남을 터이니. 그대가 가는 길에는 언제나 짐과 제국이 함께할 것이야."

‘약에 잔뜩 취한 사람 같군.’

연우는 그렇게 생각하면서 고개를 끄덕였다. 마침 분위기가 좋으니 본론으로 들어가도 괜찮을 것 같았다.

“그렇다면, 무례를 무릅쓰고 폐하께 한 가지 청을 드려도 되겠습니까?”

“기탄없이 말하라. 짐은 그대의 친구라 하지 않았는가.”

녀석은 알까. 지금 그 말이 얼마나 위험한 것인지.

“혹시 잠시드의 잔술을 받을 수 있겠습니까?”

“음? 잔술을? 그리도 마음에 들었는가?”

“사실 사적으로 써야 할 곳이 있습니다.”

연우는 개인적으로 필요한 무구 제작에 잠시드의 잔술을 필요로 한다는 설명을 덧붙였다. 그 무구가 없으면 앞으로 충계를 오르기 곤혹스러워진다는 말도 함께.

“양이…… 얼마나 필요한 건가?”

“족히 두 동이는 있어야 합니다.”

“……”

정확하게는 두 잔이었지만. 그래도 이왕이면 식탐황제가 가진 양을 거의 다 뜯어낼 생각이었다.

순간, 식탐황제는 아무 말도 없이 살점만 가득한 두 눈을 데구루루 굴렸다.

호기롭게 뭐든 들어주겠다고 했지만, 잠시드의 잔술을

내어 주는 건 다른 차원의 문제였다. 잔술을 구하기 위해서 그도 상당히 고생해야 했기 때문이었다.

사실 식탐황제도 잠시드의 잔술을 마실 때면 아까워서 두 손을 파르르 떨 정도였는데. 그걸 전부 내어 달라고 하니 속이 덜컥 내려앉을 수밖에.

"……만약 그것이 없으면 어떻게 되지?"

연우는 살짝 수척해진 눈빛으로 대답했다.

"위험해질지도 모릅니다. 앞으로 충계를 오르기가 더뎌져서 폐하를 도와드리기 힘들지도 모를 일이지요. 물론, 어디까지나 요청일 뿐, 부담스러우시다면 거절하셔도 됩니다. 부탁하는 입장에 어떻게 더 강요를 할까요?"

연우는 거절해도 어쩔 수 없다는 식으로 이야기를 했지만.

그래도 황제로서의 체면이 있지, 어떻게 뱉은 말을 도로 주워 담을 수도 없는 노릇이었다.

하물며 이곳 만찬회장에는 자신을 쳐다보는 신하들의 시선이 많았다. 자신들이 모시는 군주라면 당연히 내어 줄 것이라 굳게 믿는 충성심 가득한 시선들.

식탐황제가 아무리 충동적인 성격이라고 해도, 수하들의 기대를 저버리는 머저리는 아니었다.

섣불리 대답하지 못하고 고민이 깊어질수록. 식탐황제의

짧은 목도 더 깊게 들어가면서 턱이 몇 겹이나 심하게 접혔
다.

"폐하."

그때, 지낭인 뚜언띠엔 공작이 조심스럽게 다가와 식탐
황제의 귓가에다 뭐라고 작게 속삭였다.

그러자 짧아졌던 식탐황제의 머리통이 살 더미에서 쏙
하고 빠져 나왔다. 연우의 눈동자도 살짝 빛났다. 뭐라고
역제안을 할지 궁금해졌다.

"험험! 잠시드의 잔술이 필요하다고 했지?"

"예."

식탐황제는 가볍게 헛기침을 하면서 눈을 가늘게 좁혔
다.

"하지만 사실 자네도 알다시피 우리에게도 잠시드의 물
건은 아주 귀한 보물이라, 짐도 내각의 동의 없이 선뜻 내
어 줄 수는 없는 노릇이라네."

"그렇습니까? 어쩔 수 없군요."

"하지만 방법이 아예 없는 건 아니지. 거래를 하세."

"거래라 하시면?"

"27층인가, 28층이었던가, 하여간 망자의 강에서 자네
도 봄의 여왕, 그 찢어 죽일 년에게 호되게 당했었지?"

연우는 식탐황제가 무엇을 말하려는지를 짐작하고, 조용

히 눈을 빛냈다.

"그렇습니다만?"

"그렇다면 우리와 함께 손을 잡으세. 우리 역시 그년에게 당한 아르드바드 공작의 복수를 하려던 차에 이번에 블랙 드래곤과 손을 잡게 되었어. 거기에 가담하게."

"……!"

연우의 눈이 살짝 커졌다.

'블랙 드래곤과 손을 잡아? 화이트 드래곤을 잡기 위해서?'

연우는 말꼬리를 흐렸다.

"저 혼자서는 많이 부족합니다."

"우리 사이에 그렇게 말하지 말게. 홀로 패왕을 잡고, 트리톤을 해체시킨 것을 모를 줄 아는가. 그리고 자네가 데리고 있는 비밀스러운 친구들도 있잖나."

'샤논 등을 알고 있다.'

식탐황제는 별것 아니라는 식으로 이야기했지만, 연우는 그가 주는 말의 뉘앙스를 놓치지 않았다. 사실 여태껏 권속들을 들키지 않았던 게 대단했던 거였다.

모든 이목이 그에게 집중된 이상, 그가 가진 전력도 조금씩 노출되기 시작한 것이다. 그리고 아마 혈국에서도 자체적으로 연우에 대한 조사를 마친 상태일 것이고.

"환상연대도 있을 테고."

식탐황제는 슬쩍 크로이츠 쪽을 곁눈질했다가, 다시 연우를 바라봤다.

"그리고 이왕이면."

지금 이 순간, 그는 탐욕스럽고 변덕스러운 졸부가 아닌, 한 나라를 다스리는 제왕이 되어 있었다.

"자네 스승이 있는, 외뿔부족과 함께!"

순간, 살벌한 기세가 휘몰아치면서 홀을 가득 장악했다.

고오오—

＊　　＊　　＊

그리고.

'이렇게 쉽게 얻어걸리기도 하는군.'

가면 아래에서, 연우는 송곳니가 훤히 드러나게 웃고 있었다.

원수인 녀석들끼리 알아서 치고받으면서 싸운다지 않는가. 거기에 숟가락을 얹는 것만으로도 잠시드의 잔술을 얻을 수 있다면 훨씬 남는 장사였다.

외뿔부족의 참전 조건이 걸리긴 했지만. 그 정도는 무왕이 알아서 걸러 들을 것이니 적당히 핑계를 대면 그만이었다.

게다가.

'혼전 속에서는 어떤 일이 벌어져도 이상하지 않기도 하고.'

영혼석을 다루는 방법이야, 퀴네에를 제작하면서 키클롭스 삼 형제들로부터 배우지 않겠는가. 그때는 식탐황제의 약점을 캐치할 수도 있을 것이다.

연우의 머릿속은 벌써부터 그 혼란스러운 전장 속에서 어떻게 해야 식탐황제의 목을 노릴 수 있을지, 빠르게 굴러가기 시작했다.

샤논은 그런 연우를 보면서 작게 콧노래를 흥얼거렸다.

『뒤통수~ 뒤통수~ 신나는 노래~ ♬』

*　　　*　　　*

"이렇게 급하게 가야만 하는 것인가? 아직 못다 한 이야기가 많을 텐데. 좀 더 쉬다 가질 않고."

식탐황제는 떠나려는 연우를 아쉬운 얼굴로 배웅했다. 평소에는 제 발로 몇 걸음 걷는 것도 싫어하는 사람이, 직접 황성 바깥까지 걸어 나온 것에서 진심이 엿보였다.

"아닙니다. 오히려 분에 넘치는 대우를 받아 감사할 따름입니다. 잠시 틈을 내어 찾아온 것이라. 다음에 뵐 때에는 더 여유를 갖고 오도록 하겠습니다.”

“파하하! 하긴 누구보다 바쁘고 치열하게 사는 삶이야말
로 독식자가 가진 멋이겠지. 멀리서라도 응원을 하지.”

식탐황제는 연우의 맞잡은 손을 몇 번이고 두들겼다. 살
짝 입맛을 다시는 모습이, 맛난 음식을 놓치는 사람처럼 보
였다.

그때, 뒤에서 시립해 있던 뚜언띠엔 공작이 함을 가져와
조용히 연우에게 내밀었다.

“폐하께서 벗에게 내리는 하사품입니다.”

연우는 슬쩍 눈치를 보면서 식탐황제에게 물었다.

“이것이 무엇입니까?”

“한번 열어 보게.”

식탐황제가 피지 가득한 얼굴 한가득 미소를 띠었다.

연우는 뚜언띠엔 공작에게서 함을 받아 조심스럽게 뚜껑
을 열었다.

찰칵, 하는 소리와 함께 열린 상자 안쪽에는 사람의 팔뚝
만 한 길이를 가진 단검이 하나 놓여 있었다.

날이 크게 굽어 있고, 검 면과 손잡이에 휘황찬란한 보석
이 박혀 있어 실전용이라기보다는 장식용에 가까운 보검이
었다.

[축제자의 달빛]

분류: 단검, 아뮬렛

등급: S

설명: 달은 언제나 하늘에 걸리며, 달빛으로 사람이 걷는 길을 아름답게 비춘다. 당신이 걷는 길도 그렇게 밝게 빛나 언제나 축복으로 가득할 것이다.

* 행운이 따르는 달빛

소유자가 하는 행동에 높은 '운'을 실어 준다. 섭리와 법칙에 해가 되지 않는 한도 내에서 소유주가 하고 있거나, 집중하고 있는 일에 대해 일정 확률로 성공률을 높인다.

공격을 한다면 공격력을, 방어에 집중한다면 방어력을 올려 준다. 무언가를 제작한다면 제작품에 축복을 걸어 줄 것이다.

'운'이라는 것은 탑에서 사실 애매모호한 표현일 수밖에 없다. 사람이 하는 일에는 언제나 변수가 따르기 마련이니까.

하지만 성공 확률을 직접적으로 올려 준다는 것만으로도, 식탐황제의 선물은 값어치가 높았다.

"무언가에 절실히 매달리고 있다 하지 않았는가? 무슨

일인지는 알 수 없지만, 부디 성공하길 비네. 이 물건은 나도 각별히 아끼던 것이었으니까. 목걸이로 만들어서 착용하고 다니게. 아주 효과가 좋을 거야. 파하하!”

연우는 함박웃음을 짓는 식탐황제를 보면서 함의 뚜껑을 닫고, 감사하다며 고개를 숙였다.

‘아낌없이 주는 나무가 따로 없군. 스승님에게 이야기 좀 잘해 달라는 뇌물이기도 한 건가?’

화이트 드래곤에 대항하는 동맹 전선, 잠시드의 잔술, 갖가지 영약이며 축제자의 달빛까지. 연우는 식탐황제에게 미안한 마음까지 들 정도였다.

‘그렇다고 달라질 건 없지만.’

「저 돼지 양반이 주인이 무슨 생각을 하고 있는지를 알아야 할 텐데 말이야.」

‘시끄러.’

연우는 이죽대는 샤논을 무시하고, 혈국의 외우주를 떠났다.

＊　　　＊　　　＊

크로이츠가 조심스레 다가와 연우에게 물었다.

“혹시 식탐황제와의 동맹 전선, 참여할 생각이시오?”

혈국과 블랙 드래곤의 동맹. 이건 밖으로 새어 나갔을 경우에 파란이 일어날 만한 사건이었다. 대(對)화이트 드래곤의 전선이 형성되는 셈이었으니까. 게다가 망자의 강에서 벌어졌던 혼란에는 그도 있지 않았던가.

그리고 연우의 선택에 따라서 전선의 양상은 많은 점이 달라질 수 있었다.

연우와 각별한 관계에 놓인 외뿔부족은 말할 것도 없고, 그가 부리는 권속들만 하더라도 신흥 클랜인 트리톤과 맞먹을 정도로 뛰어난 위용을 자랑했다. 여기에 환상연대도 연우를 가깝게 여기고 있었다.

이들 중 둘만 가세를 한다고 해도. 동맹 전선은 아주 큰 전력으로 불어나게 되는 것이다.

이미 연우는 탑 내에서 자그마한 행보로도 큰 파란을 일으킬 수 있는 태풍의 눈이었다.

그러니 크로이츠도 촉각을 곤두세울 수밖에 없는 것이다. 그로서는 연우와 식탐황제가 얼마나 가까운 관계인지도 파악해 둘 필요가 있었다. 그답지 않게 조급한 마음이 드는 것도 당연했다.

하지만.

"……."

연우는 아무런 대답도 없이 크로이츠를 빤히 쳐다봤다.

무심한 시선이었다.

크로이츠는 순간 정신이 퍼뜩 들었다. 그는 결국 가볍게 한숨을 내쉬고 말았다.

"미안하오. 주제가 넘었군."

사실 연우를 가깝게 여기는 것은 그와 환상연대의 입장일 뿐. 연우는 아니었다.

오히려 그로서는 민감할지도 모르는 자신의 행보를 타인에게 노출시키는 것만으로도 큰 양보를 한 것이나 다름없었다.

그런데 이렇게 간섭을 하는 듯한 뉘앙스를 풍긴다면. 당연히 거리를 가깝게 둘 필요가 없는 것이다.

크로이츠도 방금 자신의 행동이 약속과 달랐다는 사실을 깨닫고 고개를 숙여 사과를 한 뒤, 비룡을 소환해 훌쩍 자리를 떠났다. 우선 머리부터 식히고 돌아올 생각이었다.

연우는 그런 크로이츠의 뒷모습을 보다가, 퀘스트창을 확인했다.

['퀴네에'의 구성 재료]
· 아포디스의 비늘(45/45)
......

· 마도전핵(魔道轉核) (2/2)
· 잠시드의 잔술 (12/5)

· 아다만틴 노바 (0/1)

'이제 아다만틴 노바만 남은 셈인가.'

연우는 눈을 가늘게 좁혔다.

'그래도 생각보다 빨리 모았어.'

사실 일일이 구하려 했다면 최소 몇 달은 족히 걸렸을 것들이었다.

어쩌면 더 많은 시간이 걸리거나, 제대로 해내지 못했을지도 몰랐다. 시간은 촉박한데, 재료 중에는 상위 층계에 있는 것도 많았으니까. 그래도 바이 더 테이블의 도움이 있으니 이렇게 빨리 진척이 있을 수 있었던 셈이었다.

아다만틴 노바도 아트란이 한창 협상 중이라고 했으니 곧 어렵지 않게 채울 수 있을 것이다.

'지금쯤이면 거래도 끝날 때가 되지 않았나?'

연우는 프레지아의 옥경을 꺼내 사념을 불어 넣었다.

"아트란."

구슬 위로 홀로그램이 겹쳐졌다.

아트란이 화들짝 놀란 눈으로 이쪽을 돌아봤다. 비스듬하게 몸을 돌리고 있어 얼굴이 제대로 비치지 않았다. 뭔가를 숨기다가 발각된 사람 같았다.

『가, 갑자기 왜?』

뭘 하고 있는 거지? 연우는 조금 미심쩍은 얼굴로 녀석을 바라봤다. 언제나 호객 운운하면서 능글맞게 존댓말을 쓰던 녀석답지 않게 조급해 보였다.

"아다만틴 노바는 어떻게 되었나 싶어서. 거래가 거의 막바지라고 했었잖나."

『아, 한창 잘되고 있으니 걱정 마. 지금 바쁘니까 이따 다시 연락할게.』

아트란은 후다닥 다급하게 통신을 종료시켰다. 제 딴에는 숨긴다고 숨겼겠지만. 연우의 예리한 눈썰미를 피할 수 없었다.

'한쪽 눈이 멍든 것 같았는데.'

어디서 한 대 맞기라도 한 걸까? 연우는 눈을 가늘게 좁혔다.

＊　　＊　　＊

아트란이 다시 모습을 비춘 것은 그날 저녁 무렵이었다. 녀석은 통신이 아니라 아예 포탈을 타고 넘어왔다.

그런데 왠지 모르게 어깨가 비 맞은 개처럼 축 가라앉아 있었다.

"……눈은 왜 그러지?"

한쪽 눈에는 안대까지 하고 있었다.

"으, 응? 아, 이거 걷다가 넘어지는 바람에 좀 다쳐서 그래."

아트란은 연우와 시선을 마주치지 못하고 슬쩍 고개를 돌렸다.

연우는 그런 녀석을 위아래로 훑어보다가 물었다.

"누구한테 얻어맞기라도 했나?"

"얻어맞긴 누구한테 얻어맞아! 나 아트란이야! 바이 더 테이블의 꽃 등급이 얼마 남지 않은 거물이라고! 누가 나에게 손을 댄다고 그래!"

「맞았군. 아주 실컷.」

「신비 상인에게 함부로 손을 대기는 어려울 텐데.」

샤논과 한령은 제자리에서 폴짝 뛰는 아트란을 보면서 고개를 끄덕였다.

그러면서도 살짝 놀랐다. 많은 물품을 취급하는 신비 상인은 언제나 위험을 안고 산다. 그들을 후려쳐서 한몫을 단단히 챙기려는 강도들이 많기 때문이었다.

그래서 신비 상인은 자구책으로 조합을 형성해 안전을 도모하는 한편, 관리국 및 여러 용병 집단과도 긴밀한 관계를 맺어 해코지를 당할 시에는 가차 없이 보복을 가하기로 유명했다.

하물며 아트란은 연우에게나 호구 취급을 받을 뿐이지, 그래도 그 바닥에서 꽤 알아주는 편이었다.

그런데도 건드렸다는 것은. 그만한 자신감이 있거나, 고위급 인사란 뜻이었다.

연우는 가볍게 한숨을 내쉬었다.

"거래 좀 성사시켜 보겠다고 끈질기게 달라붙다가 된통 얻어맞았나 보군."

"……너, 무슨 관심법이라도 부리냐?"

아트란이 조금 질린 얼굴로 연우를 바라봤다.

「우리 주인한테 마구니가 좀 가득하긴 하지.」

「역시 거래는 실패했나 봅니다.」

연우는 코웃음을 치는 것으로 샤논과 한령의 혼잣말을 무시했다.

사실 조금만 생각해 보면 쉽게 추론할 수 있는 내용이었다.

아다만틴 노바나 되는 물건을 가진 사람이라면 여간내기가 아닐 것이다.

그런 사람이 거절 의사를 밝혔는데도, 돈이라면 사족을 못 쓰는 아트란은 거래가 성사되었을 때에 남는 수수료에 눈이 돌아가 끈질기게 달라붙었을 가능성이 컸다.

그렇다면 그 뒤에는? 불에 보듯 뻔한 일이었다. 플레이어들은 대개 성격이 차갑거나 급하거나, 둘 중 하나였으니까. 호인은 드물었다.

아트란도 더 이상 숨길 수 없다고 여겼는지 땅이 꺼져라 한숨을 내쉬면서 말했다.

"그래. 네 말이 맞아. 거래는 실패했다."

"저쪽에서 뭐라고 했기에?"

"절대 안 팔겠다더라고."

아트란은 인상을 와락 찌푸렸다.

"처음에는 값을 높이려고 튕기는 거다 싶었지. 그래서 값을 높였는데도 안 된다고 자꾸 그러더니, 냅다 곰방대를 던져서는……! 아오, 그 할망구!"

그냥 말로 하면 될 것을 왜 폭력이냐고. 그러니 그 나이가 되도록 시집을 못 가지. 아트란은 그렇게 중얼거렸다. 못내 억울한 투였다.

'곰방대? 할망구?'

연우는 고개를 갸웃거리면서 물었다.

"소유자가 누구였기에?"

"그건…… 말 못 하지."

거래자에 대한 신상 정보는 일단 비밀에 붙이는 게 바이더 테이블의 규칙이었다.

"아다만틴 노바, 그거 꼭 필요해? 시간만 있으면 아다만티움을 잔뜩 모아다가 제작을 의뢰해 볼……."

“아니. 난 지금 그게 당장 필요하다.”

아다만틴 노바는 그렇게 쉽게 만들 수 있는 물건이 아니었다.

우선 재료가 되는 아다만티움을 모으는 것만 해도 한세월이 걸리는 데다가, 그것을 응축시켜서 제작하는 것 역시 족히 연 단위가 걸릴 일이었다. 명장 급 인사가 나선다고 해도 최소 일 년은 잡아야만 했다.

하지만 타르타로스는? 그럴 만한 여유가 전혀 없었다.

“대체 어떤 퀘스트를 받았기에 그런 게 필요한 거야…….”

아트란은 연우에게서 무엇을 만들 예정인지는 못 들었기에, 한숨이 저절로 나올 수밖에 없었다.

“혹시 소유자에 대한 신상 정보를 팔 생각은 없나? 설득은 내가 해 볼 테니까.”

“안 돼.”

“어째서? 사람에 대한 정보도, 취급 가능한 거래 품목이 아니었나?”

“그렇긴 한데……. 그게 사정이 좀 복잡해.”

아트란은 눈살을 잔뜩 찌푸렸다.

“우선 소유자는 우리 조합에서도 가장 큰손에 해당하는 최고 등급이셔. 그리고 자신에 대한 정보 판매 금지를 조건으로 걸고, 그에 상응하는 대가도 매년 계속 내고 있는 중이야. 우리 거래자들 중에서도 그만한 큰손은 아주 드물지.”

탑의 세계뿐만 아니라, 전 우주에 걸쳐서 영향력을 뻗치고 있는 곳이 바이 더 테이블이었다. 그런 곳에서도 손꼽히는 거물이라면.

‘아홉 왕이라도 되나?’

아니면 그에 준하거나. 그런 의구심이 들 수밖에 없었다.

“그리고 무엇보다.”

가장 큰 이유는 따로 있었다.

“소유자는 우리 마스터의 절친한 지인이라…… 사실 여기까지 말한 것만 해도, 알지?”

직무 유기란 뜻이었다.

연우는 고개를 끄덕이면서 가볍게 혀를 찼다. 구하기가 가장 손쉬울 줄 알았던 아다만틴 노바에서 이렇게 발목을 잡힐 줄은 몰랐다.

“그렇다면 프레지아와 이야기를 나누는 수밖엔 없겠군.”

“뭐? 야? 야!”

아트란은 졸지에 일을 제대로 처리하지 못해 직장의 가장 높은 상사를 만날 위험에 놓이게 되자, 질겁하며 소리를 질렀지만.

화아악—

연우는 이미 프레지아의 옥경을 통해서 마스터인 프레지아에게로 연락을 넣고 있었다. 옥경을 받고 난 뒤로 처음 넣는 연락이었다. 아트란의 얼굴이 사색이 될 때 즈음.

『이 옥경은, 카인? 갑자기 이런 밤중에 무슨 일이시죠?』

얼굴에 쓴 나무탈. 타오르는 듯한 적갈색의 단발머리. 프레지아는 백랑에게 먹이를 주고 있던 중이었는지, 고기를 물려 주다 말고 이쪽으로 고개를 돌렸다.

"지, 진짜 연락했어……."

아트란은 손으로 제 얼굴을 덮었다. 이것으로 자신의 무능력이 직장 상사에게 고스란히 들어간 셈이었다.

그러면서도 한편으로는 프레지아와 핫라인으로 연결된 거래자가 몇이나 될까 하는 생각이 들었다. 어쩌면 연우도 아다만틴 노바의 소유자와 비슷한 등급이 아닐까.

사실 아트란은 연우를 전담하고 있긴 했어도, 그가 조합 내에서 정확하게 어떤 평가를 받는지는 잘 모르고 있었다.

"연락드린 이유, 알고 계시리라 생각합니다만."

『아다만틴 노바의 소유자에 대한 건이라면 저도 알려 드릴 수 없어요.』

역시 알고 있었나 보다.

『그게 그녀와의 조건이었으니까요. 제 지인이기를 떠나

서, 저희로서도 그만한 큰손을 놓칠 수는 없는 노릇인지라.』

"그래도, 이런 말도 있는 법이죠. 할 수 없는 거래란 없다."

『할 수 없는 거래란 없다.』

프레지아는 연우와 똑같이 말하면서 피식 웃었다. 재미있다기보다는 어디 물건을 보여 보라는 여유였다.

『맞는 말씀이긴 하군요. 그럼 카인 님이 내놓으실 수 있는 물건은 무엇인가요? 참고로, 현재 카인 님에게 들어가는 막대한 양의 후원은 저희가 벌이는 후원 내역 중에서 가장 방대한 규모예요. 웬만한 품목으로는 셈이 안 된다는 거, 잘 아실 테죠?』

외우주의 건설을 비롯해 브라함의 여러 실험들까지. 당연히 바이 더 테이블의 입장에서 연우는 돈을 잡아먹는 하마였다.

"하데스가 실종된 이유, 타르타로스에서 벌어지는 일들, 티탄과 기가스의 상황, 제가 제작하려는 물건. 이만하면 꽤 괜찮은 셈이 되지 않겠습니까?"

프레지아의 눈이 살짝 커졌다. 홀로그램이라 영상이 또렷하지는 않지만, 흥미가 느껴졌다.

『말씀해 보세요.』

연우는 타르타로스에서 자신이 보고 겪은 것들을 이야기하기 시작했다.

연우가 봤을 때, 티탄과 기가스의 반란은 아주 비싼 값에 거래될 수 있는 귀중한 정보였다. 올림포스를 비롯해 98층의 신과 악마들도 여태 모르고 있던 사실이지 않았던가.

천계에서 벌어지는 여러 각축전은 하계의 플레이어들에게 별다른 영향을 미치지 않는다고 생각할지도 모른다.

하지만 신과 악마는 법칙을 구성하는 존재이며, 탑의 시스템을 구축하는 데 있어 절대 없어서는 안 될 존재였다.

당연히 그들의 향방에 따라 플레이어들이 얻을 이점이나 겪을 손해도 다양했으니.

이 정보를 잘만 다룬다면, 바이 더 테이블은 더 큰 매출을 창출할 수도 있었다. 무엇보다, 군상(軍商)이야말로 모든 상인들이 최종적으로 바라는 형태이기도 했으니.

옆에서 가만히 듣고 있던 아트란은 두 눈을 휘둥그렇게 떴다. 대체 이 인간은 뭘 하는 종자라서, 레드 드래곤을 흔드는 것으로도 모자라 신의 세계에까지 간섭하고 있는 걸까?

『흐음. 그런 일이 있었단 말이죠?』

프레지아는 손으로 턱을 쓰다듬으면서 고개를 끄덕였다. 연우의 확신대로 확실히 귀중한 정보였다.

하지만.

『그래도 셈이 아직 약간 부족해요. 다른 건, 더 없나요?』

이렇게까지 비쌀 줄이야. 연우는 가볍게 혀를 차면서 마지막까지 미뤄 뒀던 것을 얹었다.

"제가 퀴네에를 제작하게 되면 명장의 칭호를 받게 됩니다. 명장의 물건, 가장 우선적으로 받고 싶지 않으십니까?"

『탐이 나긴 하지만, 그만한 거래자는 저희에게도 있어요. 그리고 아직 카인 님이 명장이 되신 건 아니실…….』

"다른 명장들인 브라함과 헤노바의 친분에 더해, 이들까지 절 도와 만든 물건이라면 어떻겠습니까?"

연우는 가볍게 손가락을 튕겼다. 그의 뒤편으로 키클롭스 브론테스와 스테로페스가 나타났다. 두 거신은 마음에 안 든다는 듯 하나밖에 없는 눈살을 찌푸렸지만, 그래도 상황이 상황이니 따라야만 했다.

두 키클롭스를 알아본 프레지아는 눈을 동그랗게 떴다. 그러다 어쩔 수 없다는 듯 피식 헛웃음을 흘렸다.

『이래서야 어쩔 수 없군요. 헤파이스토스에 버금간다는, 아니, 그의 스승이라는 두 대장장이 신의 손까지 더해진 물건이라면…… 탐이 날 수밖에요. 그렇다면 독점 공급은 어떨까요?』

“그건 셈이 안 되지요. 대신에 우선적 거래 정도는 해 드
리겠습니다.”

이번에는 연우가 뒤로 빠졌다.

프레지아는 자신이 했던 말을 똑같이 되돌려 받자, 속으
로 혀를 찼다. 하지만 이만한 거래라면 나쁘지 않았다.

『아다만틴 노바의 소유자는.』

그리고 들린 이름은, 연우에게도 낯이 익은 이름이었다.

『아나스타샤라는 사람이에요.』

“아나스타샤?”

당혹스러운 연우의 기색을 느낀 걸까. 프레지아가 의외
라는 눈빛을 떴다.

『여우…… 아니, 아나스타샤를 알고 계신가요?』

여우라. 구미호의 혼령이 맺혀 있던 아나스타샤를 가리
키는 말로 그것만 한 게 없는 것 같기는 했다.

빅토리아의 스승, 아나스타샤. 처음 빅토리아가 걱정되
어 찾아갔던 곳에서 만났던 그녀는 요기와 주술을 부리며
살벌하게 말했었다. 앞으로 찾아올 생각은 꿈에도 말라고.

그때 느꼈던 위압감은. 분명 깊이를 쉽게 짐작하기 힘들
정도로 강했었다.

『아. 그러고 보니 아나스타샤의 제자가 한때 사두였었군
요. 철사자의 자제분도 있었고. 그럼 그때?』

"예."

프레지아는 재미나다는 듯이 웃음을 터뜨렸다.

『아무리 세상이 좁다지만, 그래도 그녀만큼 세간에 노출이 안 된 사람도 잘 없는 편인데. 그런 그녀와도 인연을 맺고 있었다니. 이제 막 30층대에 진입할 플레이어치고는 대단하군요.』

"인연이라고 거창하게 표현할 것까지는 못 됩니다."

『하긴. 그녀의 경계심이 유달리 강하긴 하죠. 그러면서 뒤로는 별의별 엉큼한 짓을 다 하기도 하고요.』

프레지아가 눈을 가늘게 좁혔다.

『여하튼 거래는 이것으로 종료되었어요. 저희도 이제 아나스타샤와의 거래를 사실상 종료한 것이나 마찬가지인 셈이라, 이 뒷일은 알아서 하셔야 할 거예요.』

"감사합니다."

『무엇을. 다 셈이 맞으니 하는 것을요.』

프레지아는 그 말을 남기고 홀로그램을 종료시키려다가, 뭔가를 떠올렸는지 연우를 보며 말했다.

『아 참, 그리고.』

"또 남았습니까?"

『율이 당신을 많이 보고 싶어 하더군요. 조만간에 자리를 만들어 볼 테니 그때 뵙도록 해요. 물론, 타르타로스에서 무사히 돌아오셔야겠지만요.』

율. 반가운 이름이었다.

『아니. 그보다 먼저 거쳐야 할 수고가 있으시겠지만……
부디 잘 해내시길 빌어요.』

프레지아는 알 수 없는 말을 던지고 사라졌다.

연우도 조용히 옥경을 거두는데.

"나…… 혹시 잘리는 건 아니겠지?"

마스터의 제자가 곧 찾아올 거란 소식에, 아트란은 이번
일을 꼬투리 잡혀 자신의 고객을 빼앗기는 게 아닐까 전전
긍긍했다.

*　　*　　*

연우는 탑 외 지역에 위치한 환락가를 찾았다.

'그때 그곳에 여전히 머물고 있는지는 모르겠지만.'

프레지아도 아나스탸사가 머무는 정확한 장소는 모른다
고 했다. 워낙에 바람처럼 나타났다가 사라져서 알아내기
가 힘들다던가. 거래를 할 때에도 언제나 조심스럽게 움직
인다고 했다.

그래서 연우는 무작정 처음 아나스탸사를 만났던 곳을
찾았다. 비록 그때 대결로 인해 지붕이 날아가고 말았지만.

그곳을 중심으로 수소문을 하다 보면 행적을 찾을 수 있지 않을까 하는 생각에서였다.

"저 사람?"

"어. 저 가면…… 독식자 같은데?"

이전과 다르게 연우에게 달라붙는 사람은 거의 없었다. 이미 연우의 행색에 대해서 모르는 사람은 탑의 세계에서 거의 없다시피 한 것이다.

여섯 신성, 아니, 이제는 다섯 신성으로 줄어든 루키들 중에서 가장 선두에 놓인 자.

그가 지나는 자리에는 항상 태풍이 일어난 것처럼 쑥대밭만 남는다고 하여, 걸어 다니는 재앙으로 취급을 받고 있었다.

연우는 그런 시선들을 무시하고 목적지에 도착했다.

건물은 그새 복구가 완료되었는지, 여러 매춘부들과 그들을 사려는 자들로 북새통을 이루고 있었다.

하지만 그들은 연우가 나타난 순간, 거짓말처럼 싹 빠져나가 사라졌다.

졸지에 손님들을 한꺼번에 잃게 되자, 건물 안에 있던 총책임자가 소식을 듣고 헐레벌떡 뛰어왔다. 평소에 마음에 두고 있던 아이에게 이것저것을 다 사다 바치면서 드디어 거사를 치르기 일보 직전이었는데. 다급한 수하들의 목소리를 듣고 나오던 차였다. 얼마나 급하게 뛰어나왔는지 옷도 제대로 입지 못해서 바지가 반쯤 걸쳐져 있었다.

그리고 연우를 보자마자 헛바람을 들이켰다. 오래전에 있었던 소동이 떠올랐던 탓이었다. 그때 떠안았던 손해를 떠올리면 지금도 살이 떨릴 정도였다. 그런데 또 나타날 줄이야.

"아나스타샤, 있나?"

"어, 없……!"

연우는 마장대검을 뽑아 그대로 측면으로 그었다. 그러자 공간이 단절되면서 지붕이 그대로 터져 나갔다.

졸지에 바깥 야경을 구경하면서 일(?)을 치르겠다고 높은 층에 올랐던 손님과 매춘부들은 기겁해 하며 후다닥 몸을 숨겨야 했다.

"없군."

연우는 곁눈질로 안쪽을 살피고 다른 곳으로 몸을 돌렸다.

지붕이 또 날아간 모습에 반쯤 영혼이 빠져나갔던 책임자는 다급하게 연우를 붙잡았다.

그가 알기로 연우는 절대 이 정도 선에서 끝낼 사람이 아니었다. 괜히 '걸어 다니는 재앙'이니, '젊은 시절 무왕의 재림'이니, '인성 파탄자'니 하는 별명이 뒤따라 붙는 게 아니었다.

"무, 무엇을 하시려고?"

그런데 오히려 연우의 목소리가 질문형이었다.

"너야말로 뭘 하고 있는 거지?"

"예?"

"어서 찾지 않고."

"……?"

"안 그럼 앞으로 장사 힘들어질 텐데."

연우는 그 말만 하고 옆에 있던 사창가 건물 쪽으로 마장대검을 휘둘렀다.

콰콰쾅!

폭발 소리와 함께 또다시 지붕이 날아갔다. 건물이 부서질 듯 크게 흔들리자, 옷을 제대로 입지도 못한 손님이며 매춘부들, 종업원들이 바쁘게 뛰어나왔다.

"여기도 없군."

「캬! 하는 짓이 자기 스승이랑 똑같다니까, 완전히!」

「확실히 위치를 찾을 수 없으면 전체를 흔들어 놓는 게 좋긴 하겠지요.」

연우는 다시 다음 건물로 이동했다.

"샤논."

「왜?」

“요즘 들어 깐족대는 횟수가 좀 많이 늘어난 것 같은데.”

「헤헤헤. 그럴 리가 있겠습니까요. 주인님의 착각이십니다요.」

연우는 굽실대는 샤논을 보면서 고개를 절레절레 흔들었다. 처음에 만났을 때도 가벼운 모습은 있었지만, 그래도 진중한 편이었는데. 어째 갈수록 이렇게 경망스럽게 변해 가는 건지. 하지만 그만큼 정서적으로 자신과 가까워지고 있단 뜻이었으니, 어떻게 터치할 건 아니었다.

쿠쿠쿵, 콰콰콰!

그렇게 건물이 하나둘씩 무너질 무렵.

책임자와 각 건물의 주인들, 그리고 암흑 클랜의 관계자들은 어쩌지 못하고 발을 동동 구르면서 연우의 뒤만 따라다니다가, 뒤늦게 그가 뭘 하려는 건지를 깨달을 수 있었다.

연우는 환락가에 있는 건물들을 모조리 부숴 놓을 참이었던 것이다.

아나스타샤는 환락가의 거주민들 사이에서도 아주 유명한 큰손이었고, 일이 없을 때면 1년 중 대부분을 이곳에 머무르는 경우가 대부분이었다.

이렇게 건물들을 하나하나씩 부수면서 소란을 일으키다 보면 언젠가 아나스타샤가 나타날 것이라고 여긴 거겠지.

그리고 환락가의 주민들에게 경고하는 것이다. 거리가 죄다 박살 나는 꼴을 보고 싶지 않으면 빨리 아나스타샤가 있는 곳을 찾아내라고 말이다.

쾨쾅!

"으아아!"

"뭣들 하는 거야! 어서 아나스타샤 님을 찾지 않고!"

아나스타샤가 그들에게 큰 도움을 주는 은인이긴 했지만, 그래도 당장 생계를 위협하는 힘 앞에서는 눈물을 머금고 굴복할 수밖에 없었다.

그렇게 건물들이 하나둘씩 빠르게 부서지면서, 약쟁이들은 정신을 퍼뜩 차리고, 매춘부들은 바쁘게 뛰어다녔다.

그렇게 거리가 아수라장이 되던 중.

"대체 뭐가 이렇게 시끄러운 것이야!"

갑자기 위에서 쩌렁쩌렁한 목소리가 울리더니, 막대한 기압이 머리 위로 떨어졌다.

비명을 꽥꽥 질러대던 사람들은 얼굴이 새파랗게 질린 채 헛바람을 들이켜며 딸꾹질을 했다. 소란스럽게 뛰어다니던 사람들은 걸음을 멈추고 고개를 푹 숙였다.

마치 거친 맹수가 그들 앞에 놓이기라도 한 듯한 느낌이었다. 요기가 가득 섞인 요력(妖力). 일반 플레이어들은 감당하기 힘든 힘이었다.

연우도 칼질을 멈추고 그쪽으로 고개를 돌렸다.

5층 규모의 카페 지붕 위. 아나스타샤가 짜증 섞인 얼굴로 고고하게 서 있었다. 자다가 일어난 건지, 눈이 반쯤 감긴 채로, 옷은 두루마기 상의만 걸쳐 그 아래로 나신을 적나라하게 드러내고 있었다.

다급하게 뒤따라온 미동이 재빨리 천으로 아래를 가렸지만. 아나스타샤는 그것도 불편했던지 인상을 더 찡그리면서 주변을 휙휙 둘러봤다. 그러다 연우를 발견했다.

"애송이, 이것들, 네가 한 짓이냐?"

아나스타샤는 기도 안 찬다는 표정이 되었다. 그녀는 자신의 즐거운 단잠 시간을 방해받는 것을 세상에서 가장 싫어했다. 미동들과 즐거운 시간을 보내고, 약에 취한 채로 잠에 빠져드는 것은 그녀에게 즐거움을 주는 유일한 활력소였기 때문이었다.

그런데 이런 말도 안 되는 짓거리로 자신의 단잠을 깨웠으니 화가 날 수밖에.

"아나스타샤."

"날, 알아? 그러고도 이런 짓을 저질렀단 말이냐?"

연우는 눈살을 찌푸렸다. 대체 무슨 소리를 하는 거지? 그녀는 자신을 전혀 모른다는 투가 아닌가. 그래서 뭐냐고 반문하려는데.

"아나스타샤 님."

천을 가져왔던 미동이 아나스타샤를 조심스럽게 부르면
서 귓가에다가 뭐라고 작게 속삭였다.

그제야 아나스타샤도 연우가 누군지를 깨닫고, 요력을 돌
려 약과 잠에 반쯤 취해 있던 정신을 멀쩡하게 되돌려 놓았다.

"너, 그때 빅토리아를 찾아왔던 그놈이로구나. 정말이
지…… 인간들의 낯은 구분하기가 어려워."

아나스타샤는 짜증 섞인 목소리로 투덜거리면서 낯을 잔
뜩 일그러뜨렸다.

"그런데 여긴 무슨 일로 찾아온 거지? 내가 그때 분명히
다시는 낯짝을 드러내지 말라고 경고했을 텐데?"

"이번엔 빅토리아를 찾아온 게 아니라서."

"그럼?"

『아다만틴 노바. 당신에게 있지?』

연우는 보고 있는 눈이 많아 어기전성으로 그녀만 들을
수 있게 입술을 달싹였다.

"그걸 어떻게…… 그럼 네가 그 귀찮게 굴던 놈의 주범
이었구나."

아나스타샤는 끈질기게 달라붙던 아트란을 떠올리고, 인
상을 더 크게 구겼다.

"아니, 그보다 내가 그걸 갖고 있는 걸 어떻게 알았지?

분명히 비밀이었을…… 늑대, 그년이 날 팔았구나!”

그리고 뒤늦게 상황을 깨닫고 잔뜩 성을 냈다.

“하여간 이래서 천한 장사치들은……! 신뢰니 뭐니 입발림 소리만 해 댈 줄 알았지.”

아나스타샤는 다음에 프레지아를 만나게 되면 이 일을 단단히 따지겠다고 마음먹었다. 자신의 정보가 외부에 제공되는 것만큼 불쾌한 것도 없었다.

그녀는 팔짱을 단단히 꼈다. 매듭을 묶지 않은 두루마기 사이로 속살이 보였지만 전혀 염두에도 두지 않는 투였다.

“돌아가. 몇 번이고 말했지만, 그 물건을 팔 생각은 죽어도 없으니까.”

“내게도 반드시 필요한 물건이라서.”

“그래서? 뭘 어쩌겠단 거지?”

아나스타샤는 노골적으로 코웃음을 치며, 오만한 눈빛으로 연우를 깔보았다. 그녀에게 아다만틴 노바는 천금을 준다고 해도 절대 바꿀 수 없는 물건이었다.

연우는 말없이 그녀를 올려다보다가.

스르릉—

마장대검을 허리띠에 찔러 넣고, 천천히 아공간에서 비그리드를 뽑았다. 그를 따라 살벌한 투기가 조금씩 휘몰아치기 시작했다.

휘휘휘!

"뭐지? 말로 안 되면 무력이라도 불사하겠단 건가?"

아나스타샤가 한쪽 입술 끝을 비틀었다.

연우가 싸늘하게 말했다.

"필요하다면."

"고얀!"

아나스타샤가 순간 눈을 크게 떴다.

화아악!

좌중에 뿌려졌던 요력이 끓기 시작했다. 새하얀 연기가 안개처럼 자욱하게 깔리고, 곳곳에 푸른 여우불이 붙으면서 어지럽게 돌아다녔다.

그리고. 아나스타샤 뒤편으로 거대한 여우의 환영이 나타났다. 체고가 6미터는 넘어 보이는 거대한 여우. 아홉 개의 꼬리를 활짝 펼치니 위압감이 어떻게 말로 표현할 수 없을 정도였다.

여기에 연우도 막대한 투기를 풀어내는 것으로 맞대응했다.

권능들이 차례대로 풀리고, 용체 각성이 이뤄지면서 용의 비늘이 턱밑까지 올라왔다. 불의 날개와 용의 날개가 섞이면서 하늘 높이 치솟고, 용의 꼬리가 바닥을 거세게 두들겼다.

특히 비그리드로 아나스타샤를 적수로 지정한 순간, 막대한 투기와 살기가 폭풍처럼 휘몰아쳤으니.

두 하이 랭커가 일으키는 기세가 거친 지진을 일으켰다.

쿠쿠쿠, 콰콰콰—

지축이 요란하게 흔들리고 강풍이 휘몰아치면서 비교적 멀쩡했던 환락가의 건물들이 죄다 쓰러져 나가기 시작했다.

거주민들이나 암흑가 클랜의 플레이어들은 안색이 시퍼렇게 질렸지만, 어떻게 따지지도 못하고 도망쳐야만 했다.

그렇게 환락가가 모조리 쓸려 나가는 가운데.

"하나밖에 없는 멍청한 제자의 벗이라 어떻게든 용서해 주려 했지만. 오냐. 죽고 싶다면, 죽여 주마."

아나스타샤는 손가락을 크게 튕겼다. 그러자 주변을 어지럽게 맴돌던 여우불들이 일제히 기괴망측한 모습을 가진 마물과 요괴가 되어 일제히 연우에게 달려들었다.

여기에 맞춰, 연우의 그림자도 길쭉하게 늘어나면서 괴이들이 일제히 튀어나왔다. 길쭉한 손톱에 저마다 잔독혈을 품은 녀석들은 마물과 요괴를 마구잡이로 난도질하였고, 뒤따라 나타난 샤논과 한령도 빠르게 움직였다.

그리고. 연우의 머리 위로 실선이 그어지면서 부의 인페르노 사이트가 나타나 아나스타샤가 흘려 대던 요력을 물리치기 시작했으니.

고오오오—

어마어마한 기세 충돌이 벌어지는 가운데.

쾅!

연우는 으스러져라 지면을 밟으면서 아나스타샤에게 달려들었다.

거래가 안 된다면 힘으로라도 빼앗아야 한다.

어쩔 수 없었다. 아다만틴 노바가 있어야만 퀴네에를 제작하고, 회중시계의 봉인을 풀 단서를 얻을 수 있으니.

여기서 물러난다면? 언제까지, 또 얼마나 긴 시간을 기다려야 할지 모른다. 어딘가에 갇혀 있을 동생의 영혼을 되찾기 위해서 도저히 시간을 끌 수 있는 상황이 아닌 것이다.

비그리드를 휘둘렀다.

불의 파도가 폭발했다. 여러 개의 벼락이 잇달아 아나스타샤가 있던 자리에 내리꽂히면서 연거푸 폭발을 일으켰다.

아나스타샤는 허공으로 손을 뻗었다. 그녀를 따라 감돌던 연기가 확 하고 흩어지면서 새로운 여우불이 크게 일어났다.

콰콰쾅!

불의 파도는 아나스타샤에게 닿기도 전에 연속으로 허공에서 폭발해 나갔다. 아나스타샤가 있던 건물이 충격을 이기지 못하고 와르르 무너졌다.

불꽃이 부서지면서 불똥이 사방으로 튀고, 열 폭풍이 뒤이어 나타나서 사방팔방으로 뻗어 나갔다.

콰르르—

"제, 젠장! 도망쳐!"

"아나스타샤 님과 독식자가 싸우기 시작했다!"

거리에 뭉쳐 있던 거주민들은 일제히 달아나기 시작했다. 하이 랭커들이 싸우기 시작했다는 사실은 근방에 있는 일반인들 입장에서 재앙이나 다름없다. 그들이 전투를 치르는 범위가 어디에까지 미칠지 아무도 모르기 때문이었다.

개중에는 자신의 생활 터전을 잃게 되거나, 전 재산을 들여 쌓은 가게가 무너져 반쯤 넋이 나간 사람들도 있었지만.

연우나 아나스타샤나 그런 것을 일일이 신경 쓰는 성격은 아니었다.

"불어라."

그때, 아나스타샤의 뒤편에 자리하고 있던 거대 구미호의 아홉 꼬리 중, 가장 좌측 꼬리에 녹색 불꽃이 켜졌다. 아나스타샤를 감돌고 있던 요력의 농도도 한결 짙어졌다.

“후!”

아나스타샤는 검지와 중지를 입술에 갖다 대면서 가볍게 입김을 불었다. 도도한 강물처럼 흐르던 요력이 ‘퉁, 퉁, 퉁’ 소리를 내면서 사람 머리 크기만 한 공기탄을 잇달아 토해 냈다.

여우불도 한껏 번졌다. 여우불이 번져 나간 자리에는 갖가지 기현상들이 벌어졌다. 공간이 뒤틀리거나, 전격 혹은 냉풍이 퍼부어지는 등 다양한 공격이 쏟아지면서 연우를 공략했다.

연우는 밖으로 방출되려는 불의 파도를 잡아당기면서 검은 오러로 압축시키고, 연거푸 앞으로 휘두르면서 아나스타샤에게로 쇄도했다.

촤촤촤—

비그리드가 휘둘러질 때마다 공기탄이 잇달아 부서졌다. 그러면서 새어 나오는 요력은 여우불이 되어 재차 연우를 공격하는 신기한 모양새를 띠었지만, 그런 것들은 연우를 감싸고 있는 망령의 벽에 가로막혀 전진하지 못했다.

[제2천의 영]

퍼퍼펑—

키아아악!

이제는 거의 한 몸이 되다시피 한 망령의 벽은 수시로 연우의 체내와 체외를 오고 가면서, 활력소와 방어막 역할을 번갈아 수행했다.

호신강기(護身罡氣). 외뿔부족에서 기를 제대로 다루고 난 뒤부터 터득할 수 있다는 기예를 새로운 방식으로 해석한 것이다.

화악!

그리고 어느덧 거친 연기를 뚫고 아나스타샤가 있는 곳까지 다다랐다.

연우는 지체 없이 비그리드를 사선으로 그었다. 목적은 아나스타샤의 팔 한쪽. 혹은 체내에 있을 구미호의 꼬리 한 개였다. 그 정도라면 겁박용으로 충분하리라 여겼다.

하지만 아나스타샤는 피하기는커녕 오히려 가소롭다는 듯이 가볍게 코웃음을 쳤다. 두 번째 꼬리에 불이 켜지는 것과 동시에 이번엔 오른손에 쥐고 있던 곰방대를 횡으로 휘둘렀다.

쾅!

비그리드와 곰방대가 부딪쳤다. 들리는 건 쇳소리가 아니었다. 폭발 소리였다. 지반이 내려앉고, 다시 열폭풍이 불어 닥치면서 주변에 있던 건물들을 깡그리 밀어 버렸지만.

두 사람은 거기서 그치지 않고 연속으로 손속을 나누었다.

콰콰쾅—

그럴 때마다 기다란 곰방대의 표면을 따라 이상한 문자가 시린 빛을 토해 냈다.

연우는 단번에 그것이 빅토리아가 자신의 스승을 위해 특별히 제작한 아티팩트라는 것을 알았다.

다만, 그의 눈으로도 곰방대에 적혀 있는 룬 문자가 무슨 의미인지를 알 수가 없었다.

분명 룬의 형태를 띠고 있지만, 룬은 아니었다. 이계의 글자일까? 용마안은 인식의 크기만큼 세계를 해석해 주기 때문에 모르는 의미까지 알게 해 주지는 않았다.

하지만 그 문자들이 아나스타샤가 부리는 독특한 힘을 갈무리해 주는 특징을 지녔다는 건 분명히 알 수 있었다.

곰방대가 시린 불을 밝힐수록. 아나스타샤의 꼬리에도 차례로 녹색 불이 밝혀졌다.

세 번째, 네 번째. 아나스타샤는 '흥!' 하고 가볍게 코웃음을 치면서 곰방대를 세게 아래로 내리쳤다.

그 순간, 여태껏 아나스타샤의 뒤쪽으로 흐릿한 잔상처럼만 자리하고 있던 구미호가 움직였다.

성큼 앞발을 내디뎠다. 타르타로스에서 본 거신만큼이나

큰 놈의 발이 내려찍는 자리는 아나스타샤의 곰방대가 내
려치는 자리와 동일했다.

그리고.

'뭐지?'

구미호의 앞발과 곰방대가 겹쳐지기 직전. 연우는 여태
껏 아나스타샤를 상대하던 것과 전혀 다른 느낌을 받았다.

마치 자신을 둘러싸고 있는 모든 게 갈라져 부서질 것 같
은 느낌. 종이를 구겨서 찢듯이, 보이지 않는 무언가가 공
간을 접어서 찢는 게 아닐까 하는 느낌을 받았다.

쩌걱—

그리고 마치 거울이 깨지는 것 같은 소리와 함께. 갑자기
연우를 둘러싸고 있던 세계가 흔들린다 싶더니 정말 그대
로 잘게 부서졌다.

연우는 재빨리 불의 날개를 활짝 펼치면서 잇달아 블링
크를 발동시켰다.

곰방대가 시린 빛을 토해 내는 것처럼. 그 역시 빅토리아
에게 배운 방식으로 늑골에다 여러 마법을 새기면서, 이제
불의 날개는 거의 아티팩트 혹은 스킬처럼 독립적으로 변
해 가는 중이었다.

팟, 팟, 팟!

연우가 가까스로 블링크를 멈춘 곳은 아나스타샤가 있던

곳에서 제법 거리가 떨어진 장소였다. 그리고 방금 전 자신이 있던 곳을 본 순간, 눈이 크게 떠졌다.

"제법 촉이 좋구나, 애송아."

아나스타샤는 그런 연우를 보면서 가볍게 코웃음을 쳤다. 그녀의 주변에 있던 모든 것들이 잘게 부서져 있었다.

여러 유리 조각을 붙인 모자이크처럼, 온통 공간이 이리저리 뒤틀리거나 쪼개져 제대로 남아 있는 것이 없었다.

온전한 상태로 있는 것은 아나스타샤뿐.

부서진 공간 틈새 사이사이로 새어 나오는 요력만이, 그녀가 일으킨 기현상의 원인이 무엇인지를 말해 줄 따름이었다.

'주술……'

『저것…… 최소한 천 년 이상은 묵은 괴물이다.』

그때, 네메시스의 목소리가 머릿속에서 울렸다.

『플레이어와 하나가 되어, 천 년을 더 머물면서 스스로 신수가 된 존재. 하지만 요력을 깨우쳤으니, 대요괴(大妖怪)라고 표현하는 게 차라리 옳겠어.』

그것은 경고였다.

아나스타샤와 함부로 싸우지 말라는.

『냉정하게 말해서, 최소한 아홉 왕 급. 전 주인이 돌아온다고 해도 승부를 장담할 수 없는 존재다. 무왕이나 여름여왕이 아니면…… 감당하기 힘들 것 같은데?』

아나스타샤를 둘러싼 요력이 점차 짙어지면서 뒤에 나타난 환영도 점차 선명해지고 있었다. 마치 별도로 유리되었던 두 개의 공간이 겹쳐지듯, 아나스타샤가 있는 자리로 구미호가 서 있었다.

꼬리에 붙은 여우불의 개수가 늘어날수록, 구미호의 잔상과 요력도 점차 또렷해지는 것 같았다.

『번지수를 잘못 짚었어. 이대로 내빼는 게 맞을 듯하다만.』

아무리 연우가 빠른 속도로 강해지고 있다지만, 아직까지 아홉 왕과 겨룰 정도는 절대 아니었다. 특히 무왕과 여름여왕에 가까운 레벨이라면 연우에게 너무 까마득했다.

하지만.

'아니. 방법은 있어.'

가면 아래. 연우의 한쪽 입술 끝이 비틀리고 있었다.

"뭘 그리 쫑알쫑알 대는 것이냐?"

아나스타샤는 현자의 돌 속에 내재된 네메시스를 읽었는지, 인상을 찡그리면서 다시 한번 더 손가락을 튕겼다. 다섯 번째 꼬리에 불이 붙었다.

콰콰콰쾅—

무수히 많은 공기탄이 쏟아졌다. 그리고 구미호도 커다란 몸집으로 꼬리를 크게 한 번 흔들자, 강풍이 해일처럼 몰려왔다.

지면이 몇 번씩이나 밀려 나갔다. 여우불은 거친 화마가 되어 대지를 새카맣게 그을리게 만들었다. 그리고 그에 따라.

쩌거거걱—

공간도 잇달아 부서져 나가고 있으니. 마치 매끈한 얼음판 곳곳에다가 망치질이라도 한 듯한 모양새였다.

지면을 뚫고 촉수 같은 것들이 대거 쏟아져 그를 후려치려 하기도 했다. 요력이란 거대한 존재에게서 힘을 빌려 강제로 섭리를 비트는 힘. 상식적으로 생각하기 힘든 괴이한 일들이 연우의 주변을 따라 번져 나가고 있었다.

정면에서 싸우는 건 미친 짓이다.

'그렇다면.'

연우의 눈빛이 차갑게 번뜩였다.

'차근차근히. 가랑비에 옷 젖듯이.'

[용마안]

[초감각]

의념을 따라, 두 개의 스킬이 하나로 뒤섞이면서 수많은 결들을 시야에 빼곡하게 채워 넣었다.

[바람길— 일진광풍(一陣狂風)]

그리고 연우는 그 속으로 몸을 강제로 밀어 넣었다. 폭우처럼 쏟아지는 공기탄과 살벌한 여우불의 업화 속에서 연우는 다시 아나스타샤에게로 쇄도했다.

숙련도가 높아지면서 개방된 일진광풍은 연우의 공격 속도와 위력을 한껏 증가시켜 주었다.

검을 휘두를 때마다 불의 파도가 광풍을 타고 더 크게 번져 나가면서 요력과 잇달아 충돌했다.

그 외에 상대하기 힘든 것들은 결을 보면서 이리저리 피했다. 기동력에 있어서는 웬만한 플레이어들이 자신을 따라잡을 수 없을 거란 믿음이 이미 있었다.

『대체, 뭘 하려고?』

하지만 네메시스는 그런 연우의 도전이 너무 과감하게만 보였다. 아나스타샤의 요력은 연우가 어떻게 감당할 수 있는 수준이 아니다.

게다가 아직도 남아 있는 꼬리의 불이 네 개. 차례로 개방할 힘이 더 많단 뜻이었다.

당장은 이리저리 피하면서 빈틈을 노린다고 하더라도, 아나스타샤에게는 날파리가 귀찮게 돌아다니며 왱왱거리는 정도로밖에 보이지 않을 것이다.

‘구미호의 꼬리에 불이 붙을 때, 보여?’

『무엇이……? 아!』

네메시스는 연우가 무엇을 말하는 건가 싶어서 주변을 둘러봤다. 여태껏 아나스타샤에게만 집중하고 있느라, 다른 곳에는 시선을 돌릴 겨를이 없었다.

『권속의 수가 줄었군.』

‘맞아.’

괴이들을 금방이라도 밀어붙일 것처럼 어마어마하게 많던 갖가지 마물과 요괴의 숫자가 눈에 띄게 줄어 있었다.

그때, 여섯 번째 꼬리불이 켜졌다. 그러자 샤논이 처치하던 마물이 갑자기 흐물흐물 녹는가 싶더니, 아나스타샤 쪽으로 흡수되었다.

『평소에는 요력을 풀어놓는 거로군.』

‘신격이나 신성을 얻은 게 아니니, 평소에는 저 많은 요력을 한 몸에 담아 두기가 힘들었던 거겠지. 그러니 지금 있는 모습도 본체인 구미호가 아니라, 플레이어인 거고.’

분명 아나스타샤가 지난 천 년을 묵으면서 쌓은 요력은 아주 대단했다.

하지만 요력이 너무 방대하기 때문에 그녀로서는 감당하기가 쉽지 않아, 평소에는 요력 중 상당수를 방출해 놓고 다녔던 것이다.

어차피 요력은 그 특성상, 마력과 다르게 풀어놓는다고 해도 흩어져 사라지는 게 아니라, 똘똘 뭉쳐지기 때문에 놓칠 걱정도 할 필요가 없었다.

언제나 그녀의 뒤를 쫄래쫄래 따라다니던 미동들. 그것들이 원래는 아나스타샤의 보충 요력이었던 셈이었다.

그러다 싸울 때가 되면 요력을 다시 거둬들이는 방법을 선택했으니. 꼬리불이 켜지면 평소 숨겨 뒀던 구미호의 형상으로 되돌아가면서 더 많은 요력을 필요로 하게 되는 것이다.

연우는 바로 이 점에 착안했다.

지구전으로 간다면 연우가 훨씬 유리하다. 현자의 돌이 쉴 새 없이 마력을 공급하기 때문이었다.

반면에 아나스타샤는? 달랐다. 요력을 많이 거둬들일수록 신체가 받는 압박은 커질 수밖에 없다.

그 압박을 피해 평소 요력을 방출시켜 놓는 존재로서는 부담이 될 수밖에 없는 것이다. 시간이 길어지면 길어질수록.

그러니 지속적인 소모전으로 간다면 이쪽에도 승산이 있지 않을까, 하는 게 연우의 판단이었다.

'네가 읽은 구미호의 전력은 아홉 개의 꼬리불이 모두 켜졌을 때야. 하지만 그 전에는 달라. 완전히 깨어나지 않

은 동안에는 요력도, 근력도 모두 그보다 약해.'

『그래도 주인보단 강한 듯한데..』

'그러니 생각을 바꿔서 이런 전략을 쓰는 거지.'

네메시스가 수긍한다는 듯이 고개를 끄덕였다. 그래도 완전히 난관이 사라지는 건 아니었다.

『하지만 그런다고 해도 격차가 있으니 완전한 소모를 끌어낼 수는 없을 테고. 빈틈을 노리겠다는 건가?』

'그래.'

정면에서 부딪치면 죽는다. 이리저리 피하고, 압도적인 화력으로 공격을 옆으로 비껴 내면서 전진하는 건 거의 곡예에 가까운 짓이었다.

연우는 금세 다시 아나스타샤가 있는 곳까지 다다랐다. 블링크에 이은 일격. 72선술을 조합해 만든 열파참이었다.

'이렇게.'

좌아악—

"크윽! 네까짓 놈이 감히!"

구미호의 오른쪽 앞다리에 깊은 상처가 생겼다. 피가 허공으로 튀었다가 잔상이 되어 사라졌다. 대신에 아나스타샤의 오른쪽 손목에 아주 가느다란 생채기가 생겨났다.

또르르, 흐르는 피를 보면서 아나스타샤는 인상을 와락 일그러뜨렸다.

백 년도 묵지 못한 인간 따위가 자신에게 상처를 입혔다. 이런 치욕이 있을 수가 없었다. 왼쪽 손날을 뒤집으면서 공간을 마구잡이로 휘저었다.

하지만 연우는 이미 어떤 반응이 있을 거라 파악하고 블링크를 발동시켜 자리를 피한 뒤, 이번에는 구미호의 뒤쪽 왼 다리 부근에 나타나 허벅지 살을 크게 자르고 지나갔다.

그리고 다시 블링크를 발동시켰다.

쾅!

그가 사라진 자리로 꼬리가 강하게 내려앉았다.

쿠오오!

구미호가 하늘을 보며 크게 울부짖었다. 비록 덩치에 비하면 아주 작은 상처에 불과하지만. 그래도 인간에게 당했다는 사실이 자존심을 건드려 화를 더 치밀어 오르게 만들었다.

화신이자 구미호의 주 인격인 아나스타샤도 연우를 잡아보려 애썼지만. 그럴 때마다 연우는 쥐새끼처럼 도망쳤다.

파바밧—

"네놈이!"

아나스타샤는 요력으로 뭉치려던 공간을 빠져나간 연우를 보면서 다시 분노를 터뜨렸다. 금방 잡힐 듯 말 듯 하면서 계속 빠져나가니 속에서 천불이 날 것 같았다.

결국 일곱 번째 꼬리에도 불을 밝혀야 할 모양이었다.

원래대로라면 절대 드러내지 않았을 수준이지만. 압도적으로 찍어 누르기 위해서는 이 정도까지 개방해야 할 것 같았다. 외부로 유출되었던 힘의 일부를 이쪽으로 되돌리기 시작했다.

그 순간.

'지금!'

연우가 틈을 놓치지 않고 다시 블링크를 발동시켰다. 위치는 아나스타샤의 바로 코앞. 평소에는 보이지 않는 보호막이 쳐져 있지만, 외부의 요력을 흡수할 때만큼은 잠시 거둬지는 것을 눈여겨보고 타이밍을 노렸던 것이다.

하지만 아주 짧은 순간이었기에. 아나스타샤는 그 틈을 노리고 들어올 줄 몰라 크게 눈을 뜨고 말았다.

시차 괴리를 몰랐기 때문에 생긴 일이었다. 가속된 정신 시간 속에서 살아가는 연우는 절대 주어진 기회를 놓치는 사람이 아니었다.

검은 오러가 다시 폭발했다. 아나스타샤의 왼팔이 크게 베였다.

바라던 것과 다르게 완전히 잘라 내지는 못했지만, 구미호의 한쪽 꼬리는 거의 잘라지다시피 한 상태였다.

연우는 다시 블링크를 발동시켰다. 히트 앤드 런. 금세 자리를 빠져나갈 생각이었다. 하지만 그 순간, 일곱 번째 꼬리에 불이 밝혀지고.

화악!

“……!”

연우는 순간 몸이 바짝 굳는 듯한 느낌을 받았다. 자신을 다른 공간으로 인도해 줘야 할 마법이 불발되었다.

아니, 분명 시동은 되는데, 강제로 중지되었다. 그를 둘러싼 공간 자체가 단단히 결속된 느낌이었다.

그리고.

콰앙!

구미호의 거대한 앞발이 연우를 그대로 찍어 눌렀다.

“컥.”

연우는 입가로 핏물을 쏟아 내면서 지면에 처박히고 말았다. 얼마나 충격이 강한지, 단단한 마룡체의 뼈들이 죄다 으스러질 정도였다.

재생 스킬이 발동되면서 신체 수복을 하려 했지만, 이미 연우의 몸 위에는 아나스타샤가 올라타 있었다.

“네깟 놈이, 감히! 나를 이딴 꼴로 만들어?”

『네깟 놈이, 감히! 나를 이딴 꼴로 만들어?』

아나스타샤가 연우의 목을 조르고 있는 걸까, 아니면 구미호가 앞발로 연우를 짓누르고 있는 걸까.

두 존재는 하나의 공간 위에 겹쳐진 상태로, 잔뜩 일그러진 얼굴로 연우를 노려봤다. 언성을 내뱉을 때마다 목소리도 같이 겹쳐져 쩌렁쩌렁하게 울렸다.

〈요마안(妖魔眼)〉. 붉게 달아오른 눈동자가 연우의 신체와 영혼을 단단히 구속하고 있었다.

"재롱 잔치도 여기까지다. 제자의 벗이라 하여도 봐주는 데는."

『재롱 잔치도 여기까지다. 제자의 벗이라 하여도 봐주는 데는.』

연우는 얼마든지 아나스타샤의 빈틈을 노릴 수 있다고 판단했지만. 사실 그가 놓친 점이 있었다. 아나스타샤는 빅토리아의 스승이라는 점. 빅토리아에게서 룬 마법을 배운 연우의 마법 체계를 아나스타샤가 꿰뚫어 보지 못했을까? 연우의 실착이었다.

"그러니."

『그러니.』

다 풀어진 두루마기 사이로 나신이 훤히 드러났지만. 실핏줄이 잔뜩 돋아나 보기 기괴했다.

"이제, 죽어라."

『이제, 죽어라.』

아나스타샤가 사형 선고와 함께 손날을 세우면서 연우의

가면을 향해 그대로 내리찍었다. 연우도 이를 악물면서 마지막 저항을 하려 했다.

「미천. 한. 여우. 따위가!」

권속들이 다급하게 몰려오고, 연우를 돕던 부가 눈을 크게 뜨려던 그때.

"거기까지면 충분하잖아? 이제 그만해."

갑자기 구미호 앞으로 거대한 늑대의 머리가 드리워졌다. 동시에 아나스타샤의 손날도 누군가가 붙잡았다.

아나스타샤가 노한 얼굴로 고개를 들었다. 가면을 쓴 프레지아가 서서 고개를 절레절레 흔들고 있었다. 아나스타샤가 눈을 가늘게 좁혔다.

"늑대, 방해하지 마라. 그리고 거기 가만히 있어. 이후에는 너에게 책임을 물을 테니까."

『늑대, 방해하지 마라. 그리고 거기 가만히 있어. 이후에는 너에게 책임을 물을 테니까.』

"나도 그래서 온 거야. 미안하니까. 그리고. 팔지는 않더라도, 우선 사정 정도는 들어도 되지 않을까? 이렇게 간곡하게 부탁하는데. 꼭 천 년 전의 너를 보는 것 같지 않아?"

아나스타샤는 거짓말처럼 입을 꾹 다물었다. 그러다 고개를 돌려 왼팔에 깔린 연우를 바라봤다.

가면 속에 담긴 눈빛. 강렬하게 타오르면서도 간절함이 섞인 눈빛이었다. 언젠가…… 이제는 너무 오래되어 잘 기억나지도 않는 시절 자신의 눈빛과 똑같았다.

결국 아나스타샤는 욕지거리를 내뱉으면서 손길을 거둬야만 했다.

"개 같은 년."

『개 같은 년.』

프레지아는 가볍게 코웃음을 쳤다.

"여우도 갯과거든?"

*　　*　　*

빅토리아는 자신의 손에 들린 편지를 들고 가만히 눈을 감았다.

잘 지내고 있어, 할망…… 아니, 우리 사랑하는 누님?

장난기 가득한 서두로 시작하는 편지. 오행산에 있을 때는 그렇게 싫었었지만, 이제는 그립기까지 한 말투였다. 칸이 바이 더 테이블을 통해 보낸 편지였다.

일 년이 넘는 시간 동안. 그녀는 자신을 위해 희생한 레베카와 칸을 생각하면서 피폐한 삶을 살아야만 했다.

하지만 스승의 도움으로 겨우 정신을 차리고, 이제야 일상생활을 조금씩 시작할 수 있을까 싶던 차에. 칸의 편지가 이렇게 도착한 것이다.

처음에는 기뻤다. 자신은 잘 지내고 있으며, 다시 층계를 오를 준비를 하고 있다는 내용도 담겨 있었다. 안부 인사도 같이 섞여 있었다.

하지만 내용을 읽어 내려갈수록. 빅토리아는 뭔가 자꾸 이상하다는 느낌을 받아야만 했다. 분명 편지 속의 어투는 평소의 칸과 크게 다를 게 없었다. 그러나. 위화감이 들었다.

어째서인지는 제대로 설명할 수 없었다. 감이 그랬다. 이 편지를 보낸 것에는 뭔가가 있다. 이것은 마치.

'작별 인사를 고하는 것 같은…….'

마치 먼 길을 떠나는 사람이 친구들에게 인사를 하듯이. 그런 말투가 잔뜩 묻어났다. 무엇보다. 언제 한번 보자, 시간이 되면 찾아가겠다는 인사치레조차 없었다.

빅토리아는 혹시 편지에 뭔가 담겨 있지 않나 싶어 손끝으로 종이를 매만졌다. 하지만 잡히는 건 없었다. 마법을 이리저리 걸어도 나타나는 반응은 없었다.

‘혹시?’

가볍게 불꽃을 일으켜 편지를 조금씩 태우기 시작했다. 그러자 검은 재가 날리면서 나타나는 현상에…… 빅토리아는 눈을 크게 뜨고 말았다. 충격으로 눈꺼풀이 파르르 떨렸다.

그때.

두우웅—

아나스타샤가 찾아왔는지, 공간이 열린다는 마력 파장이 전해졌다.

빅토리아는 재빨리 손을 흔들어 재를 치우고, 문을 열며 방을 나섰다. 그녀의 얼굴은 어느새 웃는 낯으로 다시 돌아와 있었다.

“스승님, 오셨……!”

하지만 빅토리아는 길게 말을 잇지 못했다. 아나스타샤의 뒤로 손님들이 나오고 있었다. 평소 데리고 다니시던 미동들이 아니었다. 빅토리아도 잘 아는 얼굴들이었다. 아니, 가면을 쓰고 있으니 얼굴이라 할 수는 없겠지만.

한 명은 프레지아.

그리고.

“카인!”

빅토리아는 자기도 모르게 달려가 연우를 와락 끌어안았다.

“그동안, 잘 지내셨습니까?”

“너, 너……!”

“이제는 편해 보이셔서 다행입니다.”

연우는 가볍게 빅토리아를 마주 안아 등을 다독였다.

빅토리아는 눈물을 펑펑 쏟았다. 이전에 도와 달라며 연우가 찾아왔을 때. 그냥 돌려보낸 것이 그동안 너무 미안했었다.

자신의 비급을 보내긴 했었다지만. 그래도 그 일은 마음 한편에 무거운 짐으로 남아 언젠가 찾아가서 사과해야겠다는 생각을 하고 있었다.

그런데 그 전에 이렇게 찾아와 줬으니. 너무 고맙고 미안했다.

“못된 년. 너는 네 스승이 이렇게 다친 것도 보이지 않는 게냐? 하여간 남자라면 사족을 못 쓰지.”

빅토리아는 목 언저리까지 올라온 ‘스승님이 하실 말씀은 아니신데요’라는 말을 꾹 누르면서, 아나스타샤를 돌아봤다.

그러다 뒤늦게 스승이 늘 즐겨 입던 두루마기가 죄다 그을리거나 찢어져 나신이 훤히 보인다는 것을 깨달았다.

“무슨 일, 있으셨어요?”

“참 빨리도 눈치채는구나. 뭣 하느냐. 어서 방에서 새것을 가져오지 않고. 곰방대와 담뱃잎도 좀 가져오도록 하고. 객방으로 와."

"네."

빅토리아는 고개를 살짝 숙이고, 연우에게 슬쩍 말했다.

"이따 마저 이야기하자. 마침 물어볼 게 있었어."

물어볼 이야기? 연우의 눈에 의문이 어렸지만, 곧 담담하게 고개를 끄덕였다.

"예."

"뭘 해! 어서 가져오지 않고!"

"네!"

빅토리아가 다급하게 다른 방으로 들어가는 것을 보고, 아나스타샤는 가볍게 코웃음을 쳤다. 뒤에 서 있는 프레지아와 연우의 방문이 마음에 들지 않는 투였다.

"너희 둘도 따라오고."

*　　*　　*

프레지아가 나타난 이후.

아나스타샤는 결국 요력을 거둬들이면서 연우와 프레지아를 자신의 거처로 안내했다.

그녀의 거처는 탑에서 흔히 볼 수 있는 건축 양식과는 궤를 달리했다.

보통 화려한 성들이 높은 층고를 자랑하는 것과 다르게, 이곳은 넓은 담장과 부지를 따라 곳곳에 여러 크고 작은 건물들이 옹기종기 모여 있는 형태였다. 장원에 가까운 형태였다.

아나스타샤는 빅토리아가 가져온 두루마기로 갈아입고, 탁상의 상석에 앉아 다리를 꼬았다. 덕분에 늘씬한 각선미가 아슬아슬한 범위까지 드러났지만 그녀는 전혀 아랑곳하지 않았다.

연우 역시 그쪽으로는 눈길도 주지 않았다. 탁상에 놓인 차가 김을 모락모락 피우며 기분 좋은 향을 풍겨 댔지만. 거기에도 손가락 하나 대지 않았다.

"역시, 넌 마음에 안 들어."

그때. 아나스타샤가 난데없이 툭 말을 내뱉었다.

연우는 그게 무슨 말이냐는 눈빛으로 아나스타샤를 바라봤다.

"그 눈빛이 마음에 안 든다고."

"……?"

"네놈, 아래에 달린 건 제대로 기능이나 하고 있는 것이냐?"

연우도 그제야 아나스타샤의 말뜻을 깨닫고 가볍게 코웃
음을 쳤다.

"제 취향이 아니라서요."

"취향은 무슨. 남자라면 응당……!"

"자뻑이 심하십니다."

아나스타샤의 한쪽 눈썹이 꿈틀거리는데, 프레지아가 혀
를 가볍게 차면서 말했다.

"이런 이상한 소리, 그만하는 게 어떨까?"

"객으로 온 두 연놈들 다 짜증 나."

아나스타샤는 인상을 살짝 찡그리면서 곰방대를 입에다
물었다. 후우, 하고 가볍게 날숨을 내뱉자 희뿌연 연기가
자욱하게 퍼졌다.

프레지아가 연우를 돌아보면서 말했다.

"말은 저렇게 해도 제대로 설명은 해 줄 것이니 너무 걱
정 마세요."

"도움 감사합니다."

"무엇을요. 저 역시 대가를 받긴 했지만, 그래도 거래자
와의 오랜 친분이 있었으니 잘 설명해 주는 게 옳다 여겨서
온 것일 뿐이에요."

실상은 연우와의 거래는 거래대로 챙기면서, 아나스타샤
를 달래어 그녀와의 거래도 유지하려는 속셈인 것 같았지만.

목적이 무엇이 되었건 간에, 연우로서는 프레지아에게
도움을 받은 것이 사실이었기에 감사를 표했다.

"그런데 프레지아."

"왜 그러신가요?"

"아나스타샤와 오랫동안 친분이 있으신 듯한데."

"우연찮게 어렸을 적부터 서로 보아 왔던 것뿐입니다."

네메시스가 말하기로, 아나스타샤는 분명 천 년은 족히
묵은 구미호라고 했다. 그런 그녀와 친분이 있다면.

'혹시 프레지아도?'

나이를…….

"그 이상 묻는 것은 여인에게 결례가 아닐까요?"

프레지아가 가볍게 웃음소리를 내면서 말했다. 그녀 역
시 나무탈을 쓰고 있어 얼굴 표정을 살필 수는 없지만. 왠
지 모르게 연우는 그녀의 눈빛을 마주한 순간 등골이 오싹
해졌다.

탁!

그때. 아나스타샤가 물고 있던 곰방대를 가볍게 내리면
서 분위기를 전환시켰다.

"잡담은 거기까지 하고. 말했지만, 대가로 뭘 내놓든 간
에 그건 절대 줄 수 없다. 그걸 가져가려면 내 목을 가져가
야 할 거야."

아나스타샤는 연우를 쏘아봤다. 마음 같아서는 당장에라도 그를 찢어 죽이고 싶다는 느낌이 물씬 풍겼다. 여우불이 다시 붙는 듯한 느낌이었다.

"이유를 알고 싶습니다."

"주인이 팔기 싫다는데 무슨 이유가 필요한진 모르겠지만…… 오냐. 그렇게 궁금해하니 보여 주마."

아나스타샤는 자리에서 일어나 실내의 뒤쪽에 있던 병풍을 옆으로 치웠다.

아무것도 없는 하얀 벽이 드러났다. 하지만 거기다 손을 갖다 대자, 톱니가 돌아가는 소리와 함께 벽 문이 열리기 시작했다.

쿠쿠쿠, 쿠쿵―

아래쪽으로 향하는 계단이 나타났다.

"따라와."

아나스타샤는 연우와 프레지아의 대답도 제대로 듣지 않고 먼저 계단으로 내려갔다. 입에는 다시 곰방대가 물렸다.

연우는 그녀의 뒤를 따라 프레지아와 함께 지하로 내려갔다. 나선형으로 이어지는 통로는 몇 번씩 거대한 철문이 가로막고 있었고, 그럴 때마다 아나스타샤는 요력을 흘려서 관문을 열었다.

곳곳에는 빅토리아가 설치한 듯한 여러 마법 장치나 트
랩 외에도, 갖가지 요괴나 마물들이 잔뜩 웅크린 채 깊은
잠에 빠져 있었다.

역시나 아나스타샤에게서 분리된 듯한 것들. 아무래도
허락받지 않은 침입자가 나타나면 동면에서 깨어나 공격하
도록 명령이 심어진 듯했다. 그런데 그 숫자가 많아도 너무
많았다.

‘이것들까지 전부 거둬들였다면…… 정말 위험했겠는
데.’

연우는 어쩌면 아나스타샤에게 달려든 것이 진짜 겁 없
는 행동이 아니었는가 하는 생각이 들었다.

여기 있는 요괴나 마물도 결국 아나스타샤의 일부일 테니,
전부 회수한다면 힘이 어느 정도일지 감도 잡히질 않았다.

가장 먼저 여름여왕이 떠올랐다. 어쩌면 그녀와도 어느
정도 승부를 볼 수 있을 듯 보였다.

이만한 힘을 지니고 있으면서도 여태 은거를 택하고 있
었다니. 대체 아나스타샤의 목적이 무엇일까.

“여기부터가 진짜다. 괜히 휩쓸리지 마라. 그런다면 가
차 없이 죽여 버릴 테니까.”

아나스타샤는 연우에게 싸늘한 경고를 날리면서 마지막
관문을 열었다.

철컹—

휘휘휘!

그 순간, 확 불어오는 악기. 연우는 이를 악물었다. 칠흑
왕의 절망과 비탄이 떨리면서 망령들이 일어나 악기를 전
면에서 막았다.

"제법이로군."

아나스타샤는 곰방대를 입에 물면서 연우를 품평했다.
싸울 때도 느꼈지만, 망령을 다루는 연우의 기예는 오랫동
안 살면서 갖가지 다양한 기예를 보아 온 그녀에게도 신기
했다.

하지만 연우는 그런 그녀의 눈빛에 신경 쓸 새가 없었다.

"이게…… 무엇입니까?"

"악의(惡意)."

연우는 아나스타샤를 돌아봤다.

"악의라면?"

"아주 오랫동안, 이 빌어먹을 탑을 좀먹어 가던 놈들의
사념, 뭐 그런 거지."

다시 아나스타샤를 따라 들어간 공간은 온통 다양한 무
구들로 가득했다.

검, 도, 창, 권, 갑옷, 투구, 건틀릿……. 방어구와 무기가
제대로 된 구분 하나 없이 아무렇게나 벽에 걸려 있었다.

아니, 정확하게는 '박제'라는 표현이 옳은 것 같았다. 무구가 걸린 자리에 갖가지 마법진이 겹쳐져 설치되어, 요력으로 만든 것 같은 실들이 꽁꽁 묶어 대고 있었으니.

그리고 무구 위로 스멀스멀 피어오르는 검은 연기는 이따금 사람의 형상을 갖췄다가, 다시 사라지기를 반복했다.

"강한 사념이 어린 무구에는 언젠가 영이 깃들기 마련이지. 흔히 말하는 귀물(鬼物)이나 요병(妖兵)이 그것이다. 이런 것들은 탑에서도 아주 비싼 값에 거래되지."

연우는 고개를 끄덕였다. 그가 가진 비그리드가 그러했고, 작게는 마장대검도 귀물에 가까웠으니까.

"하지만 그런 것들이 계속 시간이 지나, 사념이 계속 누적되면 어떻게 되는지 아느냐?"

"……."

"요괴가 된다."

연우는 순간 오래전에 지구에서 들었던 말이 떠올랐다. 오래된 물건은 도깨비가 된다는 전설.

"이런 요괴들은 제 주인을 잡아먹고 자유를 찾길 바란다. 하지만 제대로 된 사고와 이성이 갖춰진 요괴에게 자유가 주어지면 어떻게 될까?"

"피를 부르겠죠."

"맞다. 난리가 나도 아주 크게 나지."

아나스타샤는 계속 깊은 곳으로 들어갔다. 그럴수록 더 강한 악의를 풍겨 대는 귀물과 요병이 나타났다.

"난 그딴 게 보기 싫었다. 그래서 눈에 띄는 건 몽땅 거뒤들였고, 여기다 처박아 놨지."

후우─

새하얀 연기가 다시 자욱하게 퍼졌다. 연기는 곧 검은 악의와 뒤섞이면서 혼탁한 회색으로 변했다.

"하지만 그것들은 언제든 나오려고 발버둥 치니 박아 놓는 데도 한계가 있어. 그래서 묶어 둘 필요가 있었고. 그 중심이 되는 게."

아나스타샤의 걸음이 멈췄다. 막다른 길이 나타났다. 공간은 생각보다 그리 넓지 않았다.

"바로 저것이다."

마지막 벽에 걸린 검은 구슬이 보였다. 마치 빛나는 별처럼 시린 빛을 토해 내는 구슬. 여태 봉인의 실이라고 생각했던 것들은 전부 구슬에서 비롯되고 있었다.

아다만틴 노바. 강렬한 힘이 풍겨져 나와 연우는 자기도 모르게 반쯤 넋이 나간 채로 그것을 바라봤다.

"아다만틴 노바는 이곳, 만병천고의 중심축 역할을 하고 있다. 저것을 내어 달라고? 어림없는 소리. 그랬다가는 여기 있는 것들이 전부 미쳐서 날뛰기 시작할 텐데. 그동안 나한테 쌓인 게 많으니, 나부터 물어뜯으려 할 테고."

아나스타샤의 한쪽 입술 끝이 비틀렸다. 냉소에 가까운 웃음이었다.

"그런데도 달라는 헛소리는 하지 않겠지? 저건 내 목숨 줄이나 다름없는 것이다. 이제 이유를 알았으면, 썩 꺼져."

＊　　　＊　　　＊

"아나스타샤는 절대 그렇게 정의롭거나 호의적인 사람, 아니, 여우는 아닙니다. 그런데도 틈만 나면 귀물과 요병을 거둬들이는 건, 아주 오래전에 있었던 일 때문이에요. 당시의 그녀는 아주 애절하고, 처절했으니까요."

아나스타샤에게 내쫓긴 이후, 프레지아는 연우를 잠시 붙잡으며 설명을 덧붙였다.

왜 아나스타샤가 저토록 아다만틴 노바를 놓을 수가 없는지. 만병천고는 그녀의 모든 것이라고 했다.

"그때의 일은……."

"거래에 포함되지 않으니 말씀드릴 수 없습니다. 여기까지 알려 드린 것도 납득하셨으면 하는 바람에서 말한 것일 뿐."

연우는 담담히 고개를 끄덕였다. 사람은 누구나 사연을

안고 산다. 사람도 그럴진대 천 년을 넘게 묵었다는 구미호라면 오죽할까. 아마 일반인으로서는 짐작도 하기 힘든 것일지도 모른다.

"물론, 그녀도 아주 얻는 것이 없는 건 아닙니다. 귀물과 요병은 그 자체로 높은 격을 갖춘 요괴라, 주기적으로 요력을 뽑아내는 장치가 되기도 해요. 하지만 단언컨대, 카인 님이 아다만틴 노바를 가져가려 한다면."

"위험해질 거란 뜻이겠죠."

"맞아요."

"하아."

연우는 머리를 쓸어 올렸다. 머릿속이 복잡했다. 아다만틴 노바를 가져가려 해도 아나스타샤가 저렇게 나오는 이상, 가져올 방법은 어디에도 없다.

그렇다고 탑 내에 그것을 가진 다른 사람이 있냐고 한다면, 없다는 표현이 옳을 것 같았다. 있었다면 여기서 프레지아가 말했을 테니까.

'역시 직접 만드는 수밖엔 없나.'

또 얼마나 많은 시간과 자본을 들여야 하는 걸까. 타르타로스가 언제 무너질지 모르는 지금, 한시가 급한 그로서는 속이 바짝 타들어 가는 말이었다. 두 키클롭스들이 돕는다고 해도, 과연 얼마나 시간을 단축시킬 수 있을까.

‘헤노바와 브라함, 대장로에게 도움을 청하고…… 빅토리아에게도 부탁해야겠어.’

현자의 돌을 만들었을 때처럼 여럿이서 머리를 맞대어 연구하다 보면, 보다 빨리 결과를 볼 수 있지 않을까.

연우는 어떻게 해야 제작 시간을 최대한 단축시킬 수 있을까, 빠르게 머리를 굴리기 시작했다.

‘그런데 빅토리아는 왜 이렇게 안 오는 거지?’

그러다 이따 밖에서 얼굴을 보자고 했던 빅토리아가 약속 시간까지 나타나질 않아 의아함이 들었다.

그때, 연우 앞으로 포탈이 열렸다. 빅토리아인가 싶어 고개를 돌리는데, 갑자기 아나스타샤가 불쑥 나타났다. 잔뜩 일그러진 얼굴을 하고서. 살벌한 기세가 휘몰아쳤다.

그리고.

쾅!

아나스타샤는 다짜고짜 연우의 목을 낚아채면서 지면에다 그대로 내리찍었다. 연우는 어떻게 저항할 새도 없었다.

어느새 아나스타샤의 뒤쪽으로 아홉 개의 꼬리 중 아홉 개 전부에 불이 잔뜩 켜져 있었다.

요력이 들끓었다. 대기가 이리저리 일그러지면서 막대한 중압감이 연우의 폐부를 짓눌렀다.

“어디에 숨긴 거냐.”

"아나스타샤!"

"닥쳐, 늑대. 난 지금 이 새끼와 이야기 중이니까!"

아나스타샤는 자신을 말리려는 프레지아에게 버럭 소리를 지르고, 다시 연우를 돌아봤다.

"말해. 어디에 숨겼어?"

"무엇을……!"

"시치미 떼지 마라."

아나스타샤의 눈빛이 요사스럽게 빛났다.

"빅토리아 말이다. 아다만틴 노바와 함께 사라졌어. 네 짓이 아니면 누구란 거지?"

연우는 순간 뒤통수를 세게 맞은 것처럼 멍해졌다.

'사라졌다고? 빅토리아가?'

대체 왜? 그런 생각이 가장 먼저 들었다. 분명 방금 전에 만났을 때까지만 해도 반가워하고 있었고, 뭔가를 전달하고 싶어 하는 눈치였지 않았던가.

"대답해!"

『대답해!』

하지만 상념은 금세 깨졌다. 아나스타샤와 겹쳐진 구미호도 으르렁거리고 있었다. 제대로 대답하지 않는다면 금방이라도 잡아먹을 듯한 태도였다.

순간, 연우는 짜증이 확 치밀었다. 가뜩이나 아다만틴 노바를 구하지 못했다는 사실에 속이 끓고 있던 차에 의심까지 받고 말았으니, 분통이 터질 수밖에.

그때. 갑자기 가슴에서부터 울컥하는 느낌과 함께 뭔가가 밖으로 튀어나왔다. 무의식에 잠재되어 있던 마성 중 일부였다.

"놔. 이거."

마치 짐승이 경고하듯 낮게 울리는 목소리. 연우를 둘러싼 공기도 대번에 바뀌었다.

아나스타샤도 뭔가 이상한 낌새를 눈치채고 눈살을 좁혔다.

"너……!"

『너……!』

"놓으라고, 했을 텐데?"

쿠쿠쿠—

연우가 일그러진 눈빛으로 아나스타샤의 팔을 붙잡더니 목에서부터 떼어 내기 시작했다. 그러자 구미호의 요력과 마성의 마력이 충돌하면서 대기가 위아래로 크게 들썩였다.

아나스타샤의 표정이 딱딱하게 굳었다. 여태 별것 아닌 인간으로 치부했던 놈이 갑자기 돌변했다. 홍등가에서 무작정 싸움을 걸던 때와는 전혀 달랐다. 이런 힘이 있으면서 왜 그땐 당했던 거지?

하지만 의문은 잠시.

아나스타샤의 눈가로 살의가 깃들었다. 감히 인간 주제에 자신에게 반항을 한다. 그것이 불쾌했다.

게다가 방금 전부터 미친 듯이 떨리면서 일렁이는 연우의 그림자도 도무지 마음에 들지 않았다. 그 속에 있는 여러 괴이들이며 데스 로드, 리치들까지. 하나같이 거슬리기만 했다.

차라리 찢어 죽이는 게 낫지 않을까. 그런 생각에 손톱의 날을 바짝 세우면서 그대로 연우의 가면을 내려찍으려는데.

오싹!

아나스타샤는 순간 자신도 모르게 등골을 타고 오한이 들었다. 가면 너머, 연우의 눈동자 속에 무언가가 있었다.

끈적끈적하고, 너무나 깊어서 한 번 잠기면 영혼이 잡아먹힐 것처럼 깊은 심연. 그리고 그 속에 웅크리고 앉아 자신을 보고 있는 어떤 것.

그것과 눈이 마주친 순간, 아나스타샤는 수백 년 만에 처음으로 공포를 느끼고 말았다.

천 년을 묵으면서 '탈각'을 바라보고 있는 구미호쯤은 먹잇감으로 여기는 거대한 존재였다.

『까불지 마라. 레아의 애완동물 따위가. 재롱도 거기까지다.』

“……!”

『……!』

불현듯 머릿속에 꽂히는 목소리에, 아나스타샤는 완전히 빳빳하게 굳어 버리고 말았다.

그때, 연우가 아나스타샤의 팔을 옆으로 치우면서 자리에서 일어났다.

“헛짓하지 마십시오. 빅토리아가 사라진 건 저와 관계없으니까.”

방금 전에 울린 목소리와는 전혀 다른 어투.

아나스타샤는 잠시 연우를 멍하니 쳐다봤다. 연우는 갑자기 그녀가 왜 그러나 싶어 눈살을 좁혔다.

하지만 정작 그런 눈으로 쳐다보고 싶은 건 건 그녀였다. 연우는 전혀 모르고 있었다. 그 목소리에 대해서. 어떻게 그걸 모를 수가 있는 거지?

하지만 아나스타샤는 곧 머리를 털었다. 연우의 눈동자 속에 도사리던 것이 무엇이 되었든 간에, 위험한 것만은 확실했다. 특히나 ‘그것’은 분명히 그렇게 말했다. 레아의 애완동물이라고.

그건 남들에게, 특히 프레지아에게도 말하지 않았었던 비밀이었다. 그것을 알고 있다는 것은 ‘그것’이 자신이 누군지 알아봤다는 뜻이었다.

　결국 아나스타샤는 한 발자국 물러서야 한다고 생각했다.
자리에서 일어나면서 흐트러진 옷매무새를 바로 고쳤다.

　"정말, 관계가 없는 것이냐?"

　그래도. 빅토리아는 그녀에게 소중한 제자였기에, 다시
한번 더 확인해 볼 수밖에 없었다.

　연우는 고개를 가로저었다. 아나스타샤는 살짝 인상을
찡그렸다.

　"그럼 대체……."

　이 못난 제자는 어디로 간 거지? 아나스타샤의 짜증 섞
인 얼굴에 그림자가 살짝 졌다.

＊　　＊　　＊

　"현재 만병천고는 저 꼴이다."

　연우는 아나스타샤를 따라 다시 그녀의 거처로 돌아왔
다.

　장원은 좀 전과 상태가 많이 달라져 있었다. 잿빛 안개가
자욱하게 일어나 마당과 건물을 절반쯤 먹어 치우고 있었
다. 그 위로 간간이 검은 연기 같은 것들이 올라왔다.

　장원 전체에 깔린 결계가 검은 연기를 단단히 속박해 두
고 있었지만, 언제 거센 충돌이 벌어질지 몰랐다.

아니, 이미 잿빛 안개 사이에는 여러 요괴와 마물들이 서로 뒤엉켜서 한창 물어뜯고 있는 중이었다.

귀물과 요병에서 새어 나온 악의와 아나스타샤의 권속들이 싸움을 벌이고 있는 것이다. 아다만틴 노바가 사라지면서 생긴 결과였다.

「몇 마리는 제법 강해 보이는데. 나와 견줘도 부족하지 않을 것 같아. 더 강한 것도 있는 것 같고.」

샤논의 말대로 귀물과 요병의 악의는 절대 무시할 것이 아니었다.

"저것들을 묶어 두는 거야 어렵지 않다. 그냥 결계 속에 가두면 되는 것이니까. 하지만 그렇게 되면 나에게 자유 따위는 없지. 실수로 한두 개쯤 몰래 빠져나갈 수도 있는 거고."

아나스타샤는 곰방대를 입에 물었다. 얼마나 세게 물었는지, 주둥이 부분에 앞니 자국이 선명하게 남을 정도였다.

"그러니 떠오르는 게 있으면 뭐라도 알려 줘. 게다가 빅토리아는 아직 정상이 아냐. 그런 상태로 아다만틴 노바를 다룬다면…… 위험해."

마지막 목소리에는 그녀답지 않게 제자에 대한 걱정도 잔뜩 묻어나 있었다.

하지만 연우로서도 빅토리아가 어디로 갔을지 도무지 짚이는 바가 없었다.

그러다 문득 한 가지 생각이 닿았다.

빅토리아가 했던 말.

—이따 마저 이야기하자. 마침 물어볼 게 있었어.

그리고 그 뒤에 아주 작게 덧붙였던 말이 있었다.

—너, 편지 받았었지?

그때는 미처 제대로 대답하지 못했지만. 거기에 어떤 비밀이 있다면.

"혹시 빅토리아가 편지를 받지는 않았습니까?"

"편지?"

아나스타샤는 그게 무슨 생뚱맞은 소리냐는 표정으로 바라봤다. 연우가 아닌가 싶어 하는데.

"철사자 아드님의 편지라면 빅토리아에게도 전달했었어요."

아나스타샤가 프레지아 쪽으로 고개를 홱 돌렸다.

"그게 무슨 소리야?"

"카인과 빅토리아에게 혈검이 편지를 보냈었어."

"그놈이, 멀쩡하게 살아 있어?"

제자가 그렇게 망가진 이유가 칸에 대한 죄책감이란 것을 잘 알고 있기에. 아나스타샤는 인상을 더 구길 수밖에 없었다.

"그 편지, 나도 볼 수 있을까?"

연우는 칸의 편지를 아나스타샤에게 넘겼다.

아나스타샤는 곰방대를 물며 편지를 이모저모 살폈다.

"내용은 평범한 안부 인사. 편지지에 별다른 마법적 장치나 주술적 장치도 되어 있지 않은 것 같은데."

프레지아가 다가와 고운 금가루를 편지지에다 뿌렸다. 어떤 이상 현상이 숨겨져 있을 경우에 찾아내는 비술이었지만, 역시나 아무런 반응이 없었다. 그녀도 고개를 가로저었다.

"그냥 평범한 편지지야."

"그럼 이것만 보고 간 게 아닌가? 단순히 철사자의 아들을 찾으러 갔다 하더라도, 아다만틴 노바를 들고 갈 이유는 없어."

뭔가 다급한 일이 생겼으니 제 스승에게도 말하지 않고 아다만틴 노바를 들고 간 것이겠지.

연우는 분통을 터뜨리는 아나스타샤에게서 편지를 다시 돌려받고, 가만히 용마안을 열어 살폈다. 하지만 아나스타샤와 프레지아도 발견하지 못한 것을 그라고 해서 찾아낼 수 있을 리 만무했다.

하지만.

'분명 있어. 뭔가가.'

연우는 직감적으로 편지에 어떤 비밀이 있을 거라고 생각했다. 그렇지 않다면 빅토리아가 조급하게 움직일 리가 없었다. 분명 편지에서 무엇을 발견한 것이다.

'혹시?'

그러다 문득 연우는 혹여나 하는 생각에 성화를 일으켜 편지지를 홀라당 태웠다.

"너, 무슨 짓을!"

아나스타샤가 놀라 소리를 치는데. 갑자기 새카맣게 탄 편지지의 재가 이리저리 흔들리더니 땅에 조용히 내려앉았다. 그것은 글자를 써 내려가고 있었다.

도와줘.

편지에 담겨 있던 것과 전혀 다른 내용.

그것이면 충분했다.

"여율령!"

아나스타샤는 손에 쥐고 있던 곰방대를 거칠게 휘둘렀다. 그러자 연기가 확 뿌려지면서 검은 재가 만들어 낸 글자 위에 소복하게 내려앉았다.

그리고 갖가지 정보가 그녀의 머릿속으로 쏟아졌다. 재
가 가진 정보와 사념 따위들이. 그리고 출원지가 어디인지
도.

"따라와."

이어서 아나스타샤는 두루마기를 크게 젖혀 몸을 둘렀
다. 그러자 그녀가 있던 자리에 인간 대신 거대한 구미호가
나타나 우뚝 섰다. 붉은색 요마안이 요사스럽게 빛나고 있
었다.

타닥—

구미호는 연우와 프레지아 쪽을 돌아보지도 않고 어디론
가 냅다 뛰기 시작했다.

"백랑!"

프레지아는 재빨리 백랑을 소환해 올라타고, 연우도 불
의 날개를 펼치면서 구미호의 뒤를 쫓았다.

＊　　＊　　＊

구미호는 거대한 몸체와 다르게 달리는 속도가 아주 빨
랐다. 한 발자국을 내디딜 때마다 공간이 접히면서 더 빠른
속도를 냈다. 올포원이 가졌다는 3대 시그니처 스킬 중 하
나인 축지를 보는 것 같았다.

보통 사람들이라면 절대 쫓을 수 없을 것 같은 속도였지만.

백랑은 그런 구미호의 뒤를 착실하게 쫓고 있었다. 연우도 어느새 프레지아와 함께 백랑의 등에 올라타 있었다.

"대체 어떻게 알아내신 거죠?"

편지지에 숨겨진 내용을 말하는 것이다.

아나스타샤의 주술도, 프레지아의 아티팩트도 알아내지 못한 비밀을 어떻게 연우는 그토록 빠르게 찾아낼 수 있었던 걸까.

"선술입니다."

"선술이라면, 신선들의……?"

"예."

프레지아는 연우가 어떻게 그것을 익히고 있는지 묻고 싶은 눈치였지만 그 이상 질문하지 않았다. 그것도 하나의 정보로 책정될 일이었으니까. 어떤 셈을 치러야 할지 계산이 서질 않았다.

반면에. 연우의 두 눈은 깊게 가라앉아 있었다.

'대체 무슨 일이 벌어진 거지?'

도와 달라고?

잘 지내고 있다던 편지의 내용은 눈가림용이었다. 칸을 구속하고 있는 녀석들의 눈을 피해 메시지를 전달하기 위한. 도와 달라는 내용이 진짜였다.

그렇다면 대체 무엇으로부터 도와 달라는 것일까?

'마군?'

당장 그것밖에 떠오르는 게 없었다.

그게 아니라면.

'도일과 관련된 걸까……?'

오래전부터 도무지 행방을 찾을 수 없던 도일과 관련이 있는 건지도 몰랐다.

'아니면 둘 다일 수도.'

연우는 프레지아를 휙 돌아봤다.

"프레지아, 편지의 발신지가 어디입니까?"

프레지아는 고개를 담담하게 가로저었다.

"말씀드릴 수 없어요."

"대가라면……."

"셈을 치르겠다고 하셔도 어쩔 수 없어요. 그 내용은 카인 님이 어떤 조건을 내건다 하셔도, 절대 저울추를 맞출 수 없을 테니까요."

프레지아의 대답은 아주 단호했다. 무슨 일이 있어도 발설할 수 없다. 아나스타샤의 신원을 밝혔을 때와 다르게, 이번에는 그것과 비교도 할 수 없는 거대한 뭔가가 있다는 뜻이었다.

하지만 오히려 연우는 그런 태도를, 프레지아가 암묵적으로 주는 메시지라고 생각했다.

"그럼 거래 내용을 바꾸겠습니다. Yes or No. 두 가지 중 하나만 말씀해 주십시오."

프레지아는 아무런 말도 하지 않았다.

"발신지는 마군입니까?"

"밝힐 수 없어요."

"칸은 그곳에 가담해 있습니까?"

"밝힐 수 없어요."

"바이 더 테이블은 마군과도 거래를 하고 있습니까?"

"밝힐 수 없어요."

"감사합니다."

밝힐 수 없다. 거래를 한다는 뜻.

하지만 그것으로 연우는 더 큰 확신을 느꼈다.

'맞아. 마군이야.'

아니라면 아니라고 대답했을 것이다. 그 정도 거래는 얼마든지 할 수 있을 테니까. 하지만 그래도 밝히지 않은 것은 무언의 긍정을 나타내는 셈이었다.

연우는 주먹을 꽉 쥐었다.

마군과는 여태 지속적으로 갈등을 겪어 왔다. 오행산에서 킨드레드와 충돌했을 때부터, 세샤 때에도, 발푸르기스

밤의 공방전 때에도 계속 마주쳤고, 때로는 칼을 겨루기까지 했다.

그런 여러 과정 속에서도 도저히 알 수 없었던 것은 ‘왜 마군이 여기에 개입한 걸까?’였다.

그들이 벌이는 행동 하나하나에 의미를 유추할 수 있는 게 거의 없었고, 여러 사건들 사이엔 통일성도 없었다.

심지어 그런 굴욕을 겪었으면 따로 보복을 가하거나, 다른 기회를 모색하려 할 법한데 그런 기미도 전혀 보이지 않았다.

그런데 갑자기 생각지도 못한 곳에서 또 녀석들이 불쑥 나타났다. 무엇을 꾸미려는 건지 도무지 짐작 가는 바가 없었다.

하지만 한 가지만은 확실했다.

칸은. 연우에게 친구였다.

그런 녀석의 위기를 못 본 체할 수가 없었다.

설사 퀴네에 제작이 조금 늦어진다고 하더라도.

쐐애액—

그들은 한참 동안 달렸다. 그런 와중에 몇 개의 결계들이 나타나며 앞길을 막았지만, 그때마다 번번이 구미호의 주술에 가볍게 부서져 나갔다.

그러다.

탁!

저만치 앞서 달리던 구미호가 갑자기 걸음을 멈췄다. 거대한 머리가 산 중턱을 바라보고 있었다. 연우와 프레지아의 시선도 저절로 그쪽으로 향했다.

저 멀리, 산허리에 자그마한 사당이 하나 놓여 있었다. 숲에 둘러싸여 있어 잘 보이지 않는 데다가, 방문객도 그리 많지 않아 보이는 곳.

구미호와 백랑은 몇 번 더 발을 놀리면서 단숨에 사당의 경내로 들어섰다.

정문에서부터 절까지 닦인 중앙 도로의 좌우로 깔린 7개의 석상이 차례대로 그들을 맞았다.

전부 구미호나 백랑보다도 훨씬 큰 크기였다. 작은 사당과는 전혀 어울리지 않는 것들.

의인화된 교룡, 대붕, 사자의 상이 각각 위엄 가득한 기세와 표정을 지으며 두 발로 서 있었고, 그 아래로 다양한 포즈를 취하고 있는 두 개의 원숭이 상들이 눈을 부라리면서 이쪽을 바라보고 있었다.

그리고.

제일 위쪽에는 소의 석상이 가장 큰 크기를 자랑하며 우뚝 서서 그들을 굽어보고 있었으니. 누가 보아도 이곳의 사당이 누구를 기리는 곳인지를 알 수 있었다.

'설마?'

연우는 순간 드는 불안감에 자기도 모르게 소의 석상 반대편을 향해 고개를 돌렸다.

그곳에도 거대한 원숭이 상이 하나 있었다. 어떻게 보면 사당으로 들어오는 방문객처럼 보이기도, 달리 보면 다른 석상들의 친구로, 혹은 왕인 소의 석상에 도전하는 것처럼 보이기도 했다.

그리고 그 석상의 생김새는 연우에게도 아주 낯이 익었다. 오행산. 미후왕의 궁전에서 보았던 것과 똑같은 모습. 미후왕의 석상이었다!

그리고 그제야 연우는 다른 석상들이 무엇을 조각했는지를 깨달을 수 있었다.

다른 두 원숭이 상은 우융왕과 미후왕(獼猴王, 손오공과 음만 같음)을.

교룡은 교마왕을, 대붕은 붕마왕, 사자는 사타왕을 조각한 석상이었다.

그리고 가장 위에 선 상은 이곳에 있는 의형제들의 맏이인 우마왕이었으니.

칠대성(七大聖).

혹은 동주칠마왕이라고도 불리면서, 한때 미후왕과 함께 파란을 일으켰던 일곱 신격들.

　그들과 관련된 천교와 절교는 물론, 천계의 여러 신들도 가까이하기를 꺼려 한다는 위대한 존재들을 기리는 사당, 아니, 신전의 한가운데에.

　연우가 서 있었다.

　그리고.

　우웅, 웅—

　연우의 가슴팍에 있던 여의봉의 조각들이 일제히 떨리기 시작했다. 거기에 맞춰 신전의 기둥들도 함께 울렸다.

　우우우웅—

　마치 연우의 방문을 환영한다는 듯이.

〈다음 권에 계속〉

DREAMBOOKS★

DREAMBOOKS★